KB118932

미치도록
가렵다

미치도록
김 선 영 장 편 소 설
가렵다

|주|자음과모음

차례

여름의 막바지

전학 온 첫날, 그놈을 보았다. 놈의 얼굴에서 명찰로 눈이 간 것은 아주 찰나였다. 양 대 호. 하얀 아크릴판에 까맣게 새겨 있는 이름을 확인하자 숨이 멎는 것 같았다. 무리를 거느리고 껄렁대며 가던 놈과 눈이 마주쳤을 때, 하얀 벽의 모서리만큼 놈의 눈도 날 서 있었다. 놈도 도범을 알아본 눈치다. 놈은 무리들이 눈치채지 않을 만큼 잔파동을 일으키며 지나갔다. 창으로 비껴드는 빛살 때문에 잘못 본 것은 아닐까, 뒤돌아보았을 때 놈의 뒤태를 보고 확신할 수 있었다. 다리가 나서기 전, 어깨부터 나가는 걸음걸이는 흔하게 볼 수 있는 것이 아니다. 하필이면 이 학교라니. 늑대 피하려다 호랑이 만난 꼴이다. 도범은 놈의 얼굴을 똑똑히 기억했다. 먹잇감을 포기하고 도망가면서도 뒷날을 장담하던 그 눈빛. 결국 놈들의 꼼수에 말려들어, 도범은 퇴학을 면한 전학으로 이곳 형설 중에 오게 되었다.

선배들한테 오토바이 한 대를 째비라는 미션 문자를 받은 건 한 달 전이었다. 여름방학이 이상하리만치 조용히 끝나갈 무렵이었다. 선배들은 조직 정비 명분으로 학교 대항 담력 시험을 하겠다고 했다. 구룡중에서는 상배와 도범이 나서기로 했다. 어느 학교에서 누가 나서는지는 알 수 없었다. 지금에서야 안 일이지만 형설중에서는 그놈 대호가 나왔던 것이다.

킹콩볼링장 앞에 세워놓은 오토바이를 모월 모일 모시까지 째벼오라는 선배의 말이 떨어지기 무섭게 먼저 움직이려고 서둔 것이 문제였다. 석양이 붉게 물들 무렵, 타깃이 된 오토바이를 찍기 위해 킹콩볼링장으로 갔을 때, 이미 다른 무리들이 포진해 있었다. 그 바람에 주위를 살피지 않았고, 급하면 앞뒤 가리지 않는 상배가 먼저 오토바이에 손을 대자, 굶주린 개떼들처럼 어디선가 아이들이 우르르 달려들었다. 그때 무리 중, 눈에 띈 놈이 바로 대호였다. 가장 먼저 터치를 한 상배에게 우선권이 있었다. 그건 암묵적인 약속이었다. 물었던 먹잇감을 쿨하게 뱉어내고 토끼면서 도범을 바라보던 놈의 눈빛, 결코 호락호락하지 않았다. 놈들이 뒤통수를 보이며 저만치 걸어가는 것을 호기롭게 바라보던 도범과 상배는 조용히 다가오는 순찰차를 알아채지 못했다. 상배가 시동도 걸기 전에 순찰차가 오토바이 앞을 막아섰다. 경광등은 노을빛을 받아 더욱 붉게 돌았다. 아무리 생각해도 너무 빨랐다. 냄새가 났다. 상배가 터치한 후에 다른 무리가 몰려든 것도 어쩌면 짜인 각본대로 움직인 건지도 모르겠다는 생각이 들었다. 아니면 한발 늦은 놈들이 나, 못 먹는 떡, 남 먹게 둘 수 없다며 꼰질렀는지도 모를 일이다. 이렇게 빨리 똥파리가 나타나다니. 상배와 도범이 덤터기를 쓰고 파출소로 끌려가게 되었고 그 둘의 단독 범행으로 깨끗하게 마무리할 수밖에 없었다. 누군가를 물고 들어갔다가는 이 세계에서 자살 행위나 마찬가지이다. 학교에서는 퇴학이냐 전학이냐, 두 카드를 내밀며 선택을 강요했다. 상배는 강북의 다른 학교로, 도범은 인천 쪽의 형설중 전학으로 정리되었다.

들리는 소문에 의하면 선배들의 미션은 대호라는 놈 때문에 벌어진 일이라고 했다. 그런데 엄한 상배와 도범이 뒤집어썼다는 얘기가 공공연하게 나돌았다. 상배와 도범은 그러한 소문조차 못 들은 척하고 싶었다. 당한 것이 떠벌려지는 것만큼 쪽팔린 일도 없기 때문이다.

보기만 하면 갈구는 선배의 오토바이를 대호가 훔쳐 불에 태운 일이 있었다고 했다. 오토바이 주인 앞에서 여봐란듯이 대호는 연료통의 뚜껑을 열고 불붙은 라이터를 집어넣었던 것이다. 펑!

대호를 물 먹이려던 것이 상배와 도범이가 덤터기를 썼고, 일이 벌어지기 직전 경찰에 꼰지른 놈이 대호라는 말을 들은 것은 전학 오기 전날 그러니까 어제 일이었다. 대호는 끝까지 어기대며 그

선배와 맞서려고 했다는 것이다. 그런데, 이곳에서 놈과 맞닥뜨리다니.

전학과 이사로 어수선할 때 도범의 형은 입대를 했다. 훈련소 들어가기 전, 형이 했던 마지막 말이 귀청을 때렸다.

"그만해라, 아직도 재밌냐?"

형은 제 빡빡머리를 문지르며 의미심장한 눈빛으로 도범을 바라본 뒤 연병장을 가로질러 걸어갔다. 도범은 형의 눈빛 속에서 생략된 말들을 읽어낼 수 있었다. 내가 나올 때까지 여전히 지금처럼 놀고 있으면 죽는다는 얘기였다. 형은 한다면 한다.

밟아줘야 할 놈이 눈앞에 이다지도 화려한 상차림으로 올라와 있는데……. 도범은 교실로 들어서며 오로지 한 생각만 했다. 어떻게 하면 놈을 늘씬하게 발라줄 수 있을까. 오직 그 생각뿐이었다. 단, 쥐도 새도 몰라야 한다.

대호를 알아챈 순간, 전학 오며 했던 맹세는 단단함을 잃었다. 연병장으로 걸어가며 되쏘던 형의 엄포 같은 건 저만치 멀어지는 것 같았다.

오토바이 사건이 전학으로 결론 나자 엄마는 학교 측에 감사하다는 말을 입술이 닳도록 하며 일일이 선생들 앞에 허리를 숙였다. 인사하다 쓰러질 것 같은 엄마를 부축하며 끌고 나온 건 아버지였다. 도범은 그때까지도 뭐가 그렇게 크게 잘못된 건지 몰랐다.

아니 알고 싶지도 않았다.

곧바로 엄마는 시세보다 싸게 집을 내놓았다. 엄마는 이런 절차쯤은 얼마든지 견딜 수 있다는 결연한 의지라도 보여주고 싶은 양, 지나치게 냉정하고 이성적이었다. 전 같지 않았다. 도범이 아버지에게 골프채로 엉덩이 살이 터지도록 맞아도 눈 하나 꿈쩍하지 않고 그 자리에서 지켜보았다. 전처럼 두 눈을 가리며 울음을 터트리지 않았고 어떠한 제지도 하지 않았다. 엄마가 달라졌다.

부동산에서 집을 보러 온 날이었다. 도범이 교복을 입은 채 식탁으로 향할 때였다.

"집이 깨끗하고 좋네요. 워낙 안목 있게 잘 꾸몄네요. 저희는 요 앞 동에 전세 살고 있는데 이참에 사버리려고요. 이사 자주 다니는 것도 그렇고 전세나 사는 거나·별 차이가 없더라고요."

중개업자와 엄마 사이에서 두리번거리며 쉴 새 없이 주절대던 여자는 도범의 명찰을 보자, 그 자리에 얼어붙었다. 입을 벌린 채 눈알을 이리저리 굴리며 많은 생각을 불러오는 듯했다. 당황스럽다 못해 못 볼 걸 보았다는 듯이 얼굴은 이상스레 일그러졌다.

"호 혹시 애가 그 그 강도범이에요?"

어깨를 축 늘어트리고 여자와 중개업자 사이에 끼어 있던 엄마가 외려 몸을 세우며 되물었다.

"우리 애를 아세요?"

"여 여기가 그 집이에요? 이 동네 어디 산다는 얘기는 들었지만."

여자의 얼굴은 방금 전 호의 같은 건 흔적도 없이 싸늘했다.

"잠깐만요, 생각 좀 해봐야겠어요."

여자는 소파 위에 걸쳐놓은 옷가지를 집어 들더니 꽁지를 빼고 되똥되똥 달아나는 암탉처럼 황급히 신발을 꿰신고 현관을 빠져나갔다. 어안이 벙벙해진 중개업자도 허둥지둥 따라나섰다. 마치 전염병 환자라도 본 듯 황망히 피하는 모양새였다. 눈만 마주쳐도 감염되는 중증 환자를 본 듯한 움직임이었다.

엄마는 일그러지는 표정을 감추지 못한 채 소파에 쓰러지듯 앉아 두 손에 얼굴을 묻었다. 설마, 우는 건 아니겠지? 하고 살필 쯤, 엄마는 검지를 뻗어 도범을 가리키며 울화를 누르는 목소리로 소리쳤다.

"너, 다음부터 손님 오면 방에서 나오지 마. 알았어?"

엄마의 목소리는 녹슨 칼날처럼 비릿하게 갈라졌다. 얼마 전 도범의 일기장을 보고 펑펑 울던 엄마의 모습은 온 데 간 데 없다. 절도 사건이 있던 날 파출소에서 나와 아버지에게 맞을 때 팔짱을 끼고 도범을 싸늘히 바라보던 그 눈빛을 넘어서는 살찬 목소리였다.

도범은 아무 대꾸도 하지 않았다. 앞서 떨어진 포탄의 위력이 너무 셌기 때문이다.

도범은 그들이 빠져나간 현관문을 바라보며 중얼거렸다.

"왜, 나를 피하지? 그 아줌마한테 난 아무것도 해 끼친 게 없는데?"

넋이 나간 여자의 표정을 되뇌며 도범은 혼잣말처럼 뇌까렸다.

기분이 몹시 이상했다. 뭐지?

엄마는 단호히 격리를 결정했다. 더 이상 물러설 곳이 없는 낭떠러지 끝에 서 있는 것처럼 절박한 몸 사위로 소파에 웅크리고 있다. 도범은 이 모든 것이 자신과는 상관없는 일이라고 여기고 싶었다. 이 모든 상황이 자신으로 인해 벌어진 일이라는 것을 인정하고 싶지 않았다. 그런데 부정하면 할수록 자신의 실체가 또렷이 물 위로 떠오르는 것을 막을 수 없었다.

동네 사람들이 다 알 정도로 기피 대상이었다니. 살았던 집조차 꺼려할 정도로 그렇게 더러운 존재였다니. 눈만 마주쳐도 부정을 타는 전염병 환자 취급이었다. 도범이 머물던 자리나 손길이 갔던 곳은 소독을 하거나 불살라버려야 하는…….

눈꺼풀에 검정색 셀로판지를 덧대고 있다가 떼어낸 기분이랄까. 새로운 발견이 순식간에 도범을 덮쳤다. 그간 도범이 대단해서 아이들이 피한 게 아니었다. 도범이 짱이어서 급식실의 줄이 홍해 바닷길처럼 두 쪽으로 갈라진 게 아니었다. 더러워서 피한 거였다. 엄마 말대로 똥물 튈까 봐 피하는 거였다. 전염병 환자처럼 기피 인물이 된 것도 모르고 우쭐대며 재고 다녔다니.

이삿짐을 풀던 날, 엄마는 그간 써놓은 도범의 일기장을 아버지에게 내밀었다. 아버지가 일기장을 다 훑을 동안 그 앞에 도범은 꼼짝없이 무릎을 꿇고 있었다. 두 다리가 저려왔고 엉덩이는 쓰리다 못해 아려왔다. 얼마의 시간이 흘렀던가. 아버지는 일기장을 부둥켜안고 울었다. 놀란 건 도범이었다. 아버지의 짧은 속눈썹에 반짝거리는 이슬방울이 믿을 수 없어 재차 흘낏거렸다. 이어 아버지의 어깨가 심하게 흔들렸다. 도범의 엉덩이가 너덜너덜해지도록 휘둘렀던 골프채가 거실 한구석에 금속성의 차가움으로 무장한 채 여전히 노려보고 있는데…… 그때 아버지의 우는 모습을 처음 보았다. 다리 저린 것과 엉덩이 통증 같은 것이 문제가 아니었다. 볼 수 없는 건 아버지의 우는 모습이었다. 보기 싫었다. 아니 아버지가 운다는 것을 받아들일 수 없었다.

거기까지는 그래도 그나마 정신을 차릴 수 있었다. 문제는 그다음 아버지의 행동이었다. 아버지는 도범 앞에 무릎을 꿇은 채 손으로 당신의 뺨을 후려치기 시작했다. 왼손으로 오른손으로, 무쇠 솥뚜껑 같은 아버지의 두툼한 손이 아버지의 얼굴을 가격할 때마다 근원을 알 수 없는 비애 같은 것이 명치끝에서 밀고 올라왔다. 도범은 어떠한 제스처도 없이 고개만 떨구었다. 할 수 있는 일이 아무것도 없었다. 참담했다.

그런데 놈을 보는 순간, 그간의 결심이 무참히 깨지는 것 같았다.

이번이 도합 열 번째 전학이다. 그러니까 취학 통지서를 받은 이후 일 년에 한 번 꼴로 전학을 다닌 셈이다. 어떤 해는 두 번이나 있었다. 아빠의 잦은 발령으로 시작되었지만 점차 아버지의 발령과 맞물린 도범이 문제가 되었고 이번엔 도범의 문제만으로 전학을 오게 된 것이다.

첫날 전학생은 구르는 돌멩이와 같다. 거들떠보지도 그렇다고 무시하지도 않는 그냥 발길에 차이는 돌멩이. 존재하되 그다지 신경 쓸 거 없는. 그러면서도 일 대 다수의 아이들은 암암리에 간보는 것을 멈추지 않는다. 아이들은 관찰 대상이 전 학교에서 잘나갔는지 지질했는지, 정도는 대강 어림잡고 있다. 외국에서 오지 않았다면 대부분 잘나가는 애들은 절대 전학 같은 거 하지 않는다. 대개 문제가 있어 퇴출당한 경우는 당사자보다 먼저 모든 정보가 해당 학교에 당도해 있다. 그럴 때 전학생의 존재감은 실제보다 어마무시하게 부풀려 있다. 도범의 경우, 대개 그랬다.

점심시간이 되자 교실 앞문이 열리며 한 무리의 아이들이 나타났다.

"야, 강도범 나와."

도범은 책상 위에 엎드려 있었다. 짝꿍인 세호가 팔 뒤꿈치로 도범의 옆구리를 밀었다. 반 아이들의 눈은 일제히 도범에게로 쏠렸다. 섣불리 자리에서 일어나는 아이는 없었다. 재수 없으니 빨리 나가라는 눈빛을 보내는 아이는 있었지만 대부분 무리와 도범 사이를 오가며 눈치를 봤다. 전학생의 존재가 여실히 공개되는 순간이다. 방문객의 규모를 보면 그 아이가 어느 정도 날리는 아이인지 알 수 있다.

도범은 무리들 속에 섞여 있는 대호를 보았다. 신경줄이 팽팽하게 부풀어 올랐다.

"야, 밥 같이 먹자고오~."

명찰을 보았다. 노란 바탕 위에 검정 글씨는 3학년이다. 행동강령 1, 선배들 앞에서는 90도 인사하고 선배들의 말씀을 들을 때는 뒷짐 지고 공손하게 듣는다. 도범은 느릿느릿 일어선 후에 허리를 꺾어 인사하지도 뒷짐을 지지도 않았다. 행동강령을 줄줄 외우며 따라야 했던 규칙들이 처음으로 성가시다는 생각이 들었다.

무리를 따라 급식실로 들어섰다. 역시나 까만 미역줄기처럼 길게 서 있던 줄이 홍해 바닷길처럼 두 쪽으로 쫙 갈라졌다.

"야, 이 새끼들아, 니들이 양아치야? 깡패야? 뒤로 못 가? 어디서 새치기야. 싸가지 없는 새끼들 어디서 못된 것만 배워가지고 와서 응용하고 지랄들이야."

학생주임에게 뒤통수를 맞은 노란 명찰들은 뿔뿔이 흩어져 줄 사이로 스며들었다. 도범은 부러 맨 뒤로 갔다. 섞여들고 싶지 않았다. 아니 섞여들지 않아야 한다. 노란 명찰을 따라 나선 건 어쩔 수 없는 하얀 명찰의 복종심이었다.

도범이 식판을 들고 빈자리를 찾아 나서자 노란 명찰들이 오라고 눈짓을 했다. 저만치 학생주임이 뒷짐을 지고 뒤통수를 가격할 대상을 살모사 같은 눈으로 물색하고 있었다. 도범은 학생주임을 흘낏 본 후 노란 명찰들과 떨어진 곳에 자리를 잡았다. 도범의 주변에는 아무도 앉지 않았다. 그때 세호가 사방의 눈치를 살피더니 맞은편 자리에 식판을 내려놓았다. 뒤이어 곰만 한 덩치에 곰같이 느린 몸짓으로 세호 곁에 다가온 아이가 있었다. 그 아이는 세호가 도범 앞에 자리를 잡자 도로 떨어져 앉았다.

"야, 해머, 일루 와 인마. 짜식 쫄긴~."

세호가 목소리를 누르며 덩치에게 말했다. 도범이 피식 웃었다. 생긴 거하고 다르게 별명이 해머라니. 소처럼 큰 눈에 긴 속눈썹, 살덩어리인지 물 덩어리인지 모르게 물렁해 보이는 몸. 개미새끼 한 마리도 비비지 못하게 생긴 겁먹은 몸뚱어리였다. 큰 덩치가 민망할 정도로 몸 전체가 움츠러들어 있었다.

덩치는 끔쩍끔쩍 두 눈을 씀벅이더니 고개를 느리게 저었다. 세호의 제안을 거절하는 눈치다. 세호는 덩치를 포기하고 도범에게 말했다.

"쟤 별명은 해머야. 왜 해머인지는 곧 알게 될 거야."

세호는 촉새같이 말이 많았다. 시키지도 않은 말을 계속해서 조잘대는 아이였다.

"근데, 왜 같이 밥 안 먹어? 같이 먹으려고 부른 거 아니야? 저 형들 말이야."

세호는 노란 명찰 쪽으로 눈길조차 돌리지 못한 채 도범에게 물었다.

"너나 쫄지 말고, 신경 꺼라. 다치는 수가 있다."

도범이 노란 카레밥이 수북한 수저를 들어 올리며 말했다. 세호는 화장실이 어디인지 제일 먼저 알려준 아이이다. 뒤이어 화장실 같이 가줄까? 라고 말하다가 도범이 쏘아보자 겁먹은 얼굴로 주저 앉는 물컹이였다.

청소 시간에 노란 명찰 패거리한테 강당 뒤로 오라는 연락이 왔다. 도범은 가지 않았다. 도범은 말없이 교실 바닥을 쓸었다. 얼마 만에 잡아보는 빗자루인지 모른다. 여태껏 청소를 해본 적이 없다. 초등 고학년 때부터 청소는 똘마니들의 몫이었다.

오늘도 하루가 간다. 내일은 또 올 것이다. 그 내일은 또 오늘이 될 것이고 그 오늘이 지나면 또 내일이 올 것이다. 그렇게 하루하루 가면 된다. 사고치지 않고. 아버지가 두 무릎을 꿇고 도범에게 빌었던 것처럼. 아버지가 잘못했으니 제발 그만하라던 울음 섞인 목소리가 들리는 듯했다. 도범은 빗자루를 더욱 우겨 잡았다. 있는 듯 없는 듯 평범함 속에 녹아들어야 한다. 엄마의 소원이란다. 대호를 봤을 때, 그 결심이 무참히 깨지는 것 같았지만 형과 엄마와 아빠의 얼굴이 겹치며 발목을 잡았다.

도범은 조용히 교실을 나섰다. 교문 앞 문구점 골목길로 접어들자, 한 무더기의 아이들이 보였다. 도범은 애써 고개를 돌렸다.

"말해, 말 안 해? 씨바, 인내력 테스트 하냐?"

눈은 골라 볼 수 있지만 귀는 무차별적으로 소리를 접수한다. 퍽, 주먹 날아가는 소리에 뒤이어 무수한 발길질이 난무했다. 그 소리는 이래도 그냥 갈 거냐며 쥐어지르는 듯했다. 도범은 고개를 돌렸다. 무리의 다리 사이로 일그러진 얼굴이 보였다. 해머였다. 그 옆에 가방으로 얼굴을 가린 채 찌그러져 있는 또 한 명의 아이가 있었다. 저건 세호 가방이다. 버건디 컬러의 가방은 흔한 게 아니다. 세호를 처음 봤을 때 가장 먼저 눈에 들어온 것이 벌건 가방이었다. 도범은 무리들에게 다가갔다. 무리들은 도범을 기다렸다는 듯이 자연스럽게 울타리를 텄다. 노란 명찰들은 보이지 않았다. 대신 하얀 명찰 속 대호가 보였다. 만날 놈은 어디서든 만나게 되어 있는 모양이다.

도범을 보자 해머와 세호가 비칠비칠 일어나 담벼락에 등을 기댔다. 대호가 그 둘을 밀치며 말했다.

"왜 안 오냐고? 씨발, 내가 너 때문에 형들한테 발렸잖아."

대호는 번뜩이는 눈으로 도범을 올려다보았다. 한 대 올려붙일 기세이다. 도범은 대호의 얼굴을 손으로 밀치며 세호와 해머의 상태를 살폈다. 겁먹은 세호와 해머는 그 자리에 붙박은 채 움직이지 않았다.

"어쭈~ 뭐야. 이 자식."

대호의 주먹이 날아올 때 도범은 잽싸게 몸을 굽혀 주먹을 피했다. 대호의 몸이 휘청했다.

"야, 냅둬."

멀리서 목소리가 날아들었다. 골목 입구에 노란 명찰들이 서 있었다.

"냅두라고오~."

고압적인 목소리였다. 노란 명찰이 손짓을 하자 아이들은 하나 둘 그들에게 향했다.

이상했다. 조용히 넘어갈 리가 없다고 생각했다. 일차로 대호 일당과 붙어야 하고 그다음엔 직속 선배인 노란 명찰들에게 당해주는 것이 수순일 거라고 생각했다. 냅두라니. 윗선에서 손대지 말라는 전언이 오지 않았다면 있을 수 없는 일이다.

일행이 빠져나간 골목길은 괴괴할 정도로 조용했다. 세호는 가슴을 쓸어내리며 엉덩이에 깔려 있던 해머 가방을 꺼내주었다. 해머는 신경질적으로 가방을 낚아채며 세호를 흘겨보더니 흙 묻은 교복 그대로 매가리 없이 걸어갔다. 투덕투덕 옷을 털며 세호는 구시렁대기 시작했다.

"난, 말 안 하려던 게 아니고, 너를 못 찾아서 못 해준 것뿐이거든. 그리고 해머는 무조건 말 안 한다고 패는 거고. 개새끼들. 완전 지들 밥이라니까. 주먹밥."

억울하다는 표정이 역력했다.

"무슨 말이야?"

도범이 물었다.

"청소 시간 끝나기 전까지 강당 뒤로 안 오면 가만 안 둔다고 전하라고 했거든. 그래서 널 찾았는데 영 보이지 않더라고. 네가 어느 순간 사라졌어. 어디 갔었어?"

담임이 잠깐 보자고 하여 교무실에 있었다. 수업 끝나면 상담실에 잠깐 들르라는 얘기였다.

"내가 뭘 잘못했냐? 니 짝꿍인 죄밖에 더 있어? 야, 해머야~ 같이 가."

"주먹밥은 뭐야?"

"말 그대로야. 해머가 매번 맞는 이유는 말이 없기 때문이야. 겨우 한마디 하면 처웃기나 하고. 말을 안 해도 맞고 말이 많아도 맞고 말을 안 전해도 맞고. 씨발~ 어쩌라고."

세호는 해머에게 뛰어갔다. 해머의 고릴라 같은 어깨가 골목 끝에서 흔들렸다. 비쳐드는 석양이 담벼락과 길과 지붕 위에 사선을 그었다. 도범의 몸이 사선으로 길게 뉘어지는 것처럼 그림자도 기다랗게 누웠다. 아직 하루가 끝나지 않았다.

목신들의 도서관

수인이 도서관 문 앞에 다다랐을 때 한 무리의 아이들이 뛰어나왔다. 아니 튀어나왔다는 게 맞을 것이다. 발짝을 옮길 때마다 끼이익 끽, 숨통 끊어지는 듯한 목제 계단 소리에 신경이 쏠려 있던 터라 주변이 눈에 들어오지 않았다. 행여 구르기라도 하면 단번에 목이 꺾여 생이 끝날 것같이 계단의 층간은 가파르고 높았다.

수인은 그들 중 한 아이와 부딪혔고 그 아이 가방에서는 예상치 못한 물건이 튀어나왔다. 망치였다. 망치는 수인의 발끝에 낭랑한 쇳소리를 내며 떨어졌다. 반 발짝만 더 디뎠어도 수인의 발등은 깨졌을 것이다. 망치 소리가 멀리서 들리는 절간의 종소리처럼 은은히 잦아들 동안, 아무도 움직이지 않았다. 수인은 망치에서 그 아이 얼굴로, 그 옆에 새처럼 생긴 아이를 지나 인상을 쓰며 눈을 질끈 감은 아이로 시선을 주었다. 어떤 낌새도 짐작도 읽어낼 수 없었다.

"아오, 빨리 주워, 새꺄!"

미간에 날을 세운 아이가 망치를 향해 말했다. 망치는 수인의 눈치를 살피는가 싶더니 잽싸게 물건을 가방에 쑤셔 넣었다.

아이들은 순식간에 계단을 뛰어 내려갔다. 통나무 굴러가는 소리가 났다. 우르르, 번개같이 빨랐다. 그 기운은 너무나 드세 무어라 할 새도, 잡을 새도 없이 거침없었다.

삽시간에 고요가 찾아왔다. 그제야 퀴퀴한 마루 냄새와 묵은 책 냄새가 밀려왔다. 쪽마루 창으로 비껴드는 햇살이 직사각형으로 엇비슥하게 마룻바닥에 누워 있다. 방금 전의 망치 같은 건 본 적도 없는 것처럼 햇빛은 천연덕스러웠다.

도서관 목문 위에는 한자로 창창울울(蒼蒼鬱鬱)이라고 조각되어 있다. 현판에 글자들이 그야말로 울울창창하게 들어차 있다. 숨이 막혔다. 지식과 감성의 숲으로 우거져 푸르고 무성했으면 하는 어떤 사람의 처음 마음이 읽히긴 했지만 아이들의 숨통을 끊어놓을 것 같은 버거움으로 무장하고 있는 것 같아 좋게만 보이지 않았다.

현판만큼이나 뻑뻑한 목문을 밀며 도서관으로 들어섰다. 아니나 다를까, 천장까지 닿은 서가가 눈앞을 막았다. 역시나 머리 위부터 짓누르는 위압감이 드는 배치였다. 알 수 없는 어떤 힘이 이미 도서관을 점령하고 있는 듯한 느낌이 들었다. 그 안에 서면 주늑이 들어 누구든 저절로 움츠러들 것만 같았다.

주변의 신설학교와는 비교가 안 될 만큼 장서가 꽤 되었다. 신설학교는 한정된 예산 때문에 한꺼번에 장서 확보가 안 돼 도서관이랄 수 없을 정도로 썰렁한데, 오래된 학교라 그런지 장서가 꽤 축적되어 있는 편이었다. 장서의 상태가 문제일 것이다. 통풍이 제대로 되지 않았다면 좀이 슬거나 좀벌레가 기어 다니는 책들도 더러 있을 것이다.

수인은 책꽂이에 눈을 빼앗긴 채 발길을 옮겼다. 발끝에 툭, 걸리는 것이 있었다. 그제야 바닥이 눈에 들어왔다. 책들이 널브러져 있다. 어떤 못된 망아지가 행패를 부리고 간 듯 도서관 바닥은 난장판이었다. 이리 들이박고 저리 들이박아도 분이 풀리지 않자 책들을 빼내 팽개친 흔적이 고스란히 읽혀졌다.

그 순간, 수인은 눈물이 왈칵 솟구쳤다. 수산나고등학교의 호접몽 아이들이 생각났기 때문이다. 그리움은 이렇게 한꺼번에 밀려오나 싶었다. 마지막 날, 수산나 친구들이 울고불고 할 때도 우린 마음만 먹으면 언제든지 만날 수 있다며 담담하게 다독여줄 수 있었다. 호접몽 아이들 이름을 하나하나 부르며 편지를 건넬 때도 절대 울지 말자고 다짐한 것을 잘 지켜냈다. 스스로에게 잘했다고 칭찬까지 했는데, 눈물은 전혀 예상치 못한 곳에서 터졌다.

이 학교에서 가장 후미진 곳, 징검다리처럼 놓여 있는 보도블록 사이에는 물이끼가 파랗게 오를 정도로 음습한 곳. 오래된 나무에

둘러싸여 햇볕도 들지 않아 학교의 괴담 시리즈가 가장 많이 서려 있을 법한 곳, 가방 속에 망치를 넣고 다니며 괴이한 짓을 일삼는 아이들의 아지트 정도로 쓰일 법한 곳, 눈곱만큼도 마음이 가지 않는 이 도서관 서가 사이에서 눈물이 터질 줄은 몰랐다.

책장이 어리대었다. 바닥에 흩어져 있는 책들도 한데 뭉그러져 보였다. 남쪽 창으로 노란 햇살이 커튼처럼 드리우던 수산나의 도서관과 그 햇살을 닮은 호접몽 아이들이 사무치게 보고 싶었다. 눈물은 걷잡을 수 없이 밀고 올라왔다.

"선생님, 저희들 잊으면 안 돼요. 선생님 결혼할 때도 꼭 초대해주셔야 하고요. 우리들보다 그쪽 애들 더 좋아하시면 안 돼요. 아셨죠?"

통통거리는 목소리로 말을 끊지 않던 화서의 얼굴이 떠올랐다. 볼 양쪽이 발그레 달아올라 도서실로 허겁지겁 뛰어오던 화서의 목소리가 들리는 듯했다.

"왜 그렇게 뛰어다녀? 좀 천천히 다니면 안 될까?"

"안 돼요, 시간 아깝단 말이에요. 제 유일한 즐거움이란 말이에요. 점심 먹고 짬 내서 도서관 오는 시간이 얼마나 달달한데요. 쌤, 다 아시면서."

가슴이 쑥 빠지는 것같이 아파왔다. 낯섦의 한복판에 내던져진 설움은 익숙했던 공간과 사람을 사무치도록 그립게 만들었다.

오늘은 수인이 발령받아 이 학교에 처음 온 날이다. 어제, 조례 시간 전까지 오라는 교장의 전화가 있었다. 이번 학기에 발령받아 부임했기 때문에 우린 동기라며 교장은 속 좋은 웃음을 흘렸다. 당황스럽긴 했지만 일개 사서 교사와 자신을 동급으로 놓는 교장의 언사에 조금 마음이 놓이기도 했다. 교장들만이 갖고 있는 권위에 대한 선입견이 조금은 상쇄되는 듯싶었다. 어쩌면 그렇게 운이 나쁘지만은 않을 거라는 생각이 들었다. 이곳, 형설중에 발령받았다는 말에 수산나의 동료 교사들은 한마디씩 말부조를 했다.

"그 학교 소문 좋지 않던데, 그 동네에서는 기피학교 1호야."

"학교 폭력이 전국 서열로 손가락 안에 꼽을 정도래."

"다들 그 옆 은양중에 지원하는 바람에 그 동네 아이들은 대부분 울며 겨자 먹기로 강제 배정되어 그 학교에 간다 카더라."

"그리고 그 귀신 나올 것 같은 양관, 그곳을 아직도 쓰고 있다던데. 혹 도서관으로 쓰고 있는 건 아니겠제?"

"김 선생, 올해 고과 좋았잖아. 이상하다 왜 하필 그 학교로 발령이 났나 몰라."

썩 듣기 좋은 소리는 아니었다. 교사들마저 기피학교니 폭력학교니, 서열을 나누는 것은 왠지 직무유기 같아 받아들이기 힘들었다. 아무리 교직도 직업이라지만 막다른 길에 접어든 것처럼 선생으로서의 마지막 보루까지 내려놓고 싶지는 않았다.

양관에 대한 전설 같은 얘기는 익히 들어 알고 있지만 소문은 소문일 뿐이라고, 단번에 물리치며 신경 쓰지 않으려 했다. 그런데 막상 와 보니 불온한 기운이 불쑥불쑥 고개를 쳐드는 건 어쩌지 못하는 일이었다.

오래된 목문의 무거움을 밀고 계단을 내려와 도서관을 빠져나왔다. 잎이 무성한 목련나무가 수문장처럼 입구를 지키고 있다. 그 옆에는 두충나무 여러 그루가 너울댔으며 그 옆의 벽오동나무를 보자 절로 숨이 막혔다. 넓어질 대로 퍼진 벽오동의 이파리는 임금의 시녀가 부치는 부채처럼 바람결 따라 물결치듯 굽이졌다. 마로니에 몇 그루도 학교 담장을 따라 보초를 서고 있다. 하나같이 이파리 무성한 나무들만 모아놓았다. 마치 숲 속에 도서관을 숨기고 싶은 의도라도 있는 것처럼. 담쟁이로 시퍼렇게 도색한 벽면을 보자 수인은 할 말을 잃었다. 담쟁이는 대체 어디로 햇볕을 받아 저리 무성하게 기어오르는지 알 수 없다. 도서관은 나무들이 통치하는 조차지 같았다. 그야말로 울울창창한 숲 속에 포박되어 있다. 따쁘롬 사원의 스펑나무처럼 언젠가는 나무뿌리가 도서관을 삼켜버릴지도 모르겠다는 생각이 들었다. 도서관에 든 사람조차도 녹여버려 뿌리로 빨아들일 것 같은 위협적인 분위기였다. 어쩌면 근백 년이 다 되어가는 이 건물을 지탱해주는 건 담쟁이와 거대한 나무뿌리일지도 모르겠다는 생각이 들었다. 도서관은 이미 목신들이 접수하여 그들의 놀이터로 쓰고 있는지도 모를 일이다.

학교에 인사하기 전에 도서관 먼저 둘러보기 위해 서둘러서 그런지 아직 시간이 남았다. 옛 건물의 고즈넉함이 그대로 묻어나는 또 다른 교사를 보며 수인은 이 학교가 꽤나 오래되었다는 것을 새삼스럽게 되새김질했다. 3층 건물의 한옥식 지붕, 요즘은 잘 쓰지 않는 붉은 벽돌과 격자무늬 창틀, 가이즈카향나무가 정성스럽게 정돈된 화단. 건물 한쪽에 에둘러 서 있는 사이프러스는 우듬지 끝이 청명한 하늘과 맞닿은 듯했다.

그 옆에는 조성한 지 얼마 안 된 스트로브잣나무 숲이 있는데 참새 떼가 득시글거렸다. 참새 떼는 인기척이 느껴지면 우는 것을 일시에 멈추는 잔망스러움을 떨었다. 기운이 승할 대로 승한 이 학교의 아이들을 보는 것만 같았다. 이 학교의 고풍스러움과 아이들이 충돌하면 오히려 아이들이 짓눌리겠다는 생각이 들었다. 19세기 건물에 21세기 아이들, 부조화의 집합체 같았다.

개화기 선교사들이 쓰던 양관을 살려두었다더니 말 그대로였다. 애초에 여섯 동이었는데 지금은 두 동만 남아 있다. 양관에 대한 소문은 흉흉하기 짝이 없다. 그 소문은 학생들 입에서 입으로 전해지고 보태져 괴담으로 떠돌았다. 양관의 지하는 하나로 연결되어 있으며 건물을 올릴 때 천주교도를 교수형 하던 사형장 화강석을 주춧돌로 썼다고 했다. 여섯 동을 잇는 지하 벙커 속에는 그러한 원혼들이 떠돌아 누군가 발을 들여놓기만 해도 '조금만 더, 조금만 더'라는 말이 절규처럼 울린다고 했다. 그 말은 순식간에 사람의 머리채를 낚아채어 끌어들일 것처럼 흡인력이 강하다는 것이다. 최면에 걸린 것처럼 그 목소리에 걸리면 당해내지 못해 아이들도 가까이하기를 꺼린다는 소문이 나돌았다.

오래전, 후배들의 담력을 시험한다며 지하실로 들여보내 물건을 찾아오라고 한 적이 있는데 그중 한 명은 영영 돌아오지 않았다고 한다. 그 아이는 왕따가 되는 것을 염려해 동아리에 들었다가 동아리에서조차 왕따가 되자 아예 그곳에서 나오지 않았다는 소문이었다. 그 아이는 더벅머리에 괴성을 지르며 아직도 지하실을 떠돌고 있을지도 모른다고 했다. 후에 새 교사를 짓느라 몇 개 동을 철거했을 때 해골이 나왔다는 얘기도 있다. 그 해골은 아직 뼈가 여물지 않은 열다섯 무른 뼈였다고 했다.

두 동만 남겨두었다면……. 설마, 수인은 도서관 쪽을 바라보았다. 그중 하나는 필시 도서관일 터였다. 도서관에서 느꼈던 스산함이 파도처럼 덮쳐왔다. 등줄기가 오싹하게 조여들었다.

수인은 허리를 숙여 환풍구로 내놓은 지하 창문을 들여다보았다. 스산함을 떨쳐내기 위한 안간힘이었다. 말 지어내기 좋아하는 아이들의 허풍선이에 불과하다고 못 박고 싶었다. 차갑고 퀴퀴한 지하실 냄새가 끼쳐왔다. 지하실은 생각보다 깊었다. 순간, 어둠 속에 뭔가 스치는 것이 있었다. 아주 빨랐다. 헉, 심장이 사정없이 뛰었다. 설마……. 상상에 그쳤던 장면들이 번개처럼 머릿속을 스쳤다. 머리부터 발끝까지 저릿했다. 피가 모두 빠져나가는 것처럼 어찔했다. 그 자리에 붙박은 듯 꼼짝할 수 없었다. 수인은 가위에 눌린 몸을 가까스로 움직이는 것처럼 안간힘을 쓰며 한 발짝 떼었다. 마음은 저만치 달음질치는데, 몸은 그 자리에 들러붙어 꼼짝하지 못했다. 환풍구에서 괴이한 물건이 나와 수인의 발목을 낚아챌 것 같았다. 눈동자조차도 함부로 움직일 수 없었다.

환풍구는 너무나 조용했다. 오스스 한기가 들었다. 이 지하실에 정말 누군가 떠돌고 있는 것일까? 거친 숨이 뿜어져 나왔다. 쉴 새 없이 쿵닥대는 심장은 좀처럼 수그러들지 않았다.

수인은 날아갈 듯 올려붙인 양관의 처마 끝을 올려다보았다. 그 끝에 시리도록 파란 하늘이 걸려 있다. 용마루 위에도 구름 한 점 없는 하늘이 펼쳐져 있다. 소문은 소문일 뿐이라고 일축했지만 그 소문에 휘둘려 헛것을 본 것이라고 다잡았다. 저 파란 하늘이 증명하지 않는가. 구름 한 점 허용하지 않고 투명하게 되비칠 것 같은 자명함이 저 속에 있지 않은가.

건물 머릿돌 옆에는 그러저러한 소문 같은 건 없다고 일축하는 듯 격식을 갖춘 안내판이 햇볕을 되비치고 있다. 아주 맹랑했다. 온갖 추잡한 소문 같은 건 입 싹 닦고 새로운 여자에게 작업을 거는 바람둥이처럼 양복을 쪽 빼입은 모습이었다. 근대 문화유산으로 지정된 건축물이라는 표기였다.

붉은색 뭉치가 툭, 떨어진 건 근대 문화유산 표지판으로부터 등을 돌릴 때였다. 설핏 시야에 스치는 붉은색 때문에 수인은 몸을 떨며 그 자리에 멈춰 섰다. 헝클어진 머리칼을 다독일 새도 없이 또다시 세찬 바람이 불어온 격이었다. 수인은 기겁을 하고 돌아보았다. 칠판지우개였다. 칠판지우개는 가볍게 반동을 하며 하얀 분말가루를 풀썩 날렸다. 수인은 고개를 들어 창문을 훑었다. 미술실이라는 팻말이 처마 끝에 풍경처럼 흔들렸다. 어디서 떨어진 건지 궁금하진 않았다. 수인의 머리를 맞추려고 했는데 그게 조준이 안돼 실망했을 아이들 얼굴이 먼저 떠올랐다. 아직도 이런 고전적인 놀림거리를 찾다니. 참 묘한 곳이었다. 어쩌면 고풍스러운 학교 분위기를 아이들이 싫어할 거라는 수인의 추측이 섣부를지도 모르겠다는 생각이 들었다.

수인은 아직 대면하지 않은 아이들의 짓궂은 얼굴을 그리며 귀엽게 논다는 생각을 했다. 낯선 사람에 대한 말 걸기를 이렇게 시도하다니, 짜식들. 외려 반가웠다. 낯설어서 가시를 잔뜩 세우고 있는데 자신보다 더 낯설어하는 경우를 봤을 때의 안도감 같은 것이다. 수인은 창문을 올려다보며 또 한 번 픽, 웃음을 흘렸다.

고교 시절, 만우절의 일이 떠올랐다. 교실 출입문에 칠판지우개를 올려놓고 선생님을 기다린 적이 있다. 긴장한 아이들은 허리를 곧추세우고 앉아 있었다. 평소 같지 않게 낌새를 먼저 흘린 것이다. 수상한 냄새를 맡은 선생님이 의심의 눈초리로 교실 문을 밀고 들어왔다. 안타깝게도 칠판지우개는 선생님의 앞머리만 살짝 스쳤다. 아이들이 까르륵 넘어가는 것도 아랑곳없이 선생님의 표정은 싸늘하기 그지없었다.

"이노무 새끼들, 실장 나와, 부실장 나와. 엎드려뻗쳐! 너희들 사람이 우습게 보이냐? 너희들 내가 그렇게 만만하냐?"

국어 선생님이 타깃이 된 건 만만해서도 우스워서도 아니었다. 이 정도 장난은 너끈히 받아주고도 남을 것 같아 나름 엄정한 심사 끝에 선발된 것이었다. 아이들은 기대에 어긋난 선생님의 반응에 모두 실망한 눈치였다. 우리가 알고 있는 선생님이라면 최소한 이런 반응을 보였어야 했다.

"얌마, 하려면 제대로 해야지. 이게 뭐냐. 이렇게 간단한 것도 딱딱 못 맞추고, 다음부터 잘해라. 알았냐?"

전근을 간 센스쟁이 영어 선생님은 가끔 자신의 실수를 깨알 같은 유머로 날려주곤 했다.

"얘들아, 나 오늘 발음 두 개나 틀렸다."

수업 끝 종이 치자, 자신의 실수를 고백하며 들어 올린 선생님의 손가락은 세 개가 펴져 있었다.

"선생님, 레미라제블이 아니고, 레미제라블인데요?"

아이들이 까칠하게 지적하면

"어머, 내가 말이 빠져 이빨이 헛 나왔나 보다."

"까르르르."

영어 선생님 순발력은 알아줘야 한다며 다들 유쾌하게 웃을 수 있었다.

"얘들아, 나이 먹은 데다 급하기까지 하면 게장백반도 계백장군으로 보이고, 전갈도 절간으로 보이고 그래."

아주 쿨하게 자신의 실수를 인정하고 그 실수를 웃음으로 승화시키는 멋진 선생님의 표본이었다.

만약 선생님이 된다면 학생들의 장난도 너끈히 받아주고 감싸주는 타입이 되리라 생각했다. 아이들 앞에서 자신의 실수를 인정하고 사과할 수 있으며, 아이들이 엇나간다 하더라도, 그럼에도 불구하고를 외치며 끌어안을 수 있는 선생님이 되리라 생각했다.

교장실 창가마다 난 화분이 즐비했다. 축하의 메시지를 담은 분홍 리본이 맞춤옷으로 쪽 빼입고 연회에 나온 무희들처럼 바람결 따라 나풀거렸다.

교장은 선뜻 손을 내밀어 악수를 청했다. 환영한다고 짧게 말한 뒤, 서류를 뒤적거리며 잘 부탁한다고 했다. 그가 앞서 교무실로 향했다. 그의 발길은 미리 짜놓은 동선이 있는 듯 한 치의 머뭇거림도 없이 거침없었다. 성큼성큼 앞서 가는 그의 보폭을 따라잡기란 쉽지 않았다.

"김 선생님, 제가 도서관에 대한 기대가 무척 커요. 수산나고에서 김 선생 활약은 익히 들어 알고 있습니다. 교과부에 독서교육 모범사례로 오르기도 했더군요. 이렇게 훌륭한 분과 일하게 되어 제가 아주 운이 좋습니다."

교장은 오른손을 펼쳐 교무실 방향으로 안내하며 말했다. 몸에 밴 매너에, 공직자로서의 닳고 닳은 접대 멘트까지. 웬만해선 허점을 보이지 않을 성격 같았다.

"별말씀을요, 과대포장된 건 아닌지 모르겠습니다, 교장 선생님. 여러모로 운이 좋았습니다. 그중 학교의 지원이 가장 컸어요. 아이들이 무척 잘 따라준 덕분도 있고요."

학교의 지원이란 말을 교장이 어떻게 받아들일지 몰라 주저되었지만 그래도 그게 사실이란 것을 넌지시 흘렸다. 학교 예산 중 손쉽게 인색을 떠는 것이 도서구입비라는 것을 교장도 모르지 않을 것이다.

교장은 말없이 교무실 문을 밀었다. 수십 개의 눈이 일제히 교장과 수인에게 쏠렸다. 수인은 당혹스러웠다. 수산나의 규모와는 다를 거라고 짐작했지만 막상 교원들의 숫자가 눈앞에 드러나니 압도당하는 기분이 들었다. 스무 명이 채 안 되는 수산나의 교무실에 비해 오십여 명이 넘는 형설중의 규모에 그만 기가 질릴 지경이었다. 주눅이 든다고 해야 할까. 이곳에서 잘 버텨낼 수 있을지 겁부터 났다. 전근할 때마다 드는 낯섦에 주눅 들지 말자고 방금 전까지 주문을 넣었는데도 여전히 버거웠다. 손바닥에 땀이 차고 어깨는 돌덩이에 짓눌리는 것처럼 무거웠다. 나만 겪는 일이 아니다, 누구나 겪는 일이다, 너만 유난떨 일 아니다, 아무리 되뇌어도 담대함은 실종 상태다. 낯선 곳에 달랑 혼자 끼어든다는 것은 여러 가지를 각오해야 한다. 쏠리는 시선을 사로잡을 만큼 튀는 행동을 하든가 아님 냉랭하게 무관심으로 일관하든가, 때로는 왕따가 될 각오도 해야 한다.

첫 발령지였던 수산나고등학교에서 학생들을 처음 대면했을 때, 모나미 볼펜을 손에 쥐고 있었다. 인사가 끝난 뒤, 하얀 볼펜대는 둥그렇게 휘어져 있었다. 낯선 곳에 대한 두려움은 수인에게 초능력적인 힘을 발휘하게 만들었다. 아마 철근이 손에 들렸다면 엿가락처럼 휘어지게 만들었을 것이다. 다행인지 불행인지 지금 수인의 손에 모나미 볼펜 같은 건 없다.

앞으로 넘어야 할 산이 이 학교의 학생 수만큼 있을지도, 아니 곱하기 열 배의 어려움이 포진해 있을지도 모르는데. 좀 전에 도서관에서 맞닥뜨렸던 세 아이의 얼굴이 또렷이 떠올랐고, 유배지 같은 도서관의 음습함이 먹장구름처럼 드리웠다. 그리고 지하실에서 스쳤던 빠른 움직임.

인사가 끝나자 교장은 수인을 따로 불렀다. 다음 주부터 독서글쓰기반을 꾸리라고 했다. 학기 중에다 이미 방과 후 반도 정해진 터라 이제껏 없었던 독서반에 아이들이 모일까 싶었다. 더군다나 소읍에 있는 수산나와 다르게 대도시 아이들은 방과 후 활동보다 학원으로 빠지는 게 다반사이지 않은가.

수인의 손에는 곳간 열쇠처럼 장중하게 생긴 도서관 열쇠가 들려 있다. 도서관의 음울한 무게가 고스란히 실려 있는 묵직함이었다. 수산나의 호접몽 아이들과 함께 밤샘독서를 하고 작가와의 만남을 하며 리뷰대회 수상으로 피자 열 판을 선물 받아 그들의 절친까지 초대해 벌인 잔치는 얼마나 흥겨웠던가. 신명나는 하루하루였다. 매 순간, 사서 교사가 되길 정말 잘했다, 백 번도 넘게 감사하며 상기된 목소리로 엄마께 전화를 드렸던 기억이 새록새록 밀려왔다. 그런 날이 다시 올 수 있을까? 다시 코끝이 매워지며 눈물이 올라왔다.

이방인처럼 학교의 중심과 외돌아져 있는 도서관으로 향했다. 포장되지 않은 길에 징검다리로 놓여 있는 보도블록 사이에는 여전히 물이끼가 파랗다. 크고 작은 나뭇잎들이 너울너울 춤을 추며 손짓을 했다. 지는 저녁 해의 따가움이 이파리 위에 고스란히 되비쳤다. 어서 오라고, 여기는 나무들의 천국인 목신들의 도서관이라고 말하는 듯했다. 도서관에 가까워질수록 수인의 존재는 한 개 점으로 줄어들어 나무들 속으로 녹아들었다.

새와 해머 그리고 깡

세호와 해머가 소란을 피운 건 미술 시간이었다. 구상 스케치에 채화하는 시간이라 다들 신경을 곤두세워 색깔을 고를 때였다. 농도를 통해 미세한 색깔의 차이를 내는 거라 평소답지 않게 조용했다. 더군다나 이번 학기 수행평가에 들어간다고 하니 다들 눈에 불을 켰다.

세호가 신경질적으로 붓을 털다가 그만 해머의 소맷자락에 물감을 묻히고 말았다. 해머는 날이 선 표정으로 자신의 소매와 세호의 얼굴을 번갈아 보았다.

"지어."

해머가 혀 짧은 소리로 말했다.

"아이고, 이거 유성인데. 어쩌냐? 미안해서?"

세호의 눈썹이 장난스럽게 꿈틀거렸다.

"지어, 다장."

"오호~ 두 단어나 연속으로 말했어. 이제 입 냄새 안 나겠다. 해머."

세호가 다시 깝죽댔다. 해머의 눈꺼풀 속 실핏줄이 붉어지는가 싶더니 가방 속에서 뭔가를 꺼내 들었다. 망치였다.

"하이, 새끼. 집이 무슨 대장간이냐? 망치를 또 갖고 오게? 며칠 전에 망치 압수당했잖아. 짜샤."

며칠 전, 수업 중에 비명이 터져 나온 적이 있었다. 그 소리는 소름이 돋을 정도로 째지면서도 짧았다. 책상 밑에 솟아난 못 끝에 나래의 허벅지가 긁힌 것이다. 나래의 허벅지에서는 선홍색 피가 몽글몽글 솟아났다. 체육복 반바지를 입고 있었기 때문에 맨살에 그대로 긁힌 모양이었다. 나래의 하얀 다리 위로 선홍색 피가 줄을 그었다. 양호실로 가네 마네, 허둥대는데 해머가 망치를 들고 나래의 자리로 저벅저벅 가는 것이었다. 나래를 지켜보던 아이들의 시선은 해머에게로 향했다. 말 한마디 하지 않아 존재감이 없는 해머는 망치만 들면 그 존재감이 드러났다. 해머는 나래의 책상을 뒤집더니 날카롭게 튀어나온 못 끝을 꽝꽝 두들겼다. 마치 나래의 허벅지 대신 그 못을 질타하고 벌하는 듯했다. 못 끝이 찍 소리도 못하게, 나온 것보다 더 오버해서 두들겼다. 나래는 찔끔거리는 눈물을 닦으며 제 허벅지와 해머를 번갈아 바라보다 양호실로 향했다. 그

것을 지켜보던 과학 샘은 웃지도 울지도 못하는 표정으로 해머와 해머의 손에 들린 망치를 번갈아 바라보았다.

"참 내, 이거 뭐라고 할 수도 없고. 야, 너 망치 갖고 다니냐?"

해머는 과학 샘의 말 같은 건 아랑곳없이 적군 수백만을 장팔점 감모로 해치운 장비처럼 저벅저벅 제자리로 걸어갔다. 과학 샘은 해머에게 망치를 갖고 나오라고 했다. 과학 샘은 더 이상 말을 붙이지 않고 망치를 압수했다. 그것이 지난주의 일이었다.

세호는 팔다리를 크게 휘저으며 해머로부터 멀찍이 달아났다.

"무슨 일인데? 왜들 그래?"

미술 샘의 새된 목소리가 끼어들었다. 아이들이 아무리 떠들어도 방치하다시피 하는 미술 샘이다. 미술 샘이야말로 예측 불허의 인물이다. 수업을 하다가 혼자서 제멋에 겨워 자지러지게 웃다가 순식간에 표정을 바꾸어 전혀 상관없는 얘기를 꺼내 아이들을 당황스럽게 만드는 데는 따라잡을 사람이 없었다. 아이들 사이에서는 낯설게 하기의 달인으로 통했다. 이건 좋게 말해서 그런 거다. 대부분, 또라이 또는 광녀라고 부른다.

"고흐는 말이야, 살아생전 이 그림 한 점밖에 팔지 못했단다. 깔깔깔깔, 얘들아 웃기지 않냐?"

미술 샘은 고흐의 〈아를르의 붉은 포도밭〉을 처연히 바라보다 이해할 수 없는 웃음을 날리며 물었다.

"그게 왜요? 웃을 일은 아니죠?"

아이들이 싸늘히 대답해도

"아니, 그게 왜 안 웃겨~. 참 이상한 애들이네. 깔깔쌀쌀."

그런 날은 확실히 조증이다. 그러다가 어느 순간 돌변하는 게 수순이다.

수업 내용 중 전혀 웃을 게 없는데도 허공 속에 웃음을 뿌릴 때가 많았다. 그러다가도 도나캐나 화를 내며 아이들을 나무라곤 했다. 아이들은 기도 안 찬다며 또 미친 짓 한다는 식으로 고개를 돌려 숫제 투명인간 취급했다. 미술 샘은 상대와의 소통에 그다지 신경 쓰지 않는 듯했다. 아이들은 그러한 미술 샘의 도발에 먼저 당황하고 먼저 이해하는 척해야 했다. 미술 샘은 워낙 이상한 사람이니까, 대거리하면 안 된다 뭐, 그런 암묵적인 봐줌이 있었다. 도무지 짐작할 수 없는 미술 샘 앞에서 깝치는 아이는 없었다.

"야, 너는 그거로 뭐하려고 그랬어?"

미술 샘은 해머에게 천연덕스럽게 물었다. 역시 그녀답다. 놀라거나 이상한 것이 아니라 진정으로 궁금해서 묻는 것 같다.

해머는 대답하지 않았다. 벌써 말하는 문을 꼭 닫았을 것이다. 한번 말하는 문이 닫히면 누가 물어도 대답하지 않는 게 해머의 고질병이다. 아무리 두들겨 맞아도 정신줄을 놓으면 놓았지 절대 입을 열지 않는다. 무슨 일이 생겼을 때 어떤 해명도 하지 않는 아이로 유명했다. 성도 거기에 걸맞게 안이다. 안해명.

"너는 아예 말 안 하는 거로 사람 속 터지게 한다는 그 아이니? 그래, 그럼 입 닫았으면 할 수 없지."

미술 샘은 뒷문 쪽으로 달아난 세호를 향해 말했다.

"야, 너, 새같이 생긴 입 싼 애, 말해봐."

미술 샘이 세호를 향해 말하자, 아이들이 까르르 웃었다. 가끔 미술 샘이 제 주파수를 잘 찾는 날은 누구 못지않게 간명하며 직관적이다.

세호의 별명은 새다. 양쪽이 살짝 눌린 것처럼 두상은 길쭉했으며 턱은 새의 부리처럼 뾰족했다. 가는 팔다리는 찬 냇가에 발을 담근 채 목을 길게 빼고 서 있는 백로를 연상케 했다. 부리로는 쉴 새 없이 물속을 쪼아대는 중대백로. 촉새처럼 말 많은 것까지 치면 똑 떨어지는 별명이었다.

"샘, 일부러 그런 건 아니거든요. 물감이 해머 옷에 튀었어요. 진짜예요."

"그래, 네 말은 그럼 물감이 잘못했다는 말이니? 물감이 옷에 튀기까지 네 팔도 문제가 있었던 거네. 그럼 너 얘한테 미안하다고 했어?"

미술 샘은 여전히 사람이 실수할 수도 있지, 뭐 그런 진지한 표정으로 물었다.

"예, 했거든요. 그런데도 다짜고짜 망치 들고 설치잖아요, 저 자식이."

"그게 미안하다는 태도야?"

미술 샘의 목소리는 날카롭게 갈라졌다. 옴팡지게 감정이 실린 목소리였다. 종잡을 수 없는 미술 샘의 태도에 급 당황한 건 지켜보던 아이들이었다.

"너, 그게 미안하다는 태도냐고?"

미술 샘은 또다시 쇳소리에 가까운 톤으로 새에게 소리 지른 뒤 해명에게 물었다.

"너, 그 망치로 어떻게 할 작정이었니?"

"……."

해명이 무슨 말을 하려고 입을 달싹거릴 때였다.

"아 참, 까르르르, 내가 또 깜빡했네. 너 말문 닫은 거지?"

그 말을 듣자 해명은 손 탄 조개처럼 다시 입을 꽉 다물어버렸다.

아이들은 그럼 그렇지, 하는 표정으로 감히 짐작할 수 없는 저 경계 너머에 있는 미술 샘을 농몽한 눈빛으로 바라보았다.

"그 망치로 쟤, 새같이 생긴 애를 때리려고 했니?"

그 물음에 해머는 시선을 아래로 떨군 채 주춤거렸고, 새는 움찔 몸을 떨었다.

"그럼, 네 마음대로 해봐, 어디."

어쩌자고 그러는지 점점 미궁 속으로 들어가는 미술 샘의 태도에 아이들은 점점 달아올랐다. 어떤 아이는 수업 끝 종이 치면 김

샐까 봐 초조하게 시계를 들여다보기도 했다.

해머는 미술 샘을 향해 인사를 꾸벅 한 뒤 가방 속에 망치를 집어넣었다. 그런 다음 책상을 치며 두 주먹을 부르르 떨었다.

"새, 너 이리 와."

미술 샘은 해머의 붓에 빨간 물감을 잔뜩 묻혔다. 그런 다음 해머의 손에 쥐어주었다.

"일어서. 그리고 둘이 마주 서."

새와 해머는 마주 섰다. 새의 얼굴에 반성의 기미 같은 건 보이지 않았다. 장난기가 여전했다.

"얘, 얼굴에 칠해."

어쩌자는 건지. 도무지 짐작할 수 없는 미술 샘의 태도에 새도 해머도 지켜보던 아이들도 벙찐 표정이었다.

"어서~. 네가 칠하고 싶은 데 칠해. 볼이든 코든 이마든 상관없어."

미술 샘은 해머를 향해 어깨를 으쓱했다.

해머의 눈빛이 조금 풀리는가 싶더니 쭈뼛쭈뼛 새 앞으로 다가섰다. 해머는 새의 얼굴에 붓을 댔다. 새의 코끝이 발개졌다. 해머는 붓에 힘을 주어 새의 코끝부터 턱 선까지 내려 그었다. 해머의 얼굴이 노글노글 풀렸다. 코피가 흘러내린 거 같은 새의 얼굴을 보자, 해머의 입에서 웃음이 터졌다. 새는 콧구멍을 벌름거리며 해머에게 제 얼굴을 들이댔다. 해머는 주춤주춤 물러서면서도 웃음을 멈추지 않았다.

"호호호호, 깔깔깔깔."

미술 샘은 아이들보다 더 큰 소리로 웃어젖혔다. 그런 다음 해머에게서 망치를 달라고 했다. 아이들은 또 한 번 팽팽한 정적 속에서 다음 장면을 지켜보게 되었다. 어떤 예측도 불허하는 미술 샘의 도발은 정말 신선했다.

미술 샘은 망치를 들어 해머의 플라스틱 팔레트를 내리쳤다. 팔레트는 산산조각이 났다. 때맞춰 종이 울렸다.

"오호, 이거 성능 좋은데? 이건 압수다. 그리고 너희들……, 오늘 망치 못 본 거로 해라. 그리고 너, 팔레트 필요하면 나한테로 와."

미술 샘은 흐트러진 플라스틱 조각 같은 말을 황급히 부려놓고 나갔다. 하여간 사람을 어리둥절하게 만들어 오금을 못 펴게 하는 데는 미술 샘만 한 강적은 없는 듯했다.

새와 해머는 언제 그랬냐는 듯 낄낄대며 화장실로 달려갔다. 새는 손을 씻으면서도 손가락으로 해머의 얼굴에 물을 튀기며 장난을 걸었다. 해머는 그딴 일에 더 이상 마음 쓰고 싶지 않다는 듯 교실로 향했다. 새와 해머는 도범에게로 갔다. 도범은 두 아이들을 보며 말했다.

"아이, 새끼들 쪽팔리게. 뭐하는 거냐? 하여간 환상의 복식조다. 찌질한 거로는 내가 두 손 두 발 다 들었다. 니들이랑 계속 놀아야 되냐?"

새가 샐쭉해져 말했다.

"해머 이 자식이, 아이 나 참. 봤지? 또 망치 들고 설치는 거. 난 완전 장난이었는데 이 자식이 죽자고 덤비네. 거기다 오늘따라 미술 샘도 제 궤도를 도는 것 같고."

해머는 귀를 닫은 듯 뻘쭘히 서 있기만 했다. 망치를 가방 속에 넣고 다니는 해머의 속내를 눈치챈 사람은 새밖에 없다. 말이 없는 게 기분 나쁘다며 대호 패에게 주먹밥이 되면 새는 매번 해머의 가방 먼저 엉덩이에 깔아야 했다. 행여 해머의 울뚝 성질이 올라와 망치를 꺼내들면 일이 커지다 못해 누구 하나 죽어나갈 공산이 크기 때문이다. 세호가 해머의 가방에서 망치를 처음 본 것은 대호가 해머의 배를 샌드백처럼 다룬 그다음 날이었다.

"어젠가 이 마치로 끝을 내끄야. 야대호 개새."

새와 해머는 붙어 다니면서도 늘 토닥거린다. 오늘도 물감을 가져오지 않은 세호가 해머 옆자리에 앉으며 사단이 난 것이다. 대부분 새가 해머를 긁다 제풀에 지치는 경우이다. 새는 쉴 새 없이 조잘대는 반면, 해머는 군내가 나도록 입을 닫고 있다.

도범이 새와 해머랑 더 가까워진 건 엊그제 일 때문이다.

도범의 왼손 검지는 붕대에 감겨 있다. 그야말로 망치에 맞아 미키마우스 손처럼 부풀어 오른 것처럼 보인다. 엊그제 강북 짱팸들이 이곳까지 원정을 왔다. 저수지 주차장에 모였다는 연락이 왔다. 옛정을 생각한 위문 방문과 라인 관리 차원이라고 했다.

도범은 치러야 할 것은 빨리 치러야 한다고 생각하던 차였다. 피할 수 없는 과정이라는 것을 그간 겪은 일로 훤히 아는 바였다.

도범은 각목을 준비했다. 선고라도 내리듯 강북팸 앞에 각목 꾸러미를 내던졌다. 저수지 쪽에서 불어오는 밤바람이 선듯했다. 밤산책을 하는 몇몇 사람들이 그들을 흘낏거렸지만 누구 하나 참견하지 않았다. 눈알만 되록되록 굴리는 강북팸에게 도범은 말없이 각목을 나누어주었다. 서울서 여기까지 온 것을 알면서도 그들에게 살가운 인사 한마디 건네지 않았다. 그들도 어느 정도 짐작하리라 생각했다. 어쩔 수 없었지만 인사도 없이 전학을 왔다는 것은 어느 정도 의사표현이 된 거라는 걸, 알 만한 아이들은 다 안다.

손을 씻으려면 돌림빵은 각오해야 한다. 통과의례이니 저항하지 않고 장렬히 맞아주어야 한다. 그것이 이 세계의 미풍양속이다.

"이제 재미없다. 이해해주라."

도범은 무릎을 꿇은 뒤 각목 세례를 기다렸다.

"뭐래~, 왜 저래? 깡? 진심이야?"

강북팸 사이에서 도범은 '깡'으로 통했다. 짱이라고 불렀다가 광고하고 다니냐고 도범에게 늘씬하게 맞은 놈이 생기자, 성을 따서 깡이라고 부르기 시작했다. 깡은 짱보다 더 강력한 넘사벽 같은 존재로 강북을 넘어 강남까지 고유명사로 굳혀가던 중이었다.

상배가 가래침을 뱉은 뒤 담배를 빼물었다. 라이터에 불이 붙지 않자 상배는 라이터를 패대기치며 소리쳤다.

"왜 라이터가 이 모양이야?"

상배는 온몸에 힘을 실어 라이터를 여러 번 짓밟았다. 라이터는 산산조각이 났다. 상배가 말했다.

"뭐야, 뜬소문 아니었어? 아, 씨바 겁먹었어? 깡은 다 어디 가고 이제 와서 말이 돼 이게? 뒈지든 살든 끝까지 가보자고 안 그랬어?"

상배는 담배를 던진 뒤 주머니에 손을 넣고 큰 숨을 몰아쉬며 소매를 걷었다. 그리고 한 번 더 침을 뱉었다. 상배는 독 오른 투견처럼 고개를 수그린 채 도범 곁을 맴돌았다. 옆에 서 있던 아이들이 하나둘 각목을 주워들었다. 상배의 신호만 기다렸다.

상배는 허공을 향해 숨을 뱉은 뒤 아이들에게 손을 들어 각목을 내려놓으라고 했다. 아이들은 김샌 표정으로 손에 힘을 풀었다. 상배가 말했다.

"잘 먹고 잘 살아라 새끼야. 안 그러면 나한테 아작 날 줄 알아라."

상배는 이미 알고 있었다. 전학으로 일이 마무리되고 며칠 근신할 때 도범은 상배의 전화도 메시지도 받지 않았다. 눈치 빠른 상배가 모를 리 없다.

상배가 뒤돌아서자 당황한 아이들은 각목을 던지며 따라나섰다. 도범은 아이들을 불러 세웠다.

"걍 때려, 새끼들아. 달게 맞을게."

도범이 어지러이 널려 있는 각목 중 하나를 집어 들고 소리쳤다. 상배는 뒤도 돌아보지 않고 손을 든 채 거들먹거리며 걸었다.

그만하면 됐다, 이거였다. 기분이 몹시 찌그러들었다. 이렇게 뽀대 나지 않게 끝낼 수 없는 일이다. 도범은 각목을 집어 들고 재수 없게 걸리는 놈 등짝이라도 갈기며 시비를 걸어야겠다고 생각했다. 제대로 된 절차를 밟지 않으면 어중간한 상태에서 질질 끌려가게 되어 있다. 도범은 각목을 쳐들고 그들에게 달려들었다. 패거리들은 황급히 싸움 대열로 헤쳐 모였다. 아이들은 도끼눈을 뜨고 도범을 주시했다. 팽팽했다.

"됐다고 했잖아 새꺄."

상배가 귀찮다는 듯이 말을 뱉었다.

"글고, 너 여기서 문제 만들면 어떻게 되겠냐? 생각해줄 때 받어 새꺄! 이게 너와 나의 마지막 우정이다 씨바."

상배가 적선하듯 말을 던졌다.

여기서도 문제가 생긴다면······, 도범은 맥이 딱 풀렸다. 막다른 길에 들어선 듯 숨이 막혔다.

그래도 여기서 끝내야 한다. 도범은 자신의 머리통을 향해 각목을 내리쳤다. 빡, 소리가 났고 이마에서 뜨듯한 것이 흘러내렸다.

"아주 돌았구나, 씨바. 됐어 새끼야. 괜찮다고~, 아 진짜."

상배가 소리쳤다.

상배가 문제가 아니다. 멋모르고 상배를 따라나선 무리들이 문제다. 그들에게 상배가 봐준다는 낌새를 흘리면 안 된다. 지난번 순범이가 나갈 때 어땠는가, 한동안 병원 신세를 질 정도로 순범이는 걸레가 되도록 돌림빵을 당했다. 그 일이 있기 전 순범이 엄마가 죽었다. 순범이는 엄마가 죽은 건 자신 때문이라고 했다. 장례식장 영정사진 앞에 마냥 고개를 떨구고 있던 순범이가 말했을 때만 해도 도범은 크게 동하지 않았다. 잠깐 엄마의 얼굴이 스치긴 했지만 엄마, 아빠는 끄떡없이 잘 버텨줄 거라 믿었다. 도범에게 엄마, 아빠가 늘 견뎌줄 거라고 말했던 것처럼. 그때만 해도 순범이처럼 마음을 바꾸게 될 일이 생길 줄은 몰랐다.

도범은 겁쟁이처럼 뒷걸음질치는 꼴은 보이지 않으려고 단단히 별렀는데 판이 이상하게 돌아갔다. 패거리는 섣불리 자리를 뜨지 못하고 주춤 물러섰다. 그들이 외려 겁먹은 것 같았다. 도범은 그들에게 더 이상 기대할 게 없다는 생각이 들자, 깨진 벽돌을 들어 왼손을 바닥에 놓은 뒤, 내리찍었다. 짱이 될 때도 센 척을 해야 했지만 나갈 때도 센 척을 놓쳐서는 안 된다. 그렇지 않으면 지지부진 또 휘말리게 되어 있다.

도범은 벽돌을 내리찍을 때 본능적으로 왼손을 뺐다. 아무리 할리우드 액션을 취한다 해도 그럴듯해야 하기 때문에 슬쩍 뺀 게 문제였다. 왼손 검지 끝마디가 집혔는지 피가 뚝뚝 떨어졌다. 숨이 턱 막힐 정도로 아팠다. 입 밖으로 터져 나오지 못한 비명이 깨문 이빨 사이로 비어져 나왔다.

"아, 겁나 지독한 새끼, 저 새끼 장난 아닌데."

누군가 뒷담을 붙이며 뒷걸음질쳤다. 그들은 더 이상 진상 떠는 도범을 볼 수 없다는 듯이 겁먹은 개떼들처럼 질린 얼굴로 하나둘 저수지를 빠져나갔다. 도범이 손가락을 벽돌로 찍은 건 그들을 의식한 것도 있었지만, 무엇보다 자신을 믿을 수 없었기 때문이었다.

저수지를 벗어나 동네로 들어설 때 학원을 끝내고 떡꼬치를 물고 가던 새와 해머랑 마주치게 되었다. 새와 해머는 피범벅이 된 도범을 보고 기겁을 했다. 먹던 떡꼬치를 놓칠 정도였다. 해머는 말없이 약을 사오고 새는 옆에 앉아 피를 닦아주었다. 말 많은 새는 말을 잃은 듯 아무것도 묻지 않았다. 도범이 오늘 일은 못 본 거로 하라고 하자, 새와 해머는 오줌 지린 표정으로 대답조차 하지 못했다.

다음 날 도범이 해머에게 약값을 주자 해머는 받지 않으려고 했다. 그러자 도범이 말했다.

"야, 너 나 겁나냐? 받어 인마. 이게 너와 내가 동등하다는 증거야. 친구는 동등해야 되는 거야. 누가 누구의 밥이 되는 게 아니라 인마."

도서관에서 독서회를 모집한다고 했다. 담임은 방과 후 프로그램에 지원하지 않은 사람 중에 하라고 했다. 아무도 손을 들지 않았다. 공부 때문에 부모들은 책 읽는 것도 못마땅해하는데, 우리보고 어쩌라고 독서회를 만드는지 모르겠다고 수군거렸다.

담임이 방과 후 보충 신청을 하지 않은 사람 일어서라고 하자,

도범이 손을 번쩍 들었다. 도범은 어딘가 숨을 곳이 필요했다. 도서관은 적소였다. 새로 온 사서 샘도 그리 깐깐한 것 같지 않았다. 잘 요리하면 도범의 밥이 될 수 있을 것 같은 만만함이 보였다. 손을 번쩍 든 도범을 보자 해머와 새도 따라 들었다.

그러자 있는 듯 없는 듯 그림자처럼 떠도는 이담이가 손을 들었다. 독서회에 이담이 같은 애가 가입하는 건 당연한 일이다. 이담이는 바람처럼 도서관에 스며들어 바람처럼 도서관을 휘저으며 돌아다니는 아이로 유명했다. 이담이는 늘 책을 끼고 다녔다.

엊그제 새와 해머가 이 학교에서 아지트 같은 곳을 소개해준다며 도서관으로 데리고 간 적이 있다. 학교에 오자마자 낄낄대며 도서관으로 몰려갔다. 도서관을 찾는 아이도 관심을 두는 선생도 없다며 새와 해머는 자신들이 접수한 것처럼 굴었다. 도범은 새가 도서관이라고 가리키는 건물이 아주 마음에 들었다. 중세의 고성처럼 아무나 범접할 수 없는 음침한 분위기가 한눈에 쏙 들어왔다. 도서관 뒤편은 누구의 손도 타지 않는 처녀림 같은 원시적 야생이 있었다. 건물은 그늘 속에 눅눅하게 자리 잡고 있었다. 이곳에 숨어들면 누구의 눈에도 띄지 않을 것 같았다.

이 학교에서도 도전장은 날아들 것이다. 하늘 아래 두 개의 태양이 있을 수 있냐면서. 이제껏 도범이 겪은 학교는 제일 먼저 서열을 정해야 직성이 풀리는 동물의 왕국이었다.

도범은 하늘 아래, 태양도 있고 달도 있고 잔별도 있다는 것을 인정해야 한다는 것을 알았지만 그것이 어떻게 일상 속에 녹아드는 건지 알 길은 없었다.

그날 아침 일찍, 도서관에 도둑들처럼 숨어들었을 때 서가 사이에서 이담이를 보았다. 이담이는 캄캄한 서가 사이에서 책을 빼내 몇 장 뒤적거린 뒤 내팽개치고 있었다. 책갈피 사이에서 뭔가를 찾는 것처럼 아주 급하게 책을 넘긴 뒤 책을 아래로 던져버렸다. 서가 바닥에는 이미 여러 권의 책이 널브러져 있었다. 완전 뒤죽박죽이었다. 그 모습을 지켜보던 새가 한마디 하려고 나서는 것을 도범이 낚아챘다. 궁금했다. 그다음 행동으로 뭐가 나올지. 책을 보는 것도 제자리에 꽂는 것도 아닌 널브러지게 하는 것이 본래 일인 양 아무렇지 않은 표정이었다. 언제나 그랬던 것처럼, 아주 자연스러웠다. 이담이는 한참 뒤, 널브러진 책을 그대로 두고 그림자처럼 도서관을 빠져나갔다.

"쟤 뭐냐? 또라이냐?"

도범이 새에게 물었다. 새는 고개를 갸우뚱했다. 이담이는 도서관 자원봉사자라고 했다. 저건 자원봉사자의 행동은 아니지 않느냐고 외려 도범에게 물었다.

그때 또각또각 구둣발 소리가 계단을 타고 올라왔다. 구둣발 소리는 점점 가까워졌다. 겁쟁이 해머는 말릴 새도 없이 도서관 문을 박차고 나갔다. 새와 도범이 뛰어나가며 해머의 가방을 잡아챘다. 해머의 가방에서 망치가 떨어졌고 처음 본 사람과 마주치게 된 것이다. 그녀는 입을 벌린 채 회동그래진 눈으로 망치를 본 뒤 세 사람을 훑었다. 어떤 단서라도 잡아내고 싶은 양. 그러거나 말거나 도범 일행은 순식간에 도서관을 빠져나왔다. 학교에서는 어떠한 증거도 흘려서는 안 된다. 손톱만큼의 기미만 있어도 골치 아프게 군다.

독서회 지원자는 방과 후 도서관으로 모이라는 방송이 나왔다.

도범은 담배 한 대 빨고 싶은 강력한 욕구가 솟구쳤다. 담배야말로 하루아침에 정리되지 않았다. 도서관 뒤편은 최적의 장소였다. 새와 해머가 따라 나섰다.

"먼저 가."

도범이 해머와 새에게 턱짓으로 도서관을 가리키며 말했다. 새와 해머는 뭔 소리 하냐는 눈빛으로 도범을 바라보았다. 도범이 도서관 북쪽 벽을 지나 숲 속으로 들어갔다. 완벽했다. 바깥과는 완전히 차단된 것처럼 보였다. 도범이 담배를 꺼내자, 새는 나무들 사이로 바깥을 엿보았다. 해머는 멀찍이 장승처럼 숲 속을 지키고 있다.

헌책 파는 남자, 헌책 사는 여자

수인이 많은 헌책방 중 굳이 '자작나무 사이로'를 선택한 것은
순전히 이름 때문이었다. 사이트를 발견했을 때 순식간에 어릴 적
다니던 교회 돌담의 자작나무가 떠올랐다. 목사관 통유리로 내다
보이던 자작나무 둥치는 마치 발레 하는 무희들의 다리처럼 우아
하고 가냘프도록 늘씬했다. 동네 어귀의 당산나무인 느티나무와
뒤꼍의 대추나무와는 비교도 안 될 만큼 연약했지만 그것들에는
없는 도회풍의 세련됨과 먼먼 나라에서 온 것 같은 이국적인 분위
기가 마음을 사로잡았다. 초여름, 이파리가 바람 따라 나풀거릴 때
면 공연히 애달프기까지 했다. 논둑에 되똑 서 있는 미루나무와는
비교도 안 될 만큼 색달랐다. 바람 많은 날, 그 아래에 서면 이파리
부딪는 소리가 푸른 바람을 만들어냈다. 마치 떠나온 곳을 잊지

못해 바람을 부르고 이파리마다 바람을 빗질하는 모습은 언젠가는 그곳으로 돌아가리라는 나무의 속살거림처럼 들렸다. 소똥 딱지 같은 감나무의 검은 수피와 대추나무의 검고 거친 것과는 비교도 안 될 만큼 자작나무 껍질은 뽀얗고 얇았다. 미농지같이 얇고 투명한 것이 나무껍질이라니. 말라비틀어진 소똥 같은 것을 툭툭 떨구는 감나무와 소나무와는 달라도 너무 달랐다. 어렸을 때 귀한 자리에 갈 때마다 엄마는 수인에게 하얀 스타킹을 신겨주곤 했는데 자작나무는 말갛게 세수하고 하얀 연미복을 차려입은 옷차림으로 외출 준비를 마치고 문간에 기대 서 있는 것처럼 정갈해 보였다. 그래서였을까. 곧 어딘가로 떠날 것 같아 바라보는 것만으로도 애가 타는 나무였다. 언제나 그 자리에 붙박고 있는 대추나무, 밤나무, 감나무, 느티나무에서 느낄 수 있는 편안함은 없었다.

키다리 아저씨는 자작나무 사이에 항상 선물을 걸어두었다. 크리스마스 때 교회에서 나오는 라면땅, 초코파이, 사탕이 든 선물꾸러미를 거기에 두었다. 그리고 수인에게 신호를 보냈다. 주일학교의 다른 아이들이 보면 시샘할 테니, 집에 갈 때 들러 가져가라고. 그래서 더욱 자작나무 사이는 설렘과 기대가 숨겨져 있는 곳이었다. 어떤 해의 어린이날에는 24색 크레파스가 걸려 있었고 어떤 해 수인의 생일에는 빨강머리 앤 스케치북이 걸려 있었다. 키다리 아저씨가 언제까지나 여기에 선물을 걸어두진 않을 거라는 불안이 자작나무를 바라보는 편치 않은 마음에 한몫했다. 아니나 다를까, 키다리 아저씨는 고등학교를 졸업하고 군대를 가면서 더 이상 자작나무에 선물을 걸어두지 않았다. 선물은 그만두더라도 키다리 아저씨를 만날 수도 없었다. 다림선이 반듯한 바지와 구김 없는 하늘빛 셔츠와 챙 달린 학교모를 쓴 모습을 더 이상 볼 수 없었다. 그 이후로 수인도 교회를 나가지 않았다.

그 후인 것 같다. 자작나무에 대한 아련함은 키다리 아저씨에 대한 그리움과 동일시되어 언제나 수인의 가슴을 쿵, 내려앉게 하는 속성이 있었다. 자 작 나 무, 라는 네 글자만 보아도 수인의 심장에 미세한 파문이 일었다. 인터넷에서 헌책방, '자작나무 사이로'를 발견했을 때 꼭 그랬다.

수인은 빠닥빠닥한 새 책도 좋아하지만 본 사람들의 손길이 묻어나는 헌책도 좋아한다. 절판되어 구할 수 없는 책은 물론 신간도 헌책방이나 중고서점에서 종종 구입하곤 하는데 가장 많이 이용하는 데가 자작나무 사이로, 이다.

홈피에 구해줘서 고맙다는 멘트를 간단하게 올리곤 하는데 주인장인 헌책 파는 남자는 곧잘 댓글을 달아주었다.

고객이 구입한 책 목록을 보면 그 사람이 요즘 어떤 화두에 매달려 있는지 알게 된다는 헌파남의 말은 무척 인상적이었다. 수인은 자신의 생각이 의도치 않게 노출되는 게 조금은 께름칙했지만 그것은 어쩔 수 없는 일이라고 여겼다. 문제의 해결책을 책에서 찾는 사람들이라면 요즘 관심사가 무엇이며 어디에 몰두하는지 당연히 그가 구입한 책 목록만으로도 알 수 있는 일이다. 요즘은 의도치 않게 쉬이 노출되기도 하며 또한 노출하려고 몸부림치는 세상 아니던가. 스마트폰 카톡 프로필 사진과 문구만 보더라도 그 사람의 안부가 어느 정도 읽히는 것도 그러하거니와 트위터나 페이스북을 통해 자신의 일상을 끊임없이 중계하는 것도 마찬가지이다. 숫제 노출 중독이라고 볼 수 있다. 불특정 다수의 사람에게 적당한 포장과 거리로 노출을 일삼으며 이 세상에 혼자가 아니라는 것을 스스로에게 증명하며 사는 시대라는 생각이 들었다. 우리가 고요함 속에 홀로 있게 되는 순간은 과연 얼마나 될까? 잠시잠깐 누구와도 소통하지 않으면 마치 세상으로부터 버림받은 것 같은 외로움을 견딜 수 없기 때문일까?

한 가지 이상한 것이 있다. 자작나무 사이로에서 구입한 책 간지에는 반드시 연필로 메모가 쓰여 있다는 것이다. 헌책을 사다 보면 워낙 먼저 본 사람들의 흔적이 남아 있게 마련이다. 밑줄은 물론 주석이나 메모가 적혀 있는 경우도 허다하다. 수인은 오히려 그게 좋았다. 마치 이 책을 함께 읽은 사람과 해후한다고 해야 할까? 어떤 때는 왜 여기에 밑줄을 그었을까, 내가 미처 알아채지 못하는 상징 코드가 있는 것은 아닐까 등, 다른 사람의 의도를 추리해보는 것도 헌책을 읽는 재미 중 하나이다. 간혹 그것이 방해가 될 때가 있지만 비슷한 생각을 공유했을 미지의 사람을 만나는 것 같아 왠지 따뜻하고 좋았다.

지난번 나쓰메 소세키의 『마음』 초판본에는 '마음은 광대무변의 밀림, 정체를 알 수 없는 풀들이 날마다 자라난다'라고 쓰여 있었다. 이 책이 몇 사람을 거쳐 수인의 손에 왔는지는 알 수 없다. 그렇지만 같은 책을 읽은 사람이 있다는 것만으로도 최소한 혼자라는 느낌은 들지 않았다. 특히 누군가 자신을 아주 지독히 외롭게 할 때는 더더욱. 무엇보다 문제가 되는 건 간지에 쓰여 있는 말이 수인의 마음을 움직인다는 거였다. 그것도 아주 강하게. 정체를 알 수 없는 풀들이 날마다 자라나다니. 마음속에 제어되지 않는 풀들이 얼마나 쉬이 자라고 또 얼마나 쉽게 스러지던가. 또 그것에 얼마나 휘청대던가.

한 달 전에 구해달라고 한 책이 왔다. 『콜레라 시대의 사랑』이다. 『콜레라 시대의 사랑』은 유명 출판사에서 새로운 판으로 계속 출판되는 세계문학 중 하나지만 수인은 자작나무 사이로에 주문을 했다. 이번에는 어떤 메모가 있을까, 하는 기대에서였다. 수인은 종이 박스에 칼을 대며 미세하게 떨리는 자신의 손끝을 보았다. 심장이 잠시 움츠러들었다가 다시 박동하듯 설렘이 온몸을 훑었다.

수인은 간지를 열기 전 책표지를 손으로 쓸었다. 매끄러우면서도 차가운 그러면서도 책 날의 선뜻함이 그대로 전해졌다. 책표지를 열었다. 지난번 『마음』에서 보았던 필체와 비슷한 것 같기도, 아닌 것 같기도 했다. 매번 책 속에 메모가 있다는 것은 지속적인 어떤 한 사람의 행위라는 것을 의심해볼 필요가 있다. 헌책 파는 남자가 보내는 것일까? 헌파남이 모든 고객들에게 이러한 메시지를 적어 보낸다면? 고객이 한두 명도 아닐 터이고 책이 한두 권도 아닐 텐데. 책방 주인 입장에서 생각해봐도 그건 말이 안 되는 거였다. 잘못했다간 상대에게 실례를 범하는 것일 수도 있다. 헌책이라는 것을 이용해 누군가에게 지속적으로 어떤 메시지를 보내는 거라면 정신적으로 좀 문제가 있는 사람이 아닐까 싶었다. 어쩌면 먼저 책을 읽고 소회를 간명하게 흘리는 것은 자신의 느낌을 강요하는 실례일 수도 있다.

아니면, 수인처럼 누군가와 소통하고 싶은 것을 이렇게 소극적으로 표현하는 것인가? 메모에 대한 궁금증은 정체를 알 수 없는 밀림의 풀들보다 더 빠르게 자라나는 것 같았다.

'더 이상, 견딜 수 없는 지독한 사랑'

헉,

순간, 수인의 심장이 멎는 듯했다. 사실,『콜레라 시대의 사랑』은 전에 읽은 책이다. 요즘 들어 다시 이 책을 찾은 이유는 율 때문이다. 그 책을 다시 봐야겠다고 생각하며 책꽂이를 아무리 훑어도 보이지 않았다. 전에 써놓았던 독서 기록장에는 한강문고에서 언제 샀으며 어느 출판사라는 기록이 있다. 그 아래 한 줄짜리 서평도 남아 있었다. 기억을 되짚어보다가 후배에게 빌려준 것이 생각났다. 후배는 남자 친구가 문자로 이별 통보를 해왔다며 사흘 내리 질질 짰다. 수인은 세상에서 제일 나쁜 놈은 문자로 이별 통보하는 놈이라면서 후배보다 더 열을 냈다. 후배는 듣다 듣다 자기가 욕하는 것은 괜찮아도 남이 욕하는 것은 못 봐주겠다는 듯이 그래도 제일 괜찮은 놈이었다고 편을 들었다. 같이 욕하다가 완전 김이 샌 꼴이었다. 수인은 후배에게 운수 대통한 줄 알라고 했다. 그런 놈은 일찌감치 정리해야 하는데 자진 철거하니 얼마나 운이 좋은 거냐고, 후배의 아픈 마음 같은 건 돌보지 않고 더 날뛰며 욕을 퍼부은 셈이었다. 수인은 한풀 꺾은 후, 결혼한 뒤 우리 이혼하자 문자로 통보하는 놈보다는 낫지 않느냐며 위로했지만 후배는 우는 것을 멈추지 않았다. 코를 풀며 짜고 있는 후배 앞에 수인은 두 권의 책을 소리 나도록 던져주었다. 나름 짜증 폭발의 표현이었다. 두 눈을 동그랗게 뜨고 올려다보는 후배에게 말했다. 세상에서 가장 지독한 사랑이 여기 있다고, 이 남자처럼 사랑하지 않으려면 울지도 말라고 차갑게 내뱉은 것 같았다.

자신이 내뱉은 말이 언젠가는 부메랑이 된다는 사실을 이렇게 빨리 되뇌게 되리라고는 생각하지 못했다. 수인이 그 책을 찾는 이유가 그것이다.

간지에 쓰여 있는 메모는 몇 년 전 수인이 독서록에 써놓은 한 줄짜리 서평과 일치했다. 소름이 돋았다. 수인은 믿을 수 없어 황급히 독서록을 찾아 대조해보았다. 수인의 독서록에는 '더 이상'이라는 말은 없다. 그렇지만 견딜 수 없는 지독한 사랑, 이라는 말은 같았다. '견딜 수 없이 지독한 사랑'이라고 쓴 뒤 당시 크게 뱉은 숨까지 같을 거라는 생각이 들었다. 야릇했다. 보이지 않는 행간의 숨결까지 느껴지다니.

『콜레라 시대의 사랑』과는 방식에 있어 대조적인, 아니 정확히 얘기하면 대조적이라고 할 수도 없는 『오래 오래』의 간지에는 이렇게 쓰여 있었다.

'love is pain, pain is love.'

수인은 신간 서적도 부러 시간을 두었다가 자작나무 사이로에 주문하게 되었다. 이번에도 역시 간지의 릴레이가 이어질지, 거기엔 어떤 메모가 있을지, 메모의 주인공은 과연 같은 사람일지……. 수인은 왠지 간지의 메모는 한 사람일 거라는 생각이 들었다. 그 사람이 쓴 문장은 그 사람의 기운이 들어 있어서 숨을 쉬며 살아 있다. 그간에 읽은 책을 통해 수인은 작가마다 숨소리가 제각각이라는 것을 알 수 있었다. 그래서 속일 수 없다. 아무리 가장한다 하더라도 그 사람의 기운까지 위장할 수 없는 법이다. 문장은 숨길 수 없는 생명력을 가지고 있기 때문이다. 자작나무 사이로에서 오는 책마다 쓰여 있는 문장 속에는 분명 한 사람의 기운이 느껴졌다. 어떤 한 사람의 숨결이 그대로 읽혔다.

그러고 보니 수인이 찾는 사랑의 책에는 모두 다 장벽을 뛰어넘는 사랑이 들어 있다. 수인이 높이 사는 사랑은 관습이나 제도를 넘어서는 사랑인 셈이다. 영화도 마찬가지이다. 신과의 약속도 뛰어넘을 수 있는 영화 〈프로포지션〉의 금지된 사랑, 전쟁의 광기 속 수용소 안에서 절체절명의 사랑으로 문신이 된 독일 영화 〈리멤버〉, 그리고 〈주홍글씨〉의 헤스더와 딤즈데일 목사의 사랑, 그리고 〈잉글리시 페이션트〉의 사선을 넘는 사랑.

그들은 최소한 사랑할 때만은 사회적 규범으로부터 자유로웠다. 세상 사람들이 추구하는 속물적 조건들은 필요치 않았다. 오히려 그것이 그들 사랑에는 올가미가 되었다. 명예, 부, 안정, 직위, 사회적 시선 같은 건 중요치 않았다. 그래서 그들은 불안하지 않았다. 사랑은 이 모든 것의 우위에 있기 때문이다.

그런데, 수인과 율 사이에는 아주 중요한 것이 빠져 있는 듯했다. 나이가 찼기 때문에, 오래된 연인이기 때문에, 서로가 다른 상대를 흘끔거리지 않았기 때문에, 그들은 당연히 결혼할 거라는 주위의 기대 때문에 등, 마치 이러한 소소한 이유들로 떠밀려가는 듯한 느낌을 떨쳐버릴 수 없었다. 자신도 모르는 사이에 결혼식장 문 앞에 다다라 들어가야 하는 듯한 밋밋함 같은 것이었다. 수인과 율 사이에는 장벽이 없기 때문에 그것이 오히려 불안했다. 문제가 없는 것이 오히려 문제였다.

며칠 질질 짜던 후배는 한동안 헤매는가 싶더니 〈우아하게〉라는 노래를 무한 반복하여 들었다. 마치 제 독백이라도 되는 양. 그 바람에 수인은 그 노래의 가사를 외우게 되었다. 처음 들을 땐 입 안의 밥알이 튀어나올 정도로 웃었다. 그러다 그 노래 좀 그만 들을 수 없냐고 잔소리하다가 수인도 그 노래에 서서히 젖어들었다. 허스키한 목소리에 단조로운 멜로디로 실연의 아픔을 주술을 하듯 중얼거리는 리듬은 중독성이 강했다.

　　우아하게 행복을 바라지 않을게요
　　그다지 그런 마음이 들지 않아요
　　하는 일 다 잘되지 않았으면 좋겠어요
　　좋은 사람 만나라는 새빨간 거짓말 내 입으로 내뱉진 않겠어요

　　날 버리고 간 사람 자꾸 궁금한 사람
　　생각할수록 얄미운 사람

　　길 가다가 보도블록에 넘어져라
　　커피 타다 바지에 쏟아져라
　　술 취해서 집에 가는 길 까먹어라
　　못된 여자 만나서 쩔쩔매라

고상하게 말없이 보내주지 않을래요

기회 닿는 대로 많이 험담하고 싶어요

어디 가서 넘어졌으면 좋겠기도 하네요

잘 보이려는 사람 앞에서 지퍼라도 열렸으면

속이 시원하기도 하겠네요

엊그제 산 비싼 잠바 찢어져라

새로 산 스마트폰 망가져라

운전하다 타이어에 펑크 나라

지하철에서 아저씨한테 혼나라

이리저리 망신 주는 상상을 해도

하나도 시원하지 않아*

---

* 아마도이자람밴드의 노래 〈우아하게〉 중.

첫 대면

수인은 도서관 서가 사이에 널브러져 있던 책을 떠올리며 우선 그것부터 정리해야겠다고 서둘렀다. 무덤 같은 도서관에 다시 들어선 것은 며칠 만이었다. 학교 독서교육 활성화에 대한 임시 연수가 갑자기 열리는 바람에 첫날 학교에는 신고만 하고 나온 셈이었다. 아이들과도 방송조회 때 화면으로 인사한 것이 다였다. 오늘부터 독서회 방과 후 모임을 시작한다고 각 학급 선생님들께 협조를 요청했기 때문에 실질적으로 아이들과는 첫 대면인 셈이다. 가을 햇살이 눈부시도록 찰랑대고 있다. 도서관을 떠올리자 바깥과는 대조적인 어둡고 습한 냄새가 끼쳐오는 듯했다. 수인은 징검다리를 건너다 환한 조명을 받은 꽃 한 송이를 보았다. 쑥부쟁이다. 강아지풀밭 속에 연보랏빛 꽃이 노란 꽃술을 빛내며 바람을 타고 있다. 수인은 강아지풀 몇 개를 뽑고 쑥부쟁이 몇 송이를 꺾었다.

도서관의 목문을 밀고 들어섰을 때, 도서관 안은 깔끔하게 정리되어 있었다. 마룻바닥도 반들반들 윤이 날 정도로 닦여 있고 책한 권도 허투루 놓여 있지 않았다. 지난번 바닥에 아무렇게나 내팽개쳐진 여러 권의 책을 분명히 보았고 그동안 문은 단단히 잠가놓고 연수를 다녀왔기 때문에 아무도 도서관에 드나들 수 없었을텐데, 이상한 일이었다. 하긴 여기 분위기로 봐서 이상한 일이 일어나는 게 그다지 새삼스러울 것도 없다. 우선 분류번호대로 꽂혀있는지 둘러보았다. 제법 잘 정리되어 있다. 흐트러트린 건 누구의손이며 정리한 것은 누구의 손길일까?

퀴퀴한 냄새를 빼내기 위해 창문부터 열었다. 도서관 뒤편은 나무들이 더더욱 우거져 있다. 수인은 본래 나무를 좋아하는 편인데이렇게 사람의 기를 압도하는 분위기는 탐탁지 않았다. 이 도서관에서 하루하루를 보내야 한다고 생각하니 숨통을 조이는 것처럼갑갑했다. 이곳의 음울함에 매몰되지 않으려면 얼마나 기를 써야할지 수인은 감조차 잡을 수 없었다.

아이들의 발소리가 들렸다. 어떤 아이들이 나타날지 약간의 긴장감이 돌며 심장이 두근거렸다. 아이들은 문을 밀고 들어서며 낯선 사람에 대한 적당한 경계와 호기심, 그리고 짓궂음이 섞인 눈으로 수인을 살폈다. 그런 다음 수인을 향해 고개를 까딱한 뒤 자리에 앉았다. 그들의 눈빛 속에는 장난기가 반드르르했다. 틈만 나면 장난하고 싶은 그 또래 아이들의 천진난만함이라고 할까, 물속에서 튀어 오르는 치어 떼처럼 그들의 생명력이 날 비린내가 날 정도로 생생했다.

수인은 밝은 목소리로 인사를 건넸다.

"안녕? 어서 와."

"안녕하세요? 선생님, 어느 학교에 있다 오셨어요?"

대뜸 이렇게 묻는 아이도 있었고,

"이제까지 이런 거 없었는데, 독서회가 뭐하는 거래요?"

무척 고민된다는 표정으로 묻는 아이도 있었다.

"그럼, 넌 왜 왔는데요?"

수인이 반말과 존댓말을 섞어 쓰자 아이가 픽, 웃었다.

"강제 배정 아시죠? 반에서 할당 받아 온 거예요. 다른 아이들을 위한 희생 뭐 그 정도로 해두죠."

묻는 아이 옆에 있던 아이가 시시껄렁한 태도로 답했다.

"너한테 묻지도 않았는데, 대답하네요?"

수인이 그 아이를 정면으로 쳐다보며 물었다. 뭐? 강제 배정? 요것 봐라 하는 수인의 감정이 다분히 실린 반응이었다. 너그러움과 유머스러움을 겸비한 옛날 영어 선생님과는 점점 거리가 멀어지는 듯했다. 아이들에게 첫 대면 첫인상은 매우 중요하다. 먹고 먹히는 수직적인 관계가 되느냐, 아님 서로 존중하며 동등한 친구

같은 관계가 되느냐는 것이 결정되기 때문이다. 잘못했다간 우습게 보여 아이들에게 말이고 뭐고 죄 씹힐 수도 있고 존재감 제로의 투명인간 취급 받을 수도 있다. 한마디로 아이들과 밀당을 잘해야 한다.

그 아이는 수인의 반응 속에 만만치 않음을 느꼈는지 조금 위축된 얼굴로 수인을 바라보았다. 수인은 고삐를 조금 늦춰야겠다고 생각했다.

벌써 몇몇 아이들은 서가 사이를 뛰어다니며 장난을 치거나 삼삼오오 짝을 지어 쉴 새 없이 떠들었다.

지원자는 총 이십 명이었다. 고등학교도 아니건만 3학년은 한 명도 없었다.

제일 많이 신청한 반에서 세 명이 아직 오지 않았다.

"송이담, 같이 지원한 아이들은 왜 안 오지?"

고개를 수그리고 책을 보던 이담이 멀뚱멀뚱 수인을 바라보았다.

"같이 신청한 아이들 몰라? 차세호, 안해명, 강도범 말이야."

이담은 처음 듣는 이름처럼 생경한 표정을 지으며 말했다.

"모르겠는데요."

댁이 묻는 말에 저는 관심 없거든요, 하는 표정이었다.

"자, 앉아봐."

수인은 웅성거리며 떠드는 아이들과 서가 사이를 뛰어다니는 아이들을 향해 말했다.

그러자, 서가 사이를 뛰어나오던 한 아이가 외쳤다.

"아직 쉬는 시간 안 끝났는데요?"

아직은 조용히 하라고 말할 권한이 없는 시간이라고 말하는 거였다.

"그래도 앉으세요."

수인은 그 아이의 말을 뭉개고 단호하게 말했다.

"어, 아직 2분 남았는데?"

서가 사이를 뛰던 아이는 투덜거리는 것처럼 슬쩍 반말을 흘렸다. 그런 다음 김빠진 얼굴을 하고 자리에 앉았다. 마치 우리들은 쉴 새 없이 움직이지 않으면 숨을 쉬지 못해 죽을 수도 있어요, 하는 표정이었다.

"여기가 어디에요?"

수인이 낮은 음색으로 물었다. 당연히 알고 있는 것을 물을 때는 묻는 사람이 뭔가 할 얘기가, 그것도 안 좋은 소리일 거라는 것을 다들 알 만한 나이이다.

"도서관요."

아이들은 불퉁한 목소리로 답했다.

"도서관에서는 어떻게 해야 된다고 배웠어요?"

"조용히 해야 돼요."

"도서관에서는 도레미파솔라시도에서 낮은 도로 얘기하거나 귓속말로 속삭이는 겁니다. 되도록 얘기하지 않는 게 좋고요. 너희들은 아까 솔로 떠들거나 시로 소리치거나 뛰었어요."

"야, 우리가 콩나물대가리 된 거 같지 않냐? 도레미파솔라시도 래, 크크크."

"것 봐, 너네들이 뛰어서 그래. 솔솔 라라, 거리며 으히히."

앉아서 수다를 떨던 아이들이 서가 사이를 뛰어다니던 아이들에게 손가락질을 하며 지적질인지 장난질인지 모르는 투로 말했다.

"왜 배운 대로 안 해요?"

수인은 아이들의 비아냥거림을 못 들은 척하며 책망하는 투로 말했다.

"샘, 우리들이 배운 대로 안 하는 게 어디 한두 가지인가요? 크크크하."

맞는 말이긴 했다. 배운 대로만 하면 무슨 문제가 생기며 무슨 재미가 있겠는가. 평생을 배운 어른들도 배운 대로 하지 않는데.

"그래, 맞다. 배운 대로 하면이야 뭐가 문제겠냐. 선생님이 질문을 잘못했네."

결코 만만한 아이들이 아니다.

"그래, 우리가 배운 대로 다 실천할 순 없지. 그렇지만 배운 대로 하려고 노력하는 게 중요한 거겠지? 최소한 도서관에서는 조용해야 하는 거야. 뛰어서도 안 되고, 도서관이 멀리서 보이기만 해도 발짝을 조심히 떼고 휴대폰도 진동으로 하고. 그건 책 읽는 사람을 위한 배려이기도 하지만 나도 그 정도는 배려할 줄 아는 사람이라는 뜻도 돼. 도서관에서 지켜야 할 최소한의 예의도 지키지 않는다면 그건 사람으로서의, 그것도 배우는 사람으로서의 예의가 아닌 거예요. 문화인으로서의 자신을 포기하는 것과 같은 겁니다."

너니, 내니 하며 마주앉은 아이들끼리 손가락질하던 것이 잦아들었다.

"여러분들 방금 전에 도서관에서 어떻게 했어요?"

딱히 한 아이를 집어서 물은 말이 아니었다. 이럴 때 꼭 제 발이 저린 격으로 먼저 나서는 놈이 있다.

"샘, 전 안 그랬어요."

수인의 귀에는 샘, 제가 그랬어요, 하는 말로 들렸다. 유치원생도 아니면서 알 건 다 알 만한 나이인데 눈 가리고 아웅 식인 것 같아 수인의 비위짱이 틀어졌다. 쉬는 시간 이 분 남았다고 슬쩍 반말하던 녀석이었다. 어쩌나 보겠다는 심산이렷다. 수인은 어림도 없지, 하는 표정으로 물었다.

"너는 방금 전에 뛰신 분 아닌가요?"

"제가 언제요. 안 뛰었거든요?"

끝까지 해보겠다는 거다. 아님 새로운 얼굴인 수인을 간보겠다는 거다. 아이들은 학교 내 선생들의 서열을 정확히 안다. 어떤 선생님이 가장 말발이 세며 영향력이 있는지 가르쳐주지 않아도 안다. 어떤 선생한테는 절대 어기대면 안 된다든가, 어떤 선생한테는 박박 우기면 대충 넘어간다든가, 하는 것을 속속들이 간파하고 있다. 그래서 임시인지, 기간제인지, 학과만 맡은 건지 담임을 맡은 건지도 죄 파악하고 있다. 임시나 기간제 선생님을 대할 때는 더더욱 가관이다. 오죽하면 학교 내 서열 피라미드가 학생들 사이에서 공공연하게 나돌겠는가.

"선생님이 다른 건 다 참을 수 있어도 거짓말하는 건 못 참는 편이야. 너, 아까 뛰었어? 안 뛰었어?"

처음부터 단단히 해두지 않고 어벌쩡 넘어가다간 우습게 보이는 건 순식간이다.

"쟤도 뛰었는데 왜 저만 갖고 그래요?"

완전 억울하다는 표정이었다.

"너한테 아까 뛰었냐고 물었어. 대답해 빨리?"

수인의 목소리는 금속의 날처럼 차갑고 날카로웠다.

"아오, 안 뛰었는데, 좀 빨리 걸은 것뿐인데."

그 아이는 또다시 반말을 흘렸다.

"말하는 거 봐라, 이제껏 그런 식으로 둘러대면 다 통했니? 너 그리고 선생님 앞에서 말투가 그게 뭐야."

봐주려는 심산이 자꾸 깨졌다. 확실한 근거가 있을 때 초장에 잡아야 한다.

"어? 그건 그냥 저 혼자 투덜거린 건데요?"

선생님이 뭘 잘못 짚으셨다는 투다. 그리고 여전히 그런 오해를 받아서 무척 억울하다는 표정이었다.

"너, 혼자 투덜거린 거라고? 그래? 앞으로 경고하는데 그런 식으로 선생님 앞에서 투덜거리면 그때는 그냥 안 넘어간다."

아이들과의 첫 대면을 이런 식으로 하고 싶지는 않았다. 의도하지 않은 데로 흘러가는 것 같아 기분이 좋지 않았다. 이렇게 아이들과 씨름할 때마다 상처받고 괴로운 건 자신이라는 것을 알고 있다. 그런데도 아이들에게 얕보이거나 기선을 빼앗기지 않으려면 마음과 다르게 말과 행동을 오버해야 한다. 그건 여간 힘든 게 아니다. 그래도 초장에 잡을 건 잡아야 한다. 유치하고 더러 치사할지라도 아이들 눈높이에 맞춰 따져줘야 한다.

"거기다 거짓말까지 하니? 뛴 것을 다 봤는데 안 뛰었다고 딱 잡아떼니?"

수인은 동의의 눈빛을 얻으려고 아이들을 둘러보았다. 아이들은 죄다 수인의 눈길을 피했다. 아이들은 주변을 흘낏거리며 인상을 찌푸렸다. 그만하지? 하는 표정이었다.

"샘은 뭐, 살면서 거짓말한 적 한 번도 없어요?"

점점.

"뭐래?"

자기 문제를 남의 문제로 슬쩍 떠넘기기까지.

"넌, 아주 말을 딴 데로 돌리는 데는 선수구나. 이제껏 그렇게 하면 넘어갔나 부지? 선생님한테는 안 통해."

첫날 첫 인사를 아이들과 이렇게 말씨름하는 거로 시작하다니. 아이들에게는 첫 만남이 하등의 중요한 것이 아닐 것이다. 어렸을 때부터 만남과 이별이 잦은 세대 아닌가. 만남이 만남이 아니며 헤어짐이 헤어짐이 아니다. 만남과 헤어짐의 횟수가 잦을수록 일일이 감정을 실어선 살기가 힘들다는 것을 진작에 알아버린 아이들이다. 마음에 들지 않으면 학습지 구독 끊듯 무슨 무슨 선생 끊어달라고 요구하며 자란 아이들이다. 그러면 부모들은 오, 그러냐며 아이들의 의견을 적극 반영하여 전화 한 통으로 끝내버리는 경우가 허다하다. 오랜 시간 관계를 맺었어도 인사 한마디 없이 끝낸다. 아이들은 관계보다 거래를 먼저 배우는 것이다. 학습지 교사와의 잦은 만남과 끊음, 학원 순례를 하며 얻은 만남과 이별에 대한 무감각. 만남과 이별이 밥 먹고 화장실 가는 것처럼 어려울 것도 새삼스러울 것도 없는 세대이다. 학교 선생과의 만남이라고 해서 특별하겠는가.

그래도 놓아서는 안 되며 잘 지내려는 노력을 게을리 해서도 안 된다고 재우쳤다. 수인은 마음을 다잡았다.

"야, 이준표 그만해라, 이제."

인상을 쓰며 한 아이가 말했다.

"깝치지 마라. 너나 잘해."

준표는 물러설 기미 없이 여전히 이기죽거리는 거로 일관했다.

어떤 상황에서도 모든 아이들을 똑같이 대해야 한다. 사사로이

봐줘서도 안 되며 아이들 위에 있어서도 아래에 있어서도 안 된다. 어른의 눈으로 보면 유치찬란할지라도 철저히 아이들 눈높이에서 대해줘야지만 아이들과 소통할 수 있다. 가장 중요한 것은 아이들이 무심코 흘린 말이라도 결코 소홀히 하지 않아야 한다. 그래야지 아이들은 비로소 상대를 존재로서 인정한다. 작은 농담일지라도 철저히 논리적으로 응대해야지만 먹힌다. 말도 안 되는 것으로 딴지를 걸어와도 그에 걸맞은 논리로 대해야 한다. 그렇지 않으면 아이들은 상대를 절대 접수하지 않는다. 진 빠지는 일이지만 아이들과 함께 가려면 꼭 필요한 과정이다.

"까불 때는 까불더라도 인정할 건 인정하는 태도를 지녀라. 그게 멋있는 사람으로 갈 수 있는 길이야. 선생님은 너희들이 멋있는 사람이 되었으면 좋겠어. 너희들 말대로 찌질한 거 그거 별로잖아?"

준표는 미간을 찌푸린 채 눈꼬리가 잔뜩 처져 있었다.

잠시 고요가 찾아들 때 도서관 문이 열리며 세 아이들이 허겁지겁 들어왔다. 수인은 시계를 보았다. 시작종을 치고도 십 분이 지난 상태였다.

"너희들 이리 나와. 왜 늦었어?"

낯이 익었다. 똑같은 머리 스타일에 똑같은 옷을 입었기도 하지만 첫날 도서관에서 마주친 세 명의 얼굴을 똑똑히 기억할 수 있다. 세 명 다 인상적인 얼굴이었다. 누가 봐도 한눈에 새가 떠오를 정도로 긴 목에 새의 부리 같은 코, 한 아이는 덩치는 큰데 얼굴은 순둥이처럼 생겼으며, 그래 망치, 망치를 떨어뜨린 아이다. 한 아이는 그래, 한 아이는 손가락에 붕대를 감고 있었으며 눈빛은 적대감으로 꽉 차 경계의 눈초리를 늦추지 않던 아이였다. 이 조합을 어떻게 기억하지 않을 수 있을까. 그날 발치에 떨어진 망치의 행방과 쓰임새를 캐고 싶은 마음에 아이들을 추적하고 싶었지만 잘못했다간 우연한 돌팔매질로 한 아이를 몹시 다치게 할 수도 있다는 생각에 묻어두기로 했다. 거기다 도서관 책을 함부로 대하다 못해 패대기친 놈들 아닌가. 그런데, 세 놈이 꾸러미로 굴러 들어오다니.

수인은 처음 본 얼굴 대하듯 했다. 첫날로부터 벌써 일주일이 지난 일이기도 하거니와 이놈들도 수인이 자신들을 기억하지 못할 거라고 생각할 것 같았다.

"선생님, 배가 너무 고파서 뭐 좀 먹다가 늦었어요."

새는 도범이 피우던 담배를 떠올리며 말했다. 담배도 먹는 건 먹는 거다. 담배가 고파서 한 대 빨다가 왔어요, 할 수는 없지 않은가.

새는 정말 배고픈 표정을 지으며 간살을 떨었다. 수인이 대꾸 없이 미심쩍은 눈으로 세 아이를 훑었다.

"선생님, 사실은 도서관이 어디 있는 줄 몰랐어요. 정말이에요."

다시 새가 말했다. 그러니까 배고프다는 말도 도서관이 어딘지 모른다는 말도 다 거짓말이다. 이 정도면 뭐, 늦은 사실을 인정하는 터라 그나마 봐줄 만하다.

"너희 둘은 할 말 없니?"

수인은 표정을 누그러뜨리며 다른 두 아이에게 물었다. 더 이상 진 빼고 싶지 않았다.

"도범이? 말해봐."

도범은 깜짝 놀랐다. 이제껏, 성을 빼고 이름을 불러주는 선생은 없었다. 꼭 강도범이라고 불렀다. 강 도범이 아니라 강도 범이라고 불렀다. 강도 범, 이름에 저주가 있다고 생각될 정도로 들을 때마다 자신을 끝없이 어딘가로 도망치게 만들었다. 이제껏 도전을 받고 짱이 될 수밖에 없는 것은 이름 탓이 크다고 생각했다. 아이들은 강도 범이라고 부르지 않았다. 깡이라고 불러주었다. 깡이라고 불러줄 때가 좋았다. 그렇지만 그 시절도 좋을 내야 한다. 도범은 붕대에 감겨 있는 검지를 바라보았다.

도범과 해명은 끝까지 말 한마디 하지 않고 버텼다. 새는 쉬지 않고 조잘거렸다.

"선생님, 이번 한 번만 봐주시면 안 돼요? 다신 늦지 않겠습니다. 제발, 이번 한 번만 그냥 넘어가 주시면 안 돼요?"

수인은 이대로 계속 시간을 보낼 수 없다고 생각했다. 그렇다고 해서 호락호락 넘어갈 수도 없는 일이다. 머리가 지끈지끈 아파왔다. 그때 앉아 있는 아이들 중에서 한 소리가 튀어나왔다.

"선생님, 독서회 안 하려면 어떻게 해야 돼요?"

"난, 엄마한테 물어봐야 하는데……."

아예, 기름을 붓는다. 배려 같은 건 눈곱만큼도 없다.

"너희 셋은 이따 끝나고 남아. 일단 들어가."

독서회는 완전, 하기 싫은 아이들만 모아놓은 것 같았다. 분명 협조공문에 자발적으로 지원하는 아이로 받아달라고 부탁했건만. 책읽기야말로 자발적 의지가 없으면 절대로 가능하지 않다는 것을 더 잘 알면서. 방과 후 보충도 신청하지 않는 겉도는 아이들로 머릿수만 채웠다는 것을 알 수 있다. 어떻게 독서 토의가 가능하며 거기다 논술이 가능하겠는가?

"어쨌든 반갑습니다. 선생님은 2학기부터 도서관을 맡게 된 김수인입니다. 여러분들께 선생님이 궁금한 게 하나 있어요. 솔직하게 답변해주길 바랍니다."

아이들은 뭐가 궁금하단 얘긴지 그것이 궁금해서 주의를 집중했다.

"독서회에 자발적으로 지원한 사람, 손들어 보세요."

"선생님, 자발적이 뭐예요?"

설마, 정말 모르는 것일까? 간신히 잡힌 맥을 끊으려는 수작은 아닐까. 모르는 게 있으면 무조건 가르쳐주어야 하는 교사의 의무를 약점으로 이용하는 아이들의 고지능적 행동일 경우가 있다. 아님 시간 때우기용? 녀석들은 아직도 밀당의 끈을 놓고 싶지 않은 거였다. 그렇다면 당겨주지. 수인은 목을 가다듬고 말했다.

"자발적이란, 남에게 의존하지 않고 자기 스스로 나서는 것을 말해. 그러니까 스스로 지원한 사람, 손들어 보라고."

수인의 말이 끝나자 아이들은 웅성거리며 손을 내렸다.

"그럼, 난 아니네."

송이담, 한 명만 그대로 손을 들고 있었다. 뒤늦게 강도범, 최세호, 안해명이 손을 들었다. 나머지 아이들은 강제 할당된 거다. 기를 꺾어놓는 방법도 참 다양하다.

"다음 주까지 숙제가 있다."

"아우, 숙제 안 내주시면 안 돼요? 학원 숙제도 많단 말이에요."

아이들 입에서 앓는 소리가 흘러나왔다. 수인은 아이들 말을 뭉개고 말을 이었다.

"독서회가 뭐하는 곳인지 듣고 여러분 스스로 결정해 오는 게 숙제입니다. 독서회는 선생님과 함께 도서 정리도 하고 도서관 청소도 하며 무엇보다 책을 읽고 활동하는 것을 많이 할 겁니다. 여러 가지 재미있는 행사도 할 건데요, 그건 독서회가 다시 결성된 뒤에 여러분과 계획을 짜서 진행할 겁니다. 한 가지 예고하자면, 이제껏 선생님이랑 같이했던 독서회 친구들은 독서회 한 것을 전혀 후회하지 않았다는 것을 알아주셨으면 좋겠습니다. 특히 선생님은 먹을 것을 잘 쏘는 편인데 독서회를 충실히 하는 친구들과 함께할 겁니다."

"야, 간식 쏜대잖아. 정말이겠지?"

"고뤠, 이거 이거 흔들리는데?"

아이들은 자기들끼리 쑥덕거리며 반신반의한 얼굴로 수인을 바라보았다.

"다음 주까지, 독서회를 계속할지 안 할지 자발적으로 판단해서 다시 오도록. 정말 난 하고 싶지 않다, 그런 친구는 다음 주 이 시간까지 선생님한테 말하면 됩니다. 그럼 각 반의 담임선생님들께 말씀드려 불이익 없이 뺄 수 있도록 할 겁니다. 알겠죠?"

"와, 진짜요?"

"정말이죠?"

아이들은 덮어씌웠던 굴레에서 벗어난 듯 홀가분한 얼굴로 한마디씩 했다. 저희들한테 유리할 때는 절대 딴소리 하지 않고 딴지도 걸지 않는다. 시시껄렁한 말장난으로 시간을 지체하지 않는다. 대신 정말요? 정말요? 하면서 너도나도 쐐기를 박으려 한다.

수인은 아이들에게 종이 한 장을 내주었다.

"어쨌든 오늘은 선생님한테 주어진 수업시간이니 너희들은 그것에 따라야 한다. 알겠죠?"

"네~."

수인과 딜을 했으니 마다할 리 없다. 수인은 아이들 마음이 훤히 보여 일면 서운하기도 하고 서럽기도 했다. 그래도 그러한 마음을 들켜선 안 된다. 아이들과의 밀당은 아직 끝나지 않았다.

"종이를 반으로 접은 후 위에는 남이 보는 나를 그림으로 그려보세요."

수인은 뒷짐을 지고 여유롭게 걸으며 말했다.

"그게 뭐예요? 어떻게 그리는 건데요?"

"아이씨, 난 그림 못 그리는데."

"남들의 눈엔 내가 어떻게 보일까, 그것을 헤아려서 내 모습을 내가 그려보는 거예요. 예를 들면? 선생님은 다른 사람 눈에 어떻게 보일 것 같아요. 너희들 눈엔 선생님이 어떻게 보일까, 이것을 내가 미루어 짐작하거나 헤아려 이럴 것이다, 라고 그림으로 표현하는 거예요. 결국 이것 또한 자신에 대한 자기 생각이에요. 남들은 날 이렇게 볼지도 모른다, 이런 거죠."

아이들은 난감한 표정을 지었다.

수인은 파일 속에서 종이 한 장을 꺼내 아이들에게 보여주었다. 여러 권의 책이 각을 맞춰 가지런히 쌓여 있는 그림이었다. 남들에게 언제나 단정하고 반듯하며 빈틈없이 보일 것 같아 그린 그림이다. 수산나의 선생님들은 수인이 겉보기엔 버들잎처럼 보드라워 보이지만 속에는 철근이 박혀 있어 절대 만만한 사람이 아니라고 했다. 일주일 동안 삶은 호박에 바늘 끝도 들어가지 않을 사람이라고 칭찬인지 욕인지 모를 말을 덧붙였다.

언제나 단정하고 반듯하며 매사에 빈틈이 없으려면 대개 그 자신은 무척 피곤하게 마련이다. 율도 가끔, 너를 보면 숨이 막혀, 그런 말을 하곤 했다. 율은 가끔 그런 말로 수인의 숨통을 조였다. 가끔은 수인도 그런 율 때문에 숨이 막혔다.

백조가 고고하고 우아한 모습으로 물에 뜨기 위해서는 물속의 두 발이 얼마나 동동거려야 하는지는 그 백조만이 안다. 그동안 숨이 넘어가기 직전까지 수없는 자맥질을 하며 살아왔다. 숨이 턱에 찰 때까지 견디다가 겨우 수면 위로 얼굴을 내밀 때가 얼마나 많았던가.

아이들은 수인의 다소 쓸쓸한 표정을 보자 자연스럽게 수긋해진 것 같았다.

그것도 잠시, 조용하고 진지한 순간은 한시도 견디지 못하겠다는 듯이 목소리가 튀어나왔다.

"선생님, 그림 못 그리는 사람 어떻게 해요?"

준표가 그냥 지나갈 리 없다. 못 그리는 게 아니라, 하기 싫은 표현의 다른 거라는 것을 모르지 않는다. 대개 의욕이 없는 아이들은 그럴듯한 핑계를 잘도 찾는다. 그 핑계도 아주 논리가 정연하여 그것을 뒤엎을 수 있는 논리여야지만 먹힌다.

"지금은 그림을 잘 그리는 시간이 아닙니다. 그림을 잘 그릴 필요는 없어요. 자기를 표현하는 거니까, 그거에 충실하면 돼요. 선생님은 여러분들의 그림 솜씨가 궁금한 게 아니라, 자신의 생각을 표현하려는 성의면 돼요."

"씨이, 뭐가 이렇게 어려워? 남이 나를 어떻게 생각하는지 내가 어떻게 알아? 그리고 그게 뭐가 중요해?"

준표는 들릴 듯 말 듯한 목소리로 구시렁댔다. 준표의 눈엔 온통 못마땅한 것뿐이다. 아이들과 맞설수록 너덜너덜해지는 건 선생이다. 그럴 때마다 뭔가가 무너지고 있다는 생각을 떨쳐버릴 수 없다. 정작 가르쳐야 할 것은 따로 있는데 소용도 없는 것을 가르치고 있다는 생각이 든다. 그렇다고 이러저러한 감정을 티내서도 안 된다. 아이들과 어그러지기 시작하면 걷잡을 수 없이 비꾸려져 선생을 함부로 대하는 경우를 수산나에서도 겪어볼 만큼 겪었다. 밀당은 아직도 진행 중이다.

"준표, 남이 너를 보는 건 네 말대로 중요하지 않아. 하지만 남이 나를 어떻게 볼까, 스스로 너를 생각해보는 건 중요해. 남의 생각이 아니라 나의 생각을 그리는 거야."

준표는 엎드려 있다가 비척대며 일어났다. 수인의 입에서 처음으로 제 이름이 호명되자 준표의 몸이 좀 으쓱해지는 것 같았다. 아이들은 자신에 대해 누군가 조금이라도 안다고 생각하면 함부로 행동하지 않는다. 수인이 이렇게 빨리 이름을 외웠으리라고는 생각하지 못한 것 같았다.

수산나의 독서반, 호접몽 아이들에게도 책이 쌓여 있는 그림을 보여주며 남들은 나를 이렇게 볼 것 같다고 고백한 적이 있다. 수인의 그림을 본 화서는 그렇지 않다고 말했다. 화서가 본 수인의 모습은 수국이라고 했다. 넓게 퍼진 꽃차례에 셀 수 없이 들어찬 꽃과 가장자리에 펼쳐진 유인화들. 연보랏빛 아련한 빛깔로 뭇사람들의 마음을 사로잡는 수국이라고 했다. 부드러우면서도 포근하고 한없이 넓은 마음을 가진 수국 같다고 말했다. 수인은 그날 화서에게 수국보다 더 크게 벌어진 피자를 사주었다.

"뭐가 그렇게 복잡해요? 안 하면 안 돼요?"

준표가 다시 물었다. 완전 시비조다. 골치 아픈 건 딱 질색이라는 표정이었다. 제발 성가시게 굴지 말아 달라는 듯했다.

"너는 무슨 용가리 통뼈인 줄 아니? 네가 무슨 특권으로 다른 아이들 다 하는데 너만 안 한다고 그래? 안 해야 하는 이유 있음 말해. 하기 싫다는 말은 빼고."

기어이 또 신경질을 올리고 말았다. 이제 좀 점잔을 빼려고 누르던 참이었는데 일순간에 무너졌다.

준표는 수인의 반격을 예상치 못했는지 움찔했다.

수인은 눈으로 도범을 찾았다. 꽉 다문 입술과 날이 선 눈매, 깡이 보통은 넘어 보였다. 여러 명의 아이들 중 요주의 인물로 꼽은 아이는 준표와 도범이다. 두 아이만 잘 다독이면 분위기는 저절로 잡히게 되어 있다. 도범은 생각보다 진지했다. 그림 솜씨도 제법이다.

"바로 아래 칸에는 내가 보는 나를 그려보세요."

수인은 파일 속에서 또 한 장의 그림을 꺼내 들었다. 이리저리 실이 툭툭 끊긴 실타래였다. 바닥에는 풀린 실이 엉켜 있고 가지런히 감겨 있어야 할 실타래는 여기저기 끊긴 실들로 너풀댔다.

"이게 선생님 자신이 본 선생님의 현재 모습이에요."

자신의 마음 상태를 누군가에게 공개하는 것은 결코 쉬운 일이
아니다. 특히 동등하지 않은 관계에서는 더더욱. 그건 아이들도 마
찬가지일 것이다. 자신의 속마음을 수직적인 위치에 있는 사람에
게 드러내는 것이 제일 싫을 것이다.

아이들에게 다가서려면 먼저 마음을 보이는 게 가장 빠르다. 그래
야만 아이들도 경계를 풀고 다가오기 때문이다. 마음의 어느 일부분
을 안다는 것은 그만큼 친숙할 수 있는 기회가 주어지는 것이다.

"왜 그렇게 그린 건데요?"

이담이 눈을 빛내며 물었다.

"이제껏, 차곡차곡 실을 딴딴하게 잘 감아왔다고 생각했는데 어
느 순간 그렇지 않다는 것을 느꼈어요. 감아왔던 실은 여기저기 끊
어지고 끊어진 실들은 엉켜서 풀 수 없을 것 같아서 이렇게 그렸어
요. 선생님 마음이 지금 가지런하지 못하고 매우 어지러워요."

"왜 그런 건데요?"

이담이가 다시 물었다.

하마터면 수인은 눈물을 보일 뻔했다. 이렇게 물어봐 주는 사람
이 있는 것만으로도 쉽사리 무너졌다. 복잡하게 헝클어진 자신의
속내를 무방비로 열어 보인 것도 모자라 아이들 앞에서 울컥 눈물
이 솟구치다니, 푼수다. 이내 수인의 목소리는 흔들렸고 물기가 배
었다.

아이들은 누구보다 예민하다. 그렇지 않은 척을 할 뿐이다. 아이

들은 대번 그림을 못 그린다거나 못 하겠다는 말을 붙이지 않았다.

"선생님, 독서회 오면 이런 거 할 거예요?"

동하는 게 있는지 그림을 내며 한 아이가 물었다.

"아니, 이것보다 열 배는 더 재밌는 거 할 거야. 그러니까 일주일 동안 잘 생각해보고 결정해서 와요. 알았죠? 시간이 부족한 관계로 오늘 활동의 발표는 다음 주에 할 겁니다. 그리고 모두 한 권씩 책을 대출해 갑니다."

"전 책 안 볼 건데요? 그리고 중간고사 대비해야 한단 말이에요."

"아우씨, 학원 숙제 하기도 바쁜데."

"꼭 빌려가야 해요? 안 빌려가면 안 돼요?"

수인이 한마디 하면 스무 마디가 일시에 쏟아졌다. 1대 20이다. 한 명이 스무 명의 말을 일일이 들어줘야 한다. 아이들은 제 말에 대답이 없으면 왜, 제 말은 씹으세요? 이렇게 되받는다. 수인은 점점 의욕이 꺾이는 것 같았다. 아이들의 되바라진 반응을 하루 이틀 본 것도 아닌데 여전히 속이 상하는 것을 보면 아직도 내려놓을 것이 태산인 모양이다.

"책 빌려가려면 도서관 대출 카드 있어야 하는 거 아닌가요? 난 그거 없는데?"

"나도. 근데 그게 뭔데?"

수인은 아차 싶었다.

"오늘은 임시 대출로 처리할 테니, 한 권씩 꼭 빌려가세요. 어떤 책이든 상관없어요."

"만화책도 돼요?"

그렇지 그냥 넘어갈 리가 없지. 상대방의 신경을 있는 대로 긁는 스킬은 가르쳐주지 않아도 안다. 수인은 대답하지 않았다. 대답은 벌써 했다. 어떤 책이든 상관없다고.

아이들은 그림을 제출하고 무슨 책인지도 모를 책을 옆에 끼고 도서관을 빠져나갔다. 해가 기우는지 도서관 안은 벌써 어두워지는 것 같았다. 도범과 해명, 세호가 쭈뼛쭈뼛 수인 앞에 섰다.

수인은 도범의 그림을 보았다. 양손에 삼지창을 들고 꼬리가 여럿 달린 험한 표정의 괴물을 그렸다. 정체를 알 수 없는 괴물이었다. 그 옆에는 성근 글씨로 이렇게 쓰여 있었다.

'다른 아이들이 나를 볼 때 정체를 알 수 없는 괴물로 보았을 것 같다. 무섭기도 두렵기도, 그리고 무서운 전염병을 옮기는 바이러스로 보일 것 같다.'

왠지 괴물이 슬프게 다가왔다. 아래 그림에는 각 진 박스 안 귀퉁이에서 오들오들 떨고 있는 한 아이를 그렸다. 내가 본 내 모습을 그린 것이니. 박스 안의 아이는 도범이일 것이다. 그 옆에는 두어절의 문장이 쓰여 있다.

'자신 없다'

세호는 새를 그렸고 해명은 망치를 그렸다. 해명은 자기가 본 자신의 모습을, 입에 자물쇠 채운 얼굴을 그렸다. 섬뜩했다. 영화 〈양들의 침묵〉에 나오는 살인마 한니발 렉터 같았다. 입으로 물어뜯는 것을 방지하려고 덧씌워놓은 재갈이 연상되었다. 열다섯 살 중학생이 그린 그림 속에서 왜 이런 섬뜩함이 느껴지는지 알 수 없다.

이담은 남이 본 내 모습에 섬을 그렸다. 망망대해에 홀로 움직이는 섬. 내가 본 내 모습에는 여러 명의 아이들에 둘러싸여 주위를 두리번거리며 주눅 들어 있는 모습이었다. 아이들마다 등수가 매겨져 있고 앞서 있는 아이들을 자신 없는 눈으로 살피고 있다.

"망치, 네 가방 속에 지금도 망치 들어 있니?"

헐, 세 아이들은 숙였던 고개를 번쩍 들어 수인을 보았다. 그러고 보니 셋이 닮았다. 하는 행동도 미리 짠 것처럼 똑같은 반응이었다.

"크하하하, 선생님, 얘 별명은요, 그래서 해머예요."

새가 얼버무리듯 너스레를 떨며 말했다.

"지난번, 도서관 너희들 짓이지?"

서가 사이에서 책을 빼던 이담이 흠칫 움직임을 멈추었다.

"아, 아니에요."

새가 펄쩍 뛰며 송이담을 흘낏 쳐다보았다.

"그럼, 누구야, 책을 그렇게 함부로 하는 놈이. 엉?"

"그 그건……."

그 순간, 도범이 새의 발등을 꽉 찍었다.

"아악~."

새가 비명을 지르며 말을 이었다.

"그 그건 저희도 모르는 일이에요. 도서관에 왔을 때 이미 책이 그렇게 되어 있었어요. 근데 선생님, 기억력 짱이에요, 진짜. 어떻게 저희들을 기억하세요?"

새가 또 무언가를 감추려는 듯 호들갑을 떨며 말했다.

"선생님이 잘하는 것 중의 하나가 얼굴을 잘 기억하는 거거든."

도범이 고개를 들어 말했다.

"저희가 도서관에 왔을 때 책은 이미 그렇게 되어 있었어요. 근데 누가 그랬는지는 저희들도 몰라요. 정말입니다."

해머는 여전히 뚱한 얼굴로 장승처럼 서 있다. 가끔은 믿어줘야 할 때도 있다. 아니 믿는 척해줘야 할 때도 있다.

"다음에도 늦으면 절대로 안 봐준다."

"네."

"해머, 너는 대답 안 해?"

"네."

뒤돌아서던 해머는 간신히 입을 달싹이며 답했다. 들릴 듯 말 듯한 목소리로.

아무도 없는 도서관에 괴괴한 적막이 흘렀다. 수인은 큰 숨을 몰아쉰 뒤 아이들 그림을 한 장씩 넘겨보았다. 저마다의 사연이 그림 속에 가득했다. 하고 싶은 말들이 참 많겠구나 싶었다. 아이들에게 처음으로 자신을 들여다보는 시간이었는지도 모를 일이다.

수인은 어두워진 도서관을 목신들에게 양도한 뒤 터벅터벅 목제 계단을 걸어 내려왔다. 도서관은 나무들과 함께 어둠 속으로 스며들었다.

대각선 방향으로 마주 보고 있는 또 하나의 양관, 미술실이 보였다. 미술 선생, 양희순이 주위를 두리번거리며 손에 든 뭔가를 지하실 환풍 창으로 밀어 넣고 있었다. 뭐지? 수인이 그 자리에 무르춤하게 서 있는 동안, 희순은 주위를 살피며 재빨리 그 자리를 떴다. 머릿속에 지하실 속의 빠른 움직임이 겹쳐왔다. 불빛도 없는 양관에 다가가는 것은 죽기보다 싫었다. 수인은 미술실을 멀찍이 두고 가이즈카향나무 정원을 지나 교문으로 향했다. 께름칙함은 내내 뒷덜미를 서늘하게 했다. 수인은 운동장을 가로질러 교문 앞에 다다라서야 어둠 속에 묻히는 두 개의 양관을 뒤돌아보았다.

자신이 없다. 저곳에서 버틸 수 있는 자신이. 수인의 머릿속에 한 가지 명제가 어떤 계시처럼 떨어졌다.

도서관을 옮겨야 한다.

그가 떠나다

    율은 전화를 받지 않았다. 오늘 같은 날, 누군가의 위로가 필요했다. 아이들과의 첫 대면도 벅찼지만 선생들과 얼굴 트는 것도 편편치 않았다. 워낙 낯가림이 있는 터라 낯선 사람들과 어울리는 것은 하기 싫은 숙제를 하는 것처럼 버거웠다. 낯선 사람들 간에 거쳐야 하는 탐색전은 좀처럼 견디기 힘든 것이었다. 처음 만나는 사람들끼리는 자신의 가시를 숨긴다고 숨기는데 결국 그것을 내밀기 위해 갖은 애를 쓴다는 것을 낯선 상황이 될 때마다 확인하곤 한다. 듣기보다 말하기, 상대를 보아주기보다 자신을 내세우거나 상대를 깎아내리기 급급하다. 특히 미술 담당 양희순은 돌직구를 거침없이 날렸다. 수인은 양희순의 말 한마디 한마디가 서로 충돌하면서도 예리하게 벼린 칼날 같다는 생각이 들었다. 허투루

들었다가는 그 칼날에 썩 베이고 말 것 같은 날카로움이 있었다.

"나한테 잘하려고 할 거 없어요. 그냥, 선생님 꼴리는 대로 하세요. 신경 쓰고 그러면 피곤하잖아요. 난 사람들이 날 왕따시킨다고 생각 안 해요. 내가 사람들을 왕따시키는 거지. 호호호. 내가 왜 선생이 된 줄 알아요? 사람들한테 내가 이상하지 않다는 걸 증명하고 싶었어요. 봐보니 뭐 환자투성이던데요 뭐. 이상하다는 기준이 뭔지 모르겠어요. 정상이라는 탈을 쓰고 이상한 짓을 하는 사람들이 얼마나 많은데요. 그래서 마음이 놓였어요. 모두가 다른 사람의 눈치를 보며 불안에 떠는 자신을 위장하는 것뿐이라는 생각이 들었어요. 호호호."

말 중간 중간 간주처럼 넣는 웃음소리는 좀처럼 이해할 수 없는 범주의 것이었다. 양희순의 말을 곰곰이 생각하며 듣다가 그 웃음소리에 완전 깰 때가 많았다.

선글라스를 쓰고 찬란한 아침 햇살을 등에 받으며 보무도 당당하게 운동장을 가로지르는 여선생. 고개를 빳빳이 들고 마치 구름 위에서 땅을 내려다보는 것처럼 아이들의 인사를 우아하게 받는 여자. 처음 본 낯선 사람일지라도 간보거나 탐색하는 것 없이 한 번에 훅 들어오는 여자였다.

율에게서 문자가 왔다.

지금 영어 스터디 중.

이모티콘 하나 없이 마침표 딱딱 찍어대는 율의 문자, 직장 동료에게 보고하는 듯한 투에 수인은 율에게 위로받으려는 마음조차 사치라는 생각이 들었다. 율은 지금 자신이 계획한 대로 착착 움직이고 있다. 한 치의 벗어남도 없이 착착. 그런 경우, 다른 것을 들일 여지가 없을 것이다. 율은 곧 회사에 사표를 낼 것이고 미국행을 감행할 것이다. 수인의 생각 따위와는 상관없이.

율은 어느 정도 완벽한 스펙을 가지고 있는데도 항상 초조해했다. 율은 국내 대기업, 그러니까 이름만 들어도 부러움을 살 만한 기업의 핵심 부서에 근무한다. 수인의 엄마는 율을 단번에 마음에 들어 했다. 안정적인 직장이 가장 흡족했을 터였다. 세상에서 당신 딸, 수인이 제일 잘난 줄 알고 선 자리가 들어와도 이리 흥, 저리 흥 하던 양반이었다. 율을 보고 남자다운 패기 어쩌고 했지만 실상은 탄탄한 직장에 다닌다는 안도감의 다른 표현이었다.

그런 율이 어느 날, 사표를 내겠다고 했다. 양쪽 부모 상견례 후 결혼하는 순서만 남겨놓았다고 생각하며 내심 프러포즈만을 기다리던 수인에게는 날벼락 같은 말이었다.

"이것만으로는 안 돼. 아무래도 불안해. 내가 이 직장을 얼마나 다닐 것 같니? 끽해야 십여 년이야. 그것도 안정적으로 다닐 수 있다고 생각할 때 가능한 일이야. 대학 동기 원만이 있지, 걔도 다니던 회사 접고 배부른 제 와이프 두고 미국 로스쿨 갔다고 지난번에 내가 얘기했지?"

율은 뭔가에 쫓기는 사람처럼 허둥대며 말했다. 이렇게 우물쭈물할 때가 아닌 것 같다며 초조해했다.

"난, 괜찮아. 왜 미리 걱정해? 오지 않은 미래까지 앞질러 걱정하는 건 좀 그렇지 않아? 닥친 후에 걱정해도 될 일이야. 어떻게 사람 사는 일이 보이는 대로 계획한 대로 갈 거라고 생각해? 중간에 어떤 변수가 있을지도 모르는데. 느닷없이 껴드는 일이 얼마나 많은지 자기도 알잖아. 그때 가면 또 다른 길이 열릴 거야. 길은 반드시 또 다른 길을 열어줄 거라고."

"넌, 뭘 믿고 그렇게 낙천적이고, 긍정적이니? 하긴 교사와 공무원은 철밥통이지, 절대 부서지거나 빼앗길 일 없는. 우리같이 민간 자본에 기대 사는 사람들은 정글 속의 먹잇감이야. 잡아먹는 위치가 아니면 곧바로 잡아먹혀버리는. 나는 그런 신세는 되기 싫어. 우리 아버지를 봐. 난 아버지처럼은 절대 살지 않을 거야. IMF 때 잘린 이후 기 한 번 제대로 펴지 못하고 늙어버린 아버지를 보라고. 아버지가 한 게 뭐 있어, 세월을 보낸 것밖에. 난 그렇게 내 인생을 좀내고 싶진 않아."

"자긴, 누구보다 튼튼한 땅을 딛고 있으면서도 늘 불안해하잖아. 자기만 한 스펙? 대한민국에서 몇 프로나 될 것 같아? 자기야말로 상위 1프로에 속하는 사람 아니었어? 나머지 99프로는 어떡

하라고, 아니 아직 기반은커녕 알바나 계약직으로 한 계절 낙엽처럼 떨고 있는 사람들이 얼마나 많은데. 왜 그래? 정해진 각본이라도 본 것처럼?"

"야, 꼭 각본을 봐야만 알 수 있겠냐? 돌아가는 것 보면 알지."

율은 너무나 확고했다.

"MBA 입학허가도 나왔고 장학금도 가능해."

떠날 수 있는 조건도 착착 준비되어갔다. 착착.

율은 모든 것을 다 갖추었음에도 아무것도 갖추지 않은 사람처럼 굴었다. 누군가와 항상 비교하며 더 갖추어야 한다고 말했다. MBA를 마치고 오면 율은 과연 만족할까? 율은 분명 또 다른 목표를 찾아 떠날 것이고 그때도 역시 불안에 떠는 모습으로 말할 것이다.

― 이대로 안 되겠어.

율은 더 많은 보험증권이 필요한 거였다. 지금까지 들어놓은 상품으로는 완전하지 않기 때문이다. 위암은 보장되는데 췌장암이 안 된다면? 곤란하다는 얘기이다. 불안을 비용으로 지불하며 그 지불비용을 위해 더 많은 시간과 노동 속에 놓이는데도 말이다. 보험을 들어놓는다고 해서 불안이 사라지는 것은 아니다.

늘 1등만 하던 사람은 1등을 하지 않으면 스스로 존재감이 없다고 생각하는 것일까. 1등은 1등을 하지 않는 대다수가 있기 때문에 존재하는 것이다. 늘 자신을 떠받들어주어야 할 배경이 있어야 빛나는 존재이다. 그러기 때문에 그 배경의 맨 꼭대기 혹은 맨 앞에 있어야지만 비로소 마음을 놓는 것 같다. 오롯이 혼자 있는 시간을 견딜 수 있는 힘이 있을까 싶었다. 주변과 경쟁하지 않고 자신을 들여다보는 것, 그것에서 진정한 힘이 나오는 것이 아닐까.

지난번 만났을 때 내내 그 얘기로 머리가 아팠다. 율은 떠나지 못해 불안했고 수인은 율이 떠날까 봐 불안했다.

수인은 자신이 없었다. 율에게서 『콜레라 시대의 사랑』에 나오는 페르미나를 향한 플로렌티노의 사랑 같은 건 바라지도 않았다. 플로렌티노는 사랑하는 여인을 51년 9개월 4일을 기다린 끝에 자신의 사랑을 고백하며 그 사랑을 얻었다. 페르미나는 그 긴 세월 동안 다른 사람의 아내였다. 그녀의 남편이 죽자, 비로소 그녀 앞에 나타난 플로렌티노의 지독한 사랑. 마지막 책장을 덮으며 수인은 그 지독한 사랑 앞에 숨이 막혔다.

율 또한 수인에게서 플로렌티노 같은 사랑은 꿈도 꾸지 않으리라는 것을 안다. 율은 차라리 『오래 오래』의 가브리엘 같은 사랑을 추천할지도 모른다. 가브리엘은 사랑하는 여인의 남편이 죽을 때까지 기다리지 않았다. 그녀의 상황을 전혀 깨트리지 않으며 그녀에게 바라는 것은 자신에 대한 그녀의 사랑뿐이었다. 혼외의 사랑이지만 그들은 60여 년이라는 긴 여정의 사랑을 완성해간다. 그들의 사랑 속에 불륜의 눅눅함은 보이지 않았다. 오래오래 세월을 이겨내는 사랑은 숭고해 보이기까지 했다.

수인은 율과의 사랑이 아주 불안한 유리그릇 같다는 생각이 들었다. 수인과 율 사이에는 어떠한 장벽도 없었다. 순차적인 시간에 따라 과정만 밟으면 되는 사랑이었다. 아직 말은 나오지 않았지만 상견례를 하고 결혼 날짜를 잡기로 암묵적인 약속이 되어 있는 거라고 생각했다. 누가 뭐래도 둘은 커플이었다. 그 묵계를 깨고 율이 떠난다고 선포하자, 수인은 혼자만의 착각이었다는 것을 알았다. 율과 수인에게는 장벽이 없는 것이 오히려 장벽이었다. 장벽으로 인해 조성되어야 할 간절함과 절절함이 둘 사이에 빠져 있는 것이다. 겉만 그럴듯했지 결정적인 맛이 빠져 있는 음식 같은 것이었다. 겉보기에는 완벽한 선남선녀의 조합으로 보였지만 어떤 난관이 왔을 때 견고하게 해줄 접착제가 빠져 있었다.

관계는 감동이 없으면 이어지기 어려운 법이다. 감동이 사그라지면 관계도 흐지부지 끝나게 되어 있다. 처음 만난 사람이 유독 끌리는 이유는 그 사람이 살아온 일생에 감동하기 때문이다. 절친이나 애인으로 관계가 정리된 뒤에는 나름의 감동할 준비를 하고 만나기 때문에 감동의 파장이 클 수밖에 없는 것이다. 가장 무서운 것은 애틋하고 친밀했던 관계가 무감동으로 가는 것. 미움도 기쁨도 연민도 반가움도 없는 것. 아니 그러기 위해 애쓰는 관계.

율이 떠난 뒤, 찾아올 균열을 견딜 수 없어 수인이 먼저 이별을 통보할지도 모르겠다는 생각이 들었다. 어쩌면 율이 먼저 이별을 통보하고 미국으로 떠날지도 모르겠다. 그런 다음 수순을 밟겠지.

무감동을 지나 무감정으로.

수인은 도무지 일이 손에 잡히지 않았다. 실타래는 더욱 엉망이 되었다. 이럴 때는 일로 밀어붙이는 게 해법이다. 잡히지 않는 마음을 잡으려고 애쓰는 것보다 잠깐이지만 일로 잊어보는 것도 괜찮다.

수인은 한글 파일을 열었다. 화면의 커서가 심장 박동의 빠르기로 깜빡거렸다. 규칙적인 움직임에 오히려 숨이 막혔다.

〈도서관 옮기기 프로젝트〉

— 현재 도서관의 문제점

— 도서관과 아이들

— 새로 옮길 도서관의 위치 제안

— 설득과 양보

과연 가능할까? 그 많은 선생님들이 과연 동의해줄까? 아니, 교장을 설득할 수 있을까? 어쩌면 학교 내의 엄청난 뇌관을 건드리는 격인지도 모른다.

이것저것 재고 살피면 오히려 운신의 폭이 좁아질 수도 있다. 나는 이것밖에 모른다, 식으로 밀어붙여야 일이 성사되거나 조직에 파문이라도 일으킬 수 있다. 그렇지 않으면 그야말로 부동, 절대로 움직이지 않을 조직이다. 수인은 이제껏 맞다고 생각하는 쪽으로 행동했다. 이곳에서, 그것이 통할지는 알 수 없다.

출근하자마자, 교장의 호출이 있었다. 낯빛이 좋지 않았다.

"독서반 아이들에게 의사를 다시 물었다면서요? 그렇게 의사를 물으면 아이들이 하겠다고 하겠습니까?"

교장의 얼굴엔 못마땅한 기색이 역력했다.

"……."

참 발 빠른 통신이다. 수인은 직진으로 가는 게 가장 빠른 길이라는 생각이 들어 우회하지 않기로 했다. 두 주먹을 꼭 쥐었다.

"책읽기뿐만 아니라 아이들이 무언가를 시작할 때는 자발성을 조금이라도 발휘하는 것과 그렇지 않은 것은 큰 차이가 있다고 봅니다."

수인은 교장의 퉁명스러운 목소리와 엇비슷한 톤으로 말했다. 아주 사무적이고 딱딱한 목소리였다.

"네, 김 선생님 똑똑하신 거 압니다."

교장의 말끝에 지금 누굴 가르치려 드느냐, 라는 말이 생략되었다는 것을 모르지 않는다.

"……."

"김 선생님 생각을 제가 모르는 게 아닙니다. 그렇지만 그렇게 두었다간 자발적이지 않은 아이들은 아예 책을 한 줄도 안 보는 아이들로 방치된다는 얘기입니다. 내 말은 어떻게든 그 아이들을 책으로 데리고 가는 게 선생님 몫 아니겠습니까?"

"······."

수인은 그래도 아이들에게 맡기고 싶었다. 어쨌든 수행의 주체
는 아이들이지 않은가. 어쩔 수 없이 다시 아이들이 독서회에 올
수밖에 없다 하더라도 최소한 생각할 시간은 주고 싶었다. 손톱만
큼이라도 생각해본 것과 그렇지 않은 것은 분명 차이가 있다. 수
인은 아이들이 자신의 의지를 조금이라도 움직였으면 싶었다. 수
인은 교장의 말에 더 이상 토를 달지 않았다. 교장의 말도 그렇게
틀린 말은 아니었다.

"네, 무슨 말씀인지 알겠습니다. 외람된 말씀이지만 한 가지 제
안이 있습니다. 교장 선생님."

"네, 말씀하세요."

"도서관 환경을 좀 바꿨으면 해서요."

"어째서요?"

교장의 질문은 간략하면서도 분명했다. 그러면 대화의 진도가
빠를 수 있다. 지지부진 돌아가지 않아도 될 것이었다. 수인은 그
렇게 속도 있는 사람을 좋아했다. 그래서 율이 마음에 들었는지
모른다. 그런데 율은 너무 속도가 나 멀미가 날 지경이다. 여전히
속도 있는 사람에 대해 호감을 버리지 못하다니. 수인은 자신의
취향에 대해 새삼 다시 생각했다. 교장의 반응을 보며 생각보다
그렇게 실현 가능하지 않은 제안은 아닐 거라는 생각이 들었다.

"도서관 건물이 일단 요즘 아이들 기운과 맞지 않다고 봅니다. 제일 부족한 건 햇볕입니다. 도서관은 아이들이 수시로 드나들며 책과 함께 놀이터로 삼을 수 있도록 밝고 쾌적해야 한다고 봅니다. 빛 하나 들지 않는 백여 년이 다 되어가는 건물은 아이들의 기운을 돋운다기보다 짓누르는 것 같아서요. 저 같은 어른도 눌리는데 아이들은 더 하지 않을까 싶습니다. 처음 도서관에 들렀을 때 두렵기까지 했습니다. 교장 선생님, 말씀대로 책을 싫어하는 아이들이 도서관으로 올 수 있게 하는 것이 우선이라고 생각합니다. 책을 보며 정화되거나 재충전되는 문화공간으로 만들었으면 합니다."

"듣고 보니 일리가 없는 말은 아닙니다만. 그러면 리모델링을 말씀하시는 건가요?"

생각보다, 그래 생각보다 반응이 부정적이지 않아 희망을 가져봐도 되지 않을까 싶었다.

"리모델링도 좋은 방법이긴 합니다만, 자연 채광은 지금 장소에서는 가능하지 않을 것 같습니다. 그래서…… 다소 황당하게 들릴지라도 꼭 재고해주셨으면 합니다."

교장은 무슨 말을 하려는지 짐작조차 할 수 없다는 눈으로 수인을 바라보았다. 수인은 차마 입이 떨어지지 않았다. 잠깐 정적이 흘렀다. 이 학교의 오랜 전통에 맞서는 것일 수도 있고 오십여 명이 넘는 선생님들에게 내미는 도전장일 수도 있다. 사실, 50대 1로 싸울 자신도 없다. 단시일 내에 끝날 일도 아닐 것이다. 오랜 시간을 견딜 힘이 자신에게 있는가, 어젯밤 여러 차례 물었다.

교장은 잔뜩 긴장한 얼굴로 수인의 표정을 읽으려 애썼다. 도대체 이 신출내기 일개 사서 교사가 어디까지 지르나 보자는 식의 표정이었다. 시건방지다는 생각이 교장의 머리를 온통 점령하고 있을지도 모를 일이다.

"교무실입니다."

수인이 첫날 교무실에 들어섰을 때 정남향으로 되어 있는 교무실 창으로 구 월의 햇볕이 마구 쳐들어오고 있었다. 교무실은 밝다 못해 노란 햇살로 가득 차 있었으며 탁 트인 넓은 운동장과 함께 하늘이 환하게 들어와 있었다. 이곳이야말로 아이들이 누릴 곳이라는 생각이 들었다. 학교의 가장 중심인 이곳에서 창창울울 감성과 지식이 자라나야 하는 건 당연하다는 생각이 들었다.

교장은 뭔가 알 수 없는 표정으로 수인의 다음 말을 기다리는 것 같았다. 기가 막혀 말이 나오지 않는다는 것인지, 아님 어디까지 가나 보자고 고삐를 놓아버린 것인지 알 수 없었다. 수인은 이왕 밑상 바쳤는데 뭘 더 망설이나 싶어 말을 이으려 했다. 손톱에 눌린 손바닥이 얼얼하게 아파왔다. 열이 올라 손가락 마디마디마다 부어올라 땡땡해졌다. 몹시 더웠다.

"하하하."

교장은 한바탕 웃는 것으로 대꾸했다. 사람이 기가 차면 워낙 말이 나오지 않는 법이다. 교장 입장에서 당연한 반응일지도 모른다.

교장은 속내가 잘 잡히지 않는 부류이다. 능구렁이가 족히 백 마리는 들어앉아 있는 것 같은 타입이다. 도무지 속이 읽히지 않았다. 수인은 웃음 뒤에 숨겨진 교장의 표정을 읽을 수가 없어 당황스러웠다.

"하실 말씀 더 있으신 거죠?"

교장이 환기시키듯 수인이 말할 차례라는 것을 일러주었다. 정신을 못 차리는 건 수인이지 교장이 아니었다. 뭔가 뒤바뀐 것 같은 생각이 들었지만 수인은 마음을 가다듬었다. 말할 수 있는 기회는 여러 번 주어지는 게 아니다. 멍석을 편 김에 갈 데까지 가보자는 생각이 들었다. 창가의 난초들이 불어오는 바람결에 살살 몸을 흔들며 재촉했다. 어서, 어서 해.

"지금은 학년마다 교무실이 따로 있고 어쩌다 전체 회의가 있을 시 중앙 교무실을 사용하는 거로 알고 있습니다. 평소에는 그리 쓰임새가 많지 않다고 들었습니다. 죄송합니다만 교장 선생님, 학년부장 선생님들의 자리는 도서관이 온다고 해도 교장실과 잇대어 별도로 마련할 수 있지 않을까 싶습니다. 이 제안은 아이들의 입장에서 아이들만을 위한 것입니다. 이 점 불쾌하셨다면 용서해 주십시오."

"누가 들으면 선생님만 아이들을 위하고 이 학교의 나머지 선생님들은 전혀 아이들을 위하지 않는다고 생각하겠어요. 선생님 제안은 아주 훌륭합니다. 그 뜻은 매우 높지만 실현 가능성이 있을

지는 저도 장담 못하겠군요. 특히 이 학교는 근 백 년이 넘는 전통이 자랑입니다. 어쩌면 그 전통의 근간을 흔드는 제안일 수도 있다는 것을 아십니까?"

교장은 오십여 명의 선생들과 학교의 전통이라는 문 뒤로 몸을 숨기며 방패막이를 삼았다.

"네, 저도 그 점을 여러 번 생각해보았습니다만 좋은 전통은 고수해도 되지만 시정의 여지가 있는 전통은 과감히 변화를 시도해야 더 좋은 전통을 물려줄 수 있다는 생각이 들었습니다."

수인은 흐트러짐 없는 표정을 유지하려고 애썼다. 아주 이성적이고 냉정한 얼굴로 도서관 옮기기 프로젝트 기안서를 교장 앞에 내놓았다.

"김 선생님, 듣던 대로 아주 주도면밀하신 분이군요. 벌써 기안서까지 만들어놓고. 오늘 자리를 마치 예상이라도 한 것처럼 말입니다. 선생님들의 반응에 대해서는 저도 감당 못합니다. 김 선생님도 그것만은 알아두어야 할 겁니다. 김 선생님도 하나의 의견이고 다른 선생님들의 의견도 제 입장에서는 존중해야 하니까요."

슬쩍, 책임 소재를 다른 사람에게 떠넘기는 스킬까지. 학교에서 무소불위의 힘을 발휘할 수 있는 사람이 교장이라는 것은 땅 위에 기어 다니는 개미도 알 것이다.

교장이야말로 오늘 수인이 할 말을 미리 알고 있는 사람 같았다. 어떻게 저렇게 태연자약할 수 있을까. 아쉬운 소리는 수인이 한 게 분명한데 마치 수인이 누군가에게 부탁의 말을 들은 것 같은 기분이 들었다.

교장실을 나오다 교감과 학년부장과 맞닥뜨렸다. 순간 얼굴이 달아올랐다. 그들의 뒤로 걸어오는 동안 뒤통수가 몹시 불안했다. 곧 있으면 불어닥칠 후폭풍이 만만치 않을 거라는 생각에 절로 몸에 힘이 들어갔다.

통하지 않는다면 치사스럽지만 최후의 카드를 내밀 수밖에 없다. 평지풍파를 만들고 싶진 않았다. 처음엔 조용히 묻으려고 했다. 터트릴 카드가 오히려 수인을 만신창이로 만들지도 모르며 누군가 다칠 수도 있다. 그걸 원한 건 아니다.

도서관의 서가를 점검하다가 신간도서 코너를 보고 어느 정도 짐작을 했다. 교장도 새로 부임해왔기 때문에 책임 소재가 불분명한 문제를 제기하면 자칫 덧들리게 되어 터트리기보다 곪을 소지가 강했다. 지금은 나오지도 않는, 아니 존재하지도 않는 출판사의 전집이 자리를 꽉 채우고 있었다. 이건 누가 보아도 짐작이 가는 그림이었다. 도서 구입비의 유용이나 중간에 도서 구입을 하면서 커미션을 챙겼을 소지가 강했다. 전임 교장의 허락 하에 이루어진 일일 수도, 담당부장 하에 이루어진 일일 수도 있다. 잘못했다간 후임자인 수인과 지금의 교장이 책임을 지고 물러날 수도 있는 일이다. 책의 양으로 보아 몇 년에 걸쳐 관행으로 굳어진 일이라는 것을 알 수 있다. 액수 또한 작은 규모가 아니다.

어쨌든 일은 저질렀다. 그 일이 어떻게 어떤 경로를 거쳐 변모해 갈지 어떤 짐작도 할 수 없다. 생각보다 속이 후련했다. 물을 엎지르면 벌벌 떨 줄 알았는데, 오히려 배포가 생기는 것 같았다.

나날이 익어가는 가을볕이 지상의 모든 것을 말리기라도 할 것처럼 쨍쨍하게 쏟아지고 있었다. 수인은 눈을 찡그리며 도서관 주변의 나무들을 훑어보았다. 나무들은 한껏 빛을 받고, 바람을 안은 채 유유자적이었다. 나는 네 맘 같은 거 모른다는 듯, 네가 어떻게 보든 나는 이 자리에서 이렇게 울울창창함에 일조할 뿐이라고 말하는 것 같았다. 수인은 도서관 뒤란으로 들어서다가 멈칫했다. 구석져 보이지 않는 곳에 담배꽁초가 수북했다. 수인은 담배꽁초를 주웠다.

아이들의 아지트 같은 곳에 신성한 도서관을 둘 수는 없다. 수인의 결심은 더 확고해졌다. 어떤 폭풍이 불어온다 해도 감내하리라는 결의가 생겨났다. 최후의 카드를 쓰고 장렬히 전사할지라도.

맞수

약속한 일주일이 지났다. 오늘 아이들은 의사를 밝힐 것이다. 왁자지껄한 소리와 함께 아이들이 몰려왔다. 아이들은 언제나 소란스럽다. 존재 증명이라도 하고 싶은 것인 양, 몸이든 입이든 항상 소리를 내야 되는 것처럼 굴었다. 존재감이 크면 시끄러울 것도 없을 법한데, 스스로 하잘것없다고 생각하기 때문일까. 그래서 온통 세상에 신호를 보내는 것인가. 이해하려고 마음을 먹다가도 뒤집어지면 화가 나서 참을 수 없는 것이 아이들이었다. 수인에게 아이들은 하다 만 숙제이며 풀릴 듯하다가도 풀리지 않는 어려운 숙제였다. 해마다 그 숙제의 난이도는 점점 높아졌다. 아이들이 무섭고 두렵다는 생각의 빈도가 더 잦아졌다. 이건 다른 선생들도 마찬가지였다.

"뭐예요, 선생님. 독서회 빠지면 절대 안 된대요. 담임 샘이."

"……."

"이건 말이 다르잖아요."

"선택의 여지가 없는 거잖아요."

"……."

아이들은 책을 반납하며 이구동성으로 볼멘소리를 했다. 교장의 지시가 있었을 테고 학급 담임들은 아이들에게 엄포를 놓았을 것이다.

"대출증 있는 사람, 가져와 보세요."

대출증을 챙겨온 아이는 한 명도 없었다.

"우리 말은 아예 쌩 까는 거냐?"

무리 중에 흘러나온 말이다.

"누구니? 선생님보고 한 말이니?"

수인은 눈을 감았다. 심호흡을 했다. 못 들은 척 그냥 넘어갈 수도 있다. 저 안에 웅크리고 있는 또 하나의 수인은 피로한 얼굴로 그냥 넘어가라고 달렸다. 그러면 비겁한 것 아니냐고 또 다른 수인이 부추겼다.

"아닌데요, 얘한테 한 말인데요."

이준표였다. 묘한 재주가 있는 놈이다. 뚜껑 열리게 하는. 지난번에 거짓말은 용서할 수 없다고 경고장을 날렸음에도 어기대었다.

"나와."

수인의 얼굴에는 또, 너야? 라고 쓰여 있었다. 준표는 어지간히 성가시게 군다는 표정으로 일어섰다. 아이들은 수인과 준표의 눈치를 살폈다. 그 둘의 줄다리기를 지켜봐야 하는 피로감과 따분함과 짜증이 얼버무려진 얼굴이었다. 수인은 매번 아이들과의 만남이 이렇게 시끄러워야 되겠나 싶다가도 그냥 넘어가면 안 된다는 경계에서 주춤거렸다. 그러다가 아이들에게 우습게 보였다간 주도권을 빼앗길지도 모른다는 생각이 고개를 쳐들었다.

"넌, 저 서가 앞에 손들고 서 있어. 선생님이 지난번에 분명히 경고했지? 그냥 안 넘어간다고."

가장 싫어하는 교사 유형을 그대로 재현하고 있다. 갖은 협박으로 아이들의 기부터 누르고 보자는 식. 기분이 한없이 무너졌다. 아이들과 소소하게 부딪힐 때마다 감정이 몹시 상했다. 학교에 있는 한 당연한 일인데 왜 이렇게 힘에 겨운 것일까. 한동안 그 생각으로 골몰했다. 결론은 격이 떨어진다는 생각 때문이었다. 아이들의 눈높이에 맞춰야 한다는 것은 이상에 불과했다. 아이들과 자잘한 일로 감정싸움을 할 때마다 자신의 격이 땅바닥으로 곤두박질치는 모멸감을 견딜 수 없는 거였다. 그러니까 원인은 아이들이 아니었다. 수인 자신이었다. 자신의 격이 고매하다는 착각. 그것이 문제였다.

잔뜩 흐린 날 도서관 안은 하늘과 땅이 붙어버린 것처럼 숨 막히도록 갑갑했다.

가을비가 내리기 시작했다. 기분은 더더욱 까라졌다. 형광 불빛이 환하게 뿌리고 있지만 도서관 내의 어둠침침함을 몰아낼 수는 없었다. 오래된 목재 냄새는 꾸역꾸역 연기처럼 올라왔고 묵은 책 냄새 또한 점점 농도가 짙어갔다. 건물 밖, 나무들의 물기까지 빨아들인 도서관은 그 안에 든 사람조차 까부라지게 만들었다.

신경은 더욱 예민해져 아량이라고는 찾아볼 수 없었다. 누가 걸려들기만 하면 몇 초 내로 아작 낼 수 있을 것처럼 날카롭게 벼려 있었다. 날씨 탓이다, 날씨 탓이다, 날씨 탓이다, 날씨 탓일 거야, 수인은 거푸 뇌까렸다.

문이 열리며 한 아이가 들어왔다. 뒤늦게 가입한 양대호다. 추가 가입되냐고 물어 내심 반가워하며 이름을 받아 적었다. 대호 담임도 미심쩍은 얼굴로 수인에게 말했다.

"독서반 하겠다고 자발적으로 나서네요. 의외네요, 그럴 놈이 아닌데. 아무튼 잘 부탁드립니다."

대호 담임은 무슨 말인가 더 하려다 수업 종소리에 출석부를 챙겨 교무실을 나섰다.

대호는 어깨를 건들거리며 걸어왔다. 담배 내가 훅 끼쳤다. 대호를 보는 아이들 표정이 제각각이었다. 준표는 지원군을 얻은 양 환하게 펴졌고 해머는 낯빛이 창백했고 새는 놀랐는지 입이 딱 벌어졌다. 그중 도범의 눈이 가장 인상적이었다. 스파크가 튀었다고 해야 하나? 부싯돌에서 튕겨 나오는 강렬한 번쩍임이 있었다.

도범과 대호가 기 싸움을 시작한 것은 다 함께 서가의 책을 정리할 때였다. 서가의 먼지를 닦던 대호와 도범이 걸레를 휘두르며 치고받았다. 대호가 휘두른 걸레가 도범의 목과 얼굴을 가격했고 뒤이어 도범이 맞받아쳤다. 벌건 자국이 두 얼굴에 생겼다. 서가 사이에서 둘만 있을 때 일어난 일이라 아무도 눈치채지 못했다. 상대방이 휘두르던 걸레를 낚아챈 뒤 잡아당기며 서로 노려보았다. 그렇게 한참 팽팽한 기 싸움을 벌였다.

도범의 눈에 키 작은 대호는 한주먹거리도 안 돼 보였다. 솔직히 몸이 근질근질했다. 몸이 기억하는 폭력의 습관은 좀처럼 수그러들지 않았다. 그래도 참아야 한다고 생각했다. 아무것도 하지 않고 견디는 것이 무얼 하는 것보다 몇 배 더 힘들었다.

두 사람 사이의 균형을 깬 건 대호였다. 대호의 행동은 조용했던 도서관에 재난을 가져왔다. 대호가 양손에 잡고 있던 걸레를 놓아버린 것이다. 도범의 큰 몸이 뒤로 나자빠졌다. 그 바람에 책장을 건드리고 말았다. 책장이 휘청 움직였다. 바로 옆 칸으로 책이 떨어지기 시작했다. 아이들의 키를 훌쩍 넘긴 책꽂이에서 책이 떨어지는 건 낙석이나 마찬가지이다. 수인은 지진이라도 일어난 것인가 생각하며 문제의 책장으로 뛰어갔다. 눈앞이 어지럽고 아득했다. 휘청거리는 책장을 잡았지만 책이 쏟아지는 것을 막지는 못했다. 도서관은 아수라장이 되었다. 서가를 정리하던 아이들은 들고 있던 책을 던지고 뛰쳐나가며 비명을 질렀다. 이담은 그 자리에 머리를 감싼 채 쏟아지는 책을 맞았다. 해머가 재빠르게 몸을 틀어 이담이를 밀어내고 책장을 잡았다. 그런 다음 등짝을 들이대며 책장을 막아섰다. 책은 해머의 머리와 등짝으로 쏟아졌다. 도범이 뒤편에서 붙잡고 늘어지듯 책장을 당겨 잡았다. 세호도 달려와 막아섰다. 더 이상 책은 쏟아지지 않았다. 책장이 또 다른 책장을 덮치는 참사는 다행히도 면할 수 있었다.

수인은 헐떡이는 숨이 진정되지 않았다. 심장이 쿵닥거릴 때마다 거친 숨이 코로 뿜어져 나왔다. 손등은 빨갛게 부어올랐다. 만약 도미노처럼 책장이 쓰러졌다면, 그건 대형 참사다. 수인은 진저리를 쳤다.

해머의 코에서는 코피가 났다. 손목 또한 소복하게 부어올랐다.

도범은 방금 전 수인의 얼굴에서 공포가 어떤 것인지 보았다. 하얗게 질린 얼굴, 구멍이 뚫린 것 같은 휑한 동공, 거의 울 것 같은 모습으로 누구 다친 사람 없냐고 소리치며 일일이 살피던 다급한 눈빛. 왠지 모르게 수인의 얼굴을 똑바로 볼 수 없었다.

사고를 치고도 미안한 기색 없는 대호를 보자 수인은 할 말조차 잃은 것 같았다. 생각과 다르게 목소리는 부들부들 떨렸다. 대호 담임이 수인에게 못다 한 말이 무엇인지 대충 짐작이 갔다. 독서회 같은 거에 들 놈이 아니라고 할 때 눈치챘어야 했다.

"너희 둘 이리 나와, 무릎 꿇고 손들어. 서가 사이에서 힘 자랑했니?"

말 한마디 한마디 할 때마다 관자놀이가 욱신거렸다. 말을 이을 수 없을 정도로 찌릿찌릿했다. 수인은 두 눈을 질끈 감았다. 펄떡거리는 맥박에 따라 거친 숨은 여전했다.

수인은 나머지 아이들을 내보낸 뒤 문제의 책장으로 가보았다. 하필이면 그 책장 받침대로 고인 나무 조각들이 까맣게 썩어 있었다. 책장은 건드리기만 해도 쉽게 흔들릴 정도로 위험했다. 삭은 나무 조각들을 보자, 수인의 마음도 까맣게 썩어 내렸다. 해머의 얼굴과 손목을 보자 속이 아팠다. 수인은 대호와 도범에게 반성문 쓰기 전에는 집에 가지 말라고 엄포를 놓은 뒤 해머를 데리고 병원으로 향했다.

도범은 대호의 입질이 시작됐다는 것을 알 수 있었다. 뒤늦게 어울리지도 않는 독서회까지 기어들어온 것만 보아도 꿍꿍이가 보통 치밀한 놈이 아니다. 대호는 도범이 자기 밑에 들어와야지만 직성이 풀릴 것이다. 그렇지 않으면 계속 찔러볼 것이다. 냅두라고 하던 선배의 말 같은 건 우습게 까뭉개는 깡 센 놈 아닌가.

도범도 언제까지 이 상태를 견딜지 장담할 수 없다. 몸만 한 번 띄우면 끝날 일이다. 아주 쉽다. 여태껏 그게 먹혔고 주먹으로 다져진 생활이었다. 폭력의 탄성은 어느 순간 혹 제자리로 돌아갈 수 있을 정도로 아주 강렬했다. 더군다나 대호라는 좋은 미끼가 눈앞에 아른대고 있지 않은가. 아직 채 아물지 않은 왼손 검지를 바라보았다. 그때, 눈물과 콧물로 뒤범벅된 채 당신 뺨을 때리던 아버지의 모습이 불쑥 기억 속으로 쳐들어왔다.

　그간, 학교를 주름 잡는 아이들과 한통속이 되지 않으면 친구를 만들기란 쉽지가 않았다. 사람은 누구나 자신의 존재를 인정하는 자리에 있고 싶어 한다. 그림자 같은 존재를 원하는 사람은 없을 것이다. 친구도 없고 세도 없는 것을 알면 아이들은 단박에 지질한 아이로 분류한다. 특히 전학생은 타깃 1순위다. 낯가림이 심하거나 사교성이 없으면 독보적인 포스라도 있어야 하는데 그 둘은 조합되기 어려운 것이다. 서서히 왕따로 가는 수밖에 없다. 그래서 아이들은 학년이 바뀌거나 입학하게 되면 친구를 확보하기 위해 기를 쓴다. 아이들은 혼자라는 것에 어떠한 면역력도 없다. 맞는 것보다 더 무서운 것은 수많은 아이들 속에서 철저히 혼자라는 것이다. 그래서 그룹을 형성하거나 어떻게든 거기에 끼려고 한다.

　전학에 전학을 거듭해 한 학년도 같은 학교에 다닌 적 없는 도범은 뜨내기 중 뜨내기였다. 도범이 기존의 세에 진입하기 위해서는 공부보다는 주먹이 훨씬 빨랐다. 특유의 깡과 포스가 있기 때문에 새로운 곳에 가면 세력들이 탐을 내거나 도전하고 싶은 욕구를 충동질하는 유에 속했다. 도범은 그러한 도전을 은근히 즐겼다. 잦은 전학 탓에 웬만한 분위기를 읽는 데는 빠삭했고 일진이 되는 수순을 밟는 것이 밥 먹는 것보다 쉬웠다.

　병약한 엄마 옆에는 항상 아빠가 있어야 했다. 엄마는 아빠뿐만 아니라 형이나 도범 앞에서도 언제나 아기이고 소녀이자 항상 보호해줘야 할 사람이었다. 아빠도 그런 엄마를 언제나 보호해줘야 한다고 했다. 발령 나는 곳마다 이삿짐을 꾸렸다. 아빠의 발령지마다 이삿짐을 꾸린 데는 아빠의 어린 시절 탓도 컸다.

아빠의 아버지, 즉 할아버지는 군부대로 전전하는 직업 군인이었다. 잦은 발령도 문제였지만 군부대 특성상 학교도 없는 벽촌으로 가는 경우가 많아 자식들을 데리고 다닐 수 없었다. 할아버지는 자식들이 학교 갈 나이가 되면 여기저기 친척집에 맡겼다. 아버지는 삼촌 집과 큰아버지 집을 전전하며 학교생활을 이어갔다. 그때 뼛속 깊이 새기게 된 것은 가족은 어떠한 일이 있어도 떨어져 살아서는 안 된다는 것이었다. 어렸을 때부터 결심한 것이 내 아이는 절대 떨어져 살게 한다거나 남의 손에 맡기지 않겠다는 거였다. 아빠는 그 결심을 절대 무너트리지 않았다.

전학, 처음엔 신났다. 붙박이처럼 한곳에 못 박고 사는 것보다 이리저리 환경을 바꾼다는 것은 오히려 신선한 일이었다. 전학 갈 때마다 친구들은 부러운 눈길을 보냈다. 평소에 말 한마디 건네지 않던 아이들도 애틋한 눈길을 주며 전화번호도 주고 선물도 건네주었다. 관심도 없던 아이들이 가장 큰 반응을 보일 때가 바로 전학 갈 때였다. 나쁘지 않았다. 문제는 항상 새로 간 학교에서 벌어졌다. 낯선 환경에 적응하기란 쉽지 않았다. 아이들은 전학생에게 호락호락하게 곁을 내주지 않았다. 아무도 없는 망망대해에서 누군가 관심을 갖고 조금만 잘해주어도 그것이 눈물 나게 고마웠다. 화장실이나 급식실, 강당을 안내해주는 친구만 있어도 구세주였다. 음악실이나 미술실 같은 데를 알려주지 않아 수업시간을 빼먹은 적도 많았다. 수업 종이 친 뒤 텅 빈 복도에 남겨진 전학 온 아이, 자신의 자리가 분명 비었을 텐데 찾는 이는 아무도 없었다. 조용한 복도, 다른 세계에 와 있는 듯한 생경함에 계단참에 쭈그리고 앉아 훌쩍거린 날도 더러 있었다. 너 어디 있었냐고 물어주는 사람도 없었다. 전학생의 존재는 그런 것이었다.

초등학교 저학년 때까지만 해도 말을 붙여주는 아이들이 구세주인 양 매달리곤 했다. 그것만이 살 길인 것 같았다. 수많은 아이들 속에서 달랑 나 혼자인 것 같은 외로움을 견디기란 쉽지 않았다. 그렇게 섬 같은 존재가 되지 않으려면 빠른 시일 내에 존재감을 드러내는 방법을 찾아야 한다. 그것은 주먹이었다. 도범은 어렸을 때부터 운동으로 다져진 터라 축구부터 시작해 달리기는 육상선수를 해도 될 만큼 빨랐다.

초등학교 3학년 무렵, 전학 온 지 얼마 되지 않아 체육대회가 열렸다. 학년에서 제일 달리기를 잘하는 아이를 도범이 발라버린 일이 있었다. 반 대항 달리기 대회에서 도범이 한순간에 엎어버린 것이다. 그 아이가 달릴 때 여자아이들은 목이 터져라 응원할 정도로 인기가 대단했다. 그 아이가 1등을 놓치자 여학생들의 관심은 단번에 도범에게로 쏠렸다. 그 아이는 달리기가 끝난 뒤 도범에게 주먹을 쥐어 보이며 몹시 분한 얼굴을 했다. 지고는 못 산다 뭐, 그런 표정이었다. 도범 역시 나도 지고는 못 산다는 듯이 그 아이의 눈빛과 맞섰다. 눈싸움에서 굽히지 않는 것은 도전을 받아들이겠다는 신호라는 것을 그때는 몰랐다. 그게 화근이었다.

체육대회가 끝난 뒤 도범에게 도전장이 날아들었다. 달리기가 아니라 주먹으로 누가 더 센지 맞짱을 뜨자는 거였다. 태권도부터 시작해 형 따라 다닌 킥복싱 도장에서 배운 자세 몇 가지만 흉내 내도 대부분의 아이들은 나가떨어졌다. 참 쉬웠다. 맞짱, 도범이 마다할 이유가 없었다. 도전을 피한다면 이 학교에 있는 내내 괴롭힘을 당할 것이 뻔했다. 놈들은 도범을 늘씬하게 발라준 뒤 제 밑으로 들여야지 싸움을 끝낼 것이다. 아님 철저히 당해줘야 한다. 삥을 뜯기고 수시로 셔틀을 당하고 장렬히 얻어터져야 한다. 도범은 하등의 그럴 이유가 없다. 당해주고 싶지도 않거니와 구질구질하게 살고 싶지도 않았다. 깡과 주먹이 있는데 무엇이 겁나랴. 그렇게 다져진 세월로 인해 전학생이라고 해도 절대 깔보이지 않게 되었다. 편했다. 전학을 가도 패거리들이 알아서 모여들었고, 맞서는 아이가 있으면 맞짱을 뜨면 그만이었다. 싸움에서는 누구보다 이길 자신이 있었다.

도서관에는 대호와 도범만 남았다. 어찌 보면 하늘이 준 기회였다. 만약 똘마니들 보는 앞에서 대호를 발라버리면 땅벌을 건드린

꼴이 될 것이다. 결코 만만한 놈이 아니다. 도범이 대호를 누르고 짱이 되면 모를까, 절대 자기 영역을 호락호락하게 내줄 놈이 아니다.

대호가 먼저 도서관 문을 밀고 나갔다. 그 뒤를 도범이 따라 나섰다. 도서관 문을 닫고 뒤돌아서는 도범의 발을 대호가 걸었다. 그 바람에 도범은 계단 쪽으로 휘청 쏠리며 곤두박질치듯 뛰어 내려갔다. 몸이 조금만 굼떴어도 계단 아래로 쑤셔 박혔을 것이다. 목이 꺾이거나 팔다리가 부러졌을지도 모른다.

"어쭈~ 제법이신데? 그니까 발밑을 조심해야지."

대호는 헐떡이는 도범을 내려다보며 이기죽거렸다.

"죽으려고 아주 용을 쓰는구나."

도범이 대호를 올려다보며 을러댔다. 어떻게든 대호를 계단 아래로 내려오게 해야 한다. 이 위치에서는 백 번 불리하다.

"뭐라고 라고 라고라?"

대호가 한 발짝 계단을 내려섰다.

"내가 이 학교에 왜 오게 됐는지 네가 더 잘 알지?"

"그래서 뭐? 어쩌라고? 여기로 쫓겨나신 게 내 탓이다. 하이고, 그거 생색내고 싶어서 여태 어찌 참았냐? 그니까 빨리 본색을 드러내란 말이야 이 새끼야. 고고한 척하지 말고."

대호가 계단을 뛰어내려오며 도범을 향해 발을 날렸다. 도범의 가슴팍에 정통으로 날아들었다. 도범은 마룻장 꺼지는 소리를 내며 바닥에 고꾸라졌다. 손쓸 시간이 없었다. 번개같이 빠르게 날아들었다.

"내가 선배들 무서워서 너 못 건드릴 줄 알았지? 나아, 선배 그런 거 안 무서워하거든~."

대호가 도범의 얼굴을 향해 발을 들었다. 도범은 잽싸게 몸을 굴리며 피했다. 도범은 몸을 일으켜 휘청거리는 대호의 등짝을 내리찍었다. 대호는 그 자리에 엎어졌다가 잽싸게 일어났다. 빠른 놈이다. 형이 가르쳐준 대로 급소 정권지르기를 하면 싸움은 끝난다. 도범은 놈이 중심을 잡기 전에 턱을 향해 주먹을 질렀다. 대호는 바닥에 대자로 뻗어버렸다.

"이건 오토바이로 나한테 엿 먹인 값이다."

도범은 대호를 향해 토사물을 내뱉듯 말한 뒤 도서관을 나섰다.

소리 없이 내리는 가을비가 도범의 뒷덜미를 차갑게 식혀주었다. 시원했다.

해머의 집

의사는 해머의 손목 인대가 늘어났다고 했다. 우선 반 깁스를 했다. 수인의 손등에도 하얀 거즈가 붙었다. 해머는 검사를 받느라 여기저기 불려 다녀도 말 한마디 하지 않았다. 그러고 보니 수인은 해머의 목소리를 들어본 적이 없다.

"많이 아프지? 고생했다. 근데 해명아, 너 기운 세더라. 삼손 알지? 삼손 같았어. 고마워, 덕분에 큰 사고는 면했다. 난 너무 놀라서 지금도 다리가 후들거려."

수인이 두 다리를 부러 후들거리자 해머는 웃는 듯 마는 듯한 표정으로 수인을 바라보다 고개를 숙였다. 처음 듣는 칭찬이었다. 말 안 하는 곰팅이라고 놀림을 당했으면 당했지, 칭찬 같은 건 처음이다. 해머는 자신을 하등의 쓸모없는 아이라고 생각하며 살았다. 덩치는 산만 한 놈이 하는 짓은 어째 그리 어리숙하고 굼뜨냐는 말을 귀에 딱지가 앉도록 들었다. 세호는 해명이 누구나 집적거리며 찔러보고 반응이 있나 없나 봐가며 괴롭히고 싶은 그런 유형이라고 했다. 네가 아이들에게 괴롭힘을 당하는 건 반응이 없기 때문이란다. 사람이란 반응이 올 때까지 집적거리는 게 본능이라나 어쩐대나. 그러니까 말을 안 하고 가만히 있어도 매를 버는 스타일이라는 것이다. 상대방을 속 터지게 한 죄. 누군가 시비를 걸어오면 하지 마~라고 반항이라도 해야 하는데 해머는 한 번도 그런 적이 없다. 말이 혀끝에 다다르기도 전에 녹아 사라지거나 거대한 철문이 내려와 입을 막아버리는 것 같았다. 그래서 혀끝이 점점 짧아지는지도 모른다. 겨우겨우 혀 짧은 소리라도 내놓으면 아이들은 또 놀렸다. 흉내 내며 놀리는 아이들 웃음소리는 꿈속까지 따라올 정도로 끔찍했다.

수인은 깁스를 마친 해머에게 집으로 가자고 했다. 해명은 고개를 저으며 차를 타지 않았다.

"선생님이 마음이 놓이지 않아서 그래. 널 집까지 데려다줘야 마음이 놓일 것 같아."

해명은 고개를 저으며 몸을 뒤로 뺐다.

"해명아, 선생님 입장 한 번만 봐주라. 엄마, 아빠께 죄송하다는 말씀도 드려야 하고 경위도 설명드리고 앞으로 치료에 대해서도 마음 놓을 수 있게끔 말씀드리는 게 선생님 도리야."

수인이 해머의 얼굴을 보며 말했지만 해머는 눈을 맞추려 들지 않았다.

"선생님 이렇게 계속 비 맞게 할 거야?"

가랑비에 사방이 다 젖어들었다. 수인이 차 문을 열며 해머를 밀어 넣자, 그제야 몸에 힘을 뺐다. 해명은 고개를 떨군 채 뒷좌석에 짐짝처럼 앉아 있다.

"고개 들어. 넌 안해명이지만 샘은 해명해야 할 것 같은데? 허락하는 거지?"

수인은 운전대를 잡고 해명의 얼굴을 살피며 물었다. 해명이 다시 웃을 듯 말 듯한 표정으로 살짝 수인을 바라본 뒤 다시 고개를 숙였다.

해명이 가리킨 건 만물상회라는 철물점 앞이었다. 해명은 만물상회 유리문을 열고 들어갔다. 반색을 하며 달려 나오는 엄마를 향해 해명이 허둥지둥 손짓을 했다. 수화였다. 수인은 가게 안으로 발을 들여놓다 멈칫했다. 갑작스럽기는 수인이나 해명의 엄마나 마찬가지일 터였다. 그러고 보니 예고 없는 방문이었다. 수인은 그제야 해명에게 좀 무례하게 굴었다는 생각이 들었다. 깁스한 손을 보던 엄마의 눈은 금세 눈물을 터트릴 것처럼 그렁그렁했다.

해명의 엄마는 연신 입을 가렸다 떼었다 하며 수인에게 여러 번 허리 인사를 했다. 수인도 그때마다 허리를 숙여 인사했다. 해명과 엄마는 계속해서 수화로 말했다. 무슨 말인지는 모르겠지만 해명의 얼굴은 전혀 다른 사람처럼 펴져 있었다. 환하게 햇살이 든 것처럼 밝았다. 해명의 본모습은 저런 것일 텐데.

"해명이 어머니, 죄송해요. 제 불찰로 해명이가 다쳤어요."

해명이 수인의 말을 받아 수화로 하자 엄마는 고개를 끄덕이며 손사래를 친 뒤 다시 수인에게 허리 인사를 했다.

철물점 안에는 간판 이름대로 없는 것이 없을 정도로 먹는 것만 빼고 다 있는 것 같았다. 셀 수 없을 정도의 작은 나사못부터 시작해 집게류, 이름을 알 수 없는 연장들이 헤아릴 수 없이 오밀조밀 빼곡했다. 물건의 종류대로 깔끔하게 분류된 것은 물론, 선반마다 붙여져 있는 이름과 가격표는 마치 무인 가게처럼 철저하게 관리되어 있다. 주인의 손길이 얼마나 정갈한지 짐작이 갔다. 이 상회 안에 들어서면 막 굴어서는 안 될 것 같은 정연함이 있었다. 글씨체 또한 어찌나 선이 곱던지. 수인이 가게 안을 차근차근 둘러보자 엄마는 선반의 이름표를 가리킨 뒤 해명의 어깨를 쓰다듬었다. 해명이 솜씨라는 얘기였다. 수인은 해명의 얼굴을 처음 보는 사람처럼 다시 보았다.

"정말 이게 다 해명이가 쓰고 갈무리 해놓은 거니? 와 세상에, 대단하다."

해명은 머리를 긁적였다. 수인의 칭찬에 멋쩍은 모양이었다. 자그마한 쇠붙이들이 어찌나 질서정연한지, 예술이었다. 부품 하나하나에 미쳤을 손길을 생각하니 절로 탄성이 흘러나왔다.

"세상에, 해명이한테 이런 재주가 있다니."

해머는 계속 머리를 긁적였다. 해명의 눈에서는 흐뭇함이 흘러넘쳤다.

"그럼, 못 팔아야, 잘사는 집이네."

수인이 까르르 속 좋은 웃음을 흘리자

"어? 네 마아요. 히히히."

해명이 웃었다. 그리고 말했다.

해명은 말이 필요 없는 세상에 살고 있었다. 해명의 목소리는 스펀지처럼 푹신했다. 레, 정도의 음정을 갖고 있었다.

비가 그친 뒤 맑게 씻긴 하늘에는 해가 지고 있었다. 감빛 붉은 해가 현실적이지 않을 정도로 완벽한 동그라미로 서쪽 하늘에 걸려 있다. 빛살도 없이 아주 고운 볼연지처럼 부드러웠다. 파스텔 톤의 감빛이 해명의 가게 안에 들어찼다. 차가운 쇠붙이들이 서서히 온기를 품었다.

수인은 해명 엄마의 손을 잡고 죄송하다고 연신 인사를 하며 너무 걱정하지 마시라고 덧붙였다. 해명은 말없이 수인의 말을 통역해주었다. 그 모습 또한 또래의 아이들에게서 볼 수 없는 의젓함이 있었다. 수인은 해명의 손을 잡고 가게를 나섰다. 가볍게 떨고 있는 해명의 축축한 손을 꼭 쥐어주며 수인은 말했다.

"망치 말이야, 그거는 뭐에 쓰려고 가지고 다니니? 혹시 지금도 가지고 다니니?"

해머의 얼굴은 금세 붉어졌다.

해머를 낳고 엄마, 아빠가 가장 좋아한 것은 해머의 울음소리였다. 자신들과 다르게 소리를 낼 수 있는 아이라는 것에 얼마나 좋았는지 모른다. 세상을 다 가진 것처럼 좋았다. 듣지도 말하지도 못하는 서러움은 이루 말할 수 없었다. 행여나 그것을 자식에게 물려줄까 봐 열 달 내내 어찌나 가슴을 졸였는지. 자연스럽게 해머의 말 배우기는 더뎠다. 수화는 말보다 더 빠른 언어였다. 아이들과 어울릴 때도 말보다는 손짓이 먼저 나오는 터라 놀림을 당하곤 했다. 해머네를 두고 쑥덕거리거나 손가락질하며 놀리던 어른들은 해머와 놀지 말라고 제 아이들을 단속했다. 해머는 언제나 혼자였다.

말이 더딘 해머는 아이들에게 물컹한 장난감이었다. 아이들은 해머의 반응이 나올 때까지 계속하여 쿡쿡 찌르며 말을 시켰다. 언제까지 반응을 하지 않나 내기를 하는 아이들도 있었다. 내기에서 진 애들은 그 돈을 해명에게 요구하곤 했다.

"야, 말할 줄은 아냐?"

"대답해, 사람이 말을 하면 말을 해야지."

"어쭈, 눈 깔어. 누가 말하랬지 야려보랬냐? 말하라고?"

"너, 아까 왜 본 대로 들은 대로 얘기 안 했어? 얀마, 그렇다 안 그렇다 말을 해야지, 네가 우리 편인지 아닌지 알 거 아냐? 안 그냐? 아, 답답해. 안 그러냐고오?"

아이들은 해명의 입에서 끝내 말이 나오지 않으면 주먹질을 했다. 때린 데 또 때려서 해명의 입에서 비명이 나오면

"야, 아프냐? 아프냐고오 ―."

말을 순발력 있게 받아치지 못하면 답답이로 분류해 재미없는 아이로 취급한다. 해머는 그 이상이었다. 그런 아이는 언제나 혼자다. 말이 없고 행동이 굼뜨다고 놀림을 당하는 것보다 더 힘든 건 혼자라는 거다.

해머는 바꿀 수 있다면 자신을 바꿔버리고 싶었다. 자신의 말을 막고 있는 철문을 거두어내고 싶었다. 해방되지 못한 말들이 마구 아우성치며 튀어나올 것 같았지만, 여전히 말은 머릿속에 심장 속에 위장 속에 가슴속에 이리저리 빙퉁그러지며 돌아다닐 뿐, 밖으로 터져 나오지 않았다. 내뱉지 못한 수많은 말들이 언젠가는 해명 자신을 잡아먹고 말 것이라는 두려움도 있었다. 밖으로 빠져나오지 못한 말들은 당구대 위의 공들처럼 이리저리 부대끼며 충돌하고 시간이 지날수록 당구공은 기하급수로 늘어나, 과포화로 몸이 터져버릴지도 모른다는 생각이 들었다. 터진 위장에서, 심장에서, 머릿속에서는 소화되지 못한 말들이 정체를 알 수 없는 액체를 뒤집어쓰고 몇 날 며칠 쏟아져 나올 것 같았다.

어느 때부터인가 해머의 가방 속에 망치와 송곳과 커터 칼이 들어 있게 되었다. 그것이 가방 속에 있을 때는 마음이 놓였다. 누군가 자신을 놀려도 가방 속의 연장들을 떠올리면 든든했다.

해머는 말없이 허리 숙여 수인에게 인사했다. 해머의 얼굴에 노을빛이 번졌다.

은하수의 빛무리를 따르는 쇠똥구리

집으로 오자마자 수인은 침대에 널브러졌다. 버틸 힘이 없었다. 몸살이 오려는지 어깨부터 손끝까지 알알했다. 하루하루가 힘에 겹다는 생각이 들었다. 첫 발령지였던 수산나고등학교에서도 이렇게 힘들지는 않았다. 여학교이고 고등학교라 그럴지도 모른다. 중학생과 고등학생은 하늘과 땅 차이이다. 고등학생은 어른스럽다고 해야 하나? 설익었지만 나름 진지하게 숙성해가는 모습이 그나마 위로가 되었다. 그런데 중학생, 더군다나 남학생들은 고삐 풀린 망아지처럼 짐작할 수 없는 게 너무 많았다. 거기에 이유를 알 수 없는 반항까지 보태지면 그야말로 감당이 안 되었다. 순탄하게 넘어가면 자신의 존재가 사라지기라도 할 것처럼 기를 쓰고 브레이크 먼저 걸고 보는 습성. 그래야만 존재를 드러낸다고 생각하는 것일까. 난감한 조합 덩어리들이었다.

　가까스로 버티고 있다는 생각이 하루가 다르게 깊어졌다. 여전히 두통은 가시지 않았다. 손가락 하나 까딱할 수 없을 정도로 진이 빠진 것 같았다.

　문자가 왔다. 율이었다. 일주일 만이었다. 그동안 율이 어떤 일을 착착 진행시켰는지 알 수 없다. 그런 것을 일일이 보고할 사람도 아니거니와 수인 또한 묻지 않았다. 지난번 율은 수인에게 화를 내며 더 이상 설득하지 말라고 소리쳤다. 누가 누구를 위해 꿈을 접거나 희생하는 건 동등한 관계가 아니라고 말했다. 서로 하고 싶은 일을 할 수 있도록 북돋우며 더욱 서로다워지는 것, 그게 사랑 아니냐고 했다. 수인은 율의 호통 뒤에 낮은 목소리로 그렇게 말했다. 떠나는 것이 누구를 위해서라는 핑계를 대지 마라, 누구의 행복을 더 안전하게 책임지기 위한 준비단계로 떠나는 거다, 그런 말이 나올까 봐 사실 걱정했다, 이건 오로지 율, 당신 때문에 결행하는 일이라는 것을 알아야 한다고.

　그 밤, 집으로 돌아오는 길, 세상 천지에 혼자 버려진 것 같아 아득하게 외로웠다. 수인은 하늘을 올려다보았다. 칠흑같이 어두웠다. 길이 보이지 않았다. 제 몸보다 더 큰 경단을 굴리는 쇠똥구리는 별과 달이 없어도 집을 찾아간다는데……. 똥 경단 위에서 춤을 추며 하늘 저 멀리 흐르는 은하수의 빛무리만으로도 길을 안다는데. 눈에 보이지 않아도 해와 달과 별이 어느 자리에 있는지 훤히 알고 있는 쇠똥구리가 꽤나 부러운 밤이었다. 눈에 보이지 않는다고 해서 없는 것이 아닌데……. 공원 앞 네거리의 마로니에가 조용히 잎을 떨구고 있는 밤, 떠날 때와 맞을 때를 정확히 아는 나무들이 몹시도 부러운 밤이었다.

공항이란다. 나쁜 놈. 그동안 사표를 내고 주변 정리도 끝났다는 얘기였다. 결혼까지 생각한 사람에게 떠나는 것을 문자로 통보하는 예의라고는 약에 쓸래도 없는 작자였다. 이건 아니지 싶었다. 수인은 천 근 같은 몸을 일으켜 액정화면을 들여다보았다. 공항이라는 단어가 선명하게 도드라졌다. 미국 학교 측에서 급하게 연락이 와 떠날 수밖에 없다는 장문의 메시지였다. 율은 마지막 인사말처럼 말미에 미안하다고 덧붙였다. 문자 통보였다. 후배에게 나중에 결혼한 후, 우리 이혼하자고 문자 통보하지 않은 것을 다행으로 여기라고 했던 말이 선명하게 리와인드 되었다. 율은 우리 헤어지자, 라는 말은 하지 않았다. 그렇지만 그동안 그와의 만남 속에, 그리고 지금 장문의 메시지 속에 우리 헤어지자, 는 말이 곳곳에 숨어 있다는 것을 모르지 않는다.

수인은 전화기를 집어던졌다. 침대에 머리를 파묻었다. 슬프지는 않았다. 어떻게 이런 대접을 할 수 있을까, 서러웠다. 사랑인 줄 알았는데 사랑도 뭣도 아무것도 아니라는 것이 비로소 확인된 느낌이랄까. 몇 날 며칠 울던 후배처럼 밤새도록 울었다. 이별 때문이 아니다. 사랑받지 못한 자신의 서러움 때문이었다. 베갯잇이 눈물 콧물로 뒤범벅되는 동안 율과 함께했던 시간마저 아무것도 아닌 거로 뒤범벅되어갔다.

해가 떴다. 변함없다. 하늘도 있고 바람도 여전히 살갗에 닿는다. 똑같다. 그런데 왜 모든 것이 변한 것처럼 느껴질까. 수인은 퉁퉁 부은 눈을 누르며 학교로 향했다. 아무것도 눈에 들어오지 않았다. 허공에 둥둥 떠가는 것처럼 땅도 하늘도 의식되지 않았다. 어떤 한순간을 기점으로 빛나던 사물이 빛을 잃는다는 것이 어떤 것인지 여실히 느끼게 해준 아침이었다.

출근하자마자 교감의 호출이 있었다.

"김수인 선생님, 선생님은 쌩초보도 아니면서 결재 서류 올리는 순서도 모르십니까? 저 엿 먹이려고 작정하신 분 같습니다. 아니 우리 학교 선생님들 전부를 엿 먹이려고 작정하신 거 아닙니까?"

교감이 수인을 보자 서류를 집어던지며 고함을 쳤다. 교무실 안, 수십 개의 눈들이 그 둘에게 집중되었다.

"이런 중대한 사안을 다이렉트로 올려서 어쩌자는 겁니까? 조직에는 순서와 절차가 있는 법입니다. 아시겠어요?"

교감은 중간 중간 혀 차는 소리까지 넣어가며 수인을 나무랐다. 수인은 벽처럼 서 있었다. 교감의 고함은 그대로 수인의 몸에 부딪혀 고스란히 되돌아가는 것 같았다.

"뭐라고 말 좀 해보세요? 건방지게스리."

"죄송합니다. 굳이 변명은 하지 않겠습니다."

변명하기 싫었다. 귀찮다고 하는 게 더 정확한 심정이다.

"뭐라고요? 변명하지 않겠다고요? 김 선생님, 내가 그렇게까지는 안 봤는데, 보통 시건방진 게 아닙니다."

교감은 계속 푹푹거렸다. 어떤 말을 부어도 진정되지 않을 것이다. 그날 교장과의 면담이 없었더라면 기안순서가 거꾸로 되지 않았을 것이다. 이때다 싶어 생각보다 행동이 앞선 건 사실이다. 당장 눈앞의 일만 생각하고 앞뒤 가리지 않고 행동한 건 경솔했다. 교장 앞에서 말이 먼저 나온 뒤 지금 이와 같은 상황을 예상치 못한 것도 아니었다. 어차피 치러야 할 일이다, 달게 받자, 그러는 중이다. 변명, 그런 것도 성가셨다. 모든 절차나 갈등이 죄다 귀찮았다. 수인은 빨리 이 자리를 뜨고 싶었다. 다 제가 잘못했으니 제발 여기서 벗어나게 해달라고 사정하고 싶었다. 어딘가에 쓰러져 자고 싶었다. 어제 저녁부터 물 한 모금 먹지 않았고 몸살기는 내내 수인의 몸을 비틀었다.

"그리고, 도서관을 옮기다니요? 멀쩡한 도서관을 두고 어디로 옮기자는 겁니까? 말이 됩니까?"

저 자의 손아귀에서 놓여나려면 변명이 됐든 대꾸가 됐든 어느 정도 얘기가 진행되어야 가능할 것 같았다.

"교감 선생님, 도서관을 왜 옮겨야 하는지에 대해서는 기안서에 자세히 올렸습니다. 교장 선생님과도 충분히 얘기를 나누었고요."

"하, 참 이 따위 기안서 몇 장으로 이게 끝날 일입니까? 교장 선생님하고만 얘기하시겠다 그 말씀이군요."

"그런 말씀은 아닙니다. 죄송합니다."

수인은 고개를 수그리며 말했다. 본질은 자취도 없고, 껍데기만 가지고 얘기가 겉돌았다. 정작 도서관을 왜 옮기는지에 대해서는 말이 나오지 않았다. 형식과 절차가 더 중요했다. 그렇지 않으면 어떤 좋은 제안이라도 쓰레기다. 그것이 조직의 습성이며 힘이다.

쌀쌀함으로 무장된 수많은 눈길이 수인에게 쏟아졌다. 벌써 얘기가 돌아도 두 바퀴는 돌고도 남아 나름대로 결론까지 났을 것이다. 어차피 잘됐다는 생각이 들었다. 일이 되든 안 되든 양동이의 물은 쏟아져야 한다. 그것이 어떤 물이며 어디로 흘러갈지는 모르지만 저질러져야 알 수 있는 일이다. 선생님들의 싸한 눈길쯤은 얼마든지 견딜 수 있다. 어차피 도서관 근무는 이 학교에서 유배생활과 같은 것이다. 교사들 사이에서 왕따나 유배나 다를 게 없다.

교감은 여러 선생들의 시선을 의식한 듯 더 기를 올려 소리쳤다. 교감이 말할 때마다 침의 파편들이 햇살에 하얗게 터졌다. 이 모든 상황이 수인과는 전혀 상관없는 것 같은 착각이 들기도 했다.

"선생님, 제안이 나쁘다는 얘기가 아닙니다. 현재 이 학교에 근무하고 있는 선생님들 입장도 헤아려줘야 하는 거 아닙니까? 막말로 입장을 바꿔놓고 생각해보세요. 선생님이 이 학교에 근무하고 있는데 새로 부임한 선생님이 도서관을 그따위로 방치해놓고 있었냐고 큰소리치는 거와 뭐가 다릅니까? 그래놓고 선생님들은 쾌적한 교무실에서 어찌 지낼 수 있었냐고 지금 닦아세우는 거 아닙니까?"

점점 얘기가 이상하게 돌아갔다. 수인이 올린 기안에 그런 뉘앙스를 흘리진 않았다. 그건 자기비판 같은 발언이었다. 결국 지금껏 그래왔다고 시인하는 것과 다름없다. 교무실을 건드린다는 것은 학교와 선생님들의 권위를 건드렸다는 말과 같다고 생각하는 것이다. 그래서 기분 나쁜 거다. 제안이 훌륭하든 쓰레기 같든 그딴 게 중요한 게 아니다. 엊그제 부임한 일개 사서 교사가 건방지게 그 권위에 도전한 것이다.

교무실을 가로지르던 양희순이 걸음을 멈춘 채 속삭이듯 말했다.

"선생님이 벌집을 건드렸네요. 멋진데요. 아주 보기 좋게 한 방 먹인 거예요. 선생님, 전 선생님 처음 봤을 때부터 맘에 들었어요. 일 크게 한번 저지를 줄 알았어요. 맘에 들어요."

미술 선생 양희순은 그 말을 던지고 자기 자리로 돌아가 앉았다. 양희순의 말은 정신없는 집에 더 정신없도록 기름을 붓는 격이었다. 그렇지만 수십 명의 적군 중 유일한 아군이 될 수도 있겠다는 조각 같은 빛처럼 느껴졌다. 어쩌면 양희순도 고성에 갇힌 듯한 미술실이 마음에 들지 않는지도 모른다. 이 학교의 한직 같은 그곳에 자신이 갇혀 있어야 했던 시간이 억울한지도 모를 일이다. 그 억울함을 수인이 조금 풀어주는 건지도 모르겠다. 그래서 수인에게 한 방 먹였다고 하는 것일까.

양희순은 확실히 달랐다. 어제 교무회의 때 공지사항을 말할 때 다른 선생님들과는 확연히 다른 분위기로 말했다. 어떻게 저렇게 오랜 세월 이 견고한 조직에 적응되지 않고 자신만의 색깔을 잃지 않을 수 있는지 신기할 정도였다. 말투부터 목소리 톤은 마치 스튜어디스가 안내 방송 하듯 아주 매끄럽고 부드러웠으며 친절했다. 양희순의 공지대로 안 하면 안 될 것 같은 설득력이 있는 말투였다. 의외였다. 공지사항 끝에 그녀의 인사말이 압권이었다.

"이제껏 제 말을 들어주셔서 감사드립니다. 오늘도 아이들의 웃는 얼굴을 기대해주시고 선생님들도 좋은 하루 되세요."

그날따라 양희순의 목소리는 솜사탕을 지그시 누르는 듯 부드러웠으며 도레미 중 미의 안정적이고 편안한 음정이었다. 에코 음향 같은 콧소리까지 넣어서 좋은 하루 되시란다.

교무회의 때 이렇게 말하는 선생을 본 적이 없다. 딱딱하게 형식적으로 말하는 게 보통인데 양희순은 달랐다. 규정과 틀이 없다고 해야 하나? 아무튼 신선했다. 양희순의 공지가 끝나자 여기저기서 쿡쿡 웃음소리가 샜지만 양희순은 눈을 내리깔며 아주 고고한 한 마리 학처럼 우아함을 떨며 자리로 돌아갔다.

교감은 여전히 푹푹거렸다. 논리 없이 감정적으로 대하는 사람에게 논리의 힘은 밀리게 되어 있다. 그래서 목소리 큰 사람이 이긴다는 말이 있는 모양이다.

교장이 교감을 얼마나 닦아세웠는지 알 만했다. 처음 전화 통화할 때 동기라며 너스레 떨던 것은 말 그대로 너스레에 불과한 것이었다. 뭔가 다르기를 기대했던 게 잘못이었다. 교장은 교감 뒤에 숨어 코빼기도 보이지 않았다. 수인이 이렇게 호되게 당하는 소리를 죄다 듣고 있을 텐데, 교장실 문은 꿈쩍하지 않았다. 교감 선에서 정리하라고 하달했을 것이다. 어쨌든 제안의 내용이 잘못된 것은 아니라고 했다. 참기름 바르듯 제안은 훌륭하다고 했으니 스스로 구멍을 파놓은 거나 마찬가지이다. 이상하게 근원을 알 수 없는 오기가 끓어올랐다.

만약 제대로 된 절차를 밟았다면 과연 이 제안이 조용히 받아들여졌을까? 핵심보다는 주변을 건드려 명분 삼고자 하는 그들의 너절함이 보였다.

"여러모로 죄송합니다. 교감 선생님. 제가 선생님들께 직접 말씀드리고 싶은 게 있는데요."

수인은 이왕 깨진 거 갈 데까지 가보자는 생각이 들었다. 다들 강력한 한 방을 먹었기 때문에 수인의 어떤 말에도 충격은 덜할 것이다. 어차피 죽을 거 말이나 제대로 하고 죽자는 출처를 알 수 없는 배짱이 생기는 것 같았다.

두 눈에 쌍심지를 켜고 바라보던 교감은 어리둥절한 표정으로 수인을 바라보았다. 수인의 태도에 교감이 더 당황하는 것 같았다.

교감은 두 손 두 발 다 들었다는 듯 입을 벌린 채 수인을 올려다보았다.

교감의 허락 같은 건 중요하지 않았다. 수인은 교감의 대답이 떨어지기 전에 선생님들을 향해 돌아섰다. 수인의 손에는 모나미 볼펜이 들려 있다. 수인은 볼펜대를 꽉 잡았다.

"우선, 제가 절차를 제대로 밟지 않아 선생님들께 심려를 끼쳐드린 점 죄송스럽게 생각합니다."

수인은 정중하게 허리를 숙여 인사했다. 진심이 담긴 사과라는 것을 알아줬으면 싶었다.

"선생님들께서 도서관을 이용하는 학생의 입장이 되어 한 번만 생각해주시면 어떨까 싶습니다. 과연 저 습기 차고 어둠침침한 공간으로 가고 싶은지요. 밝은 기운이 넘치는 뽀송한 공간으로 만들어 아이들이 책과 함께 노는 놀이터로 해주시면 안 되는지요. 제가 올린 기안서에는 전국의 모범이 될 만한 사례를 몇 개 올렸습니다. 그런 도서관은 모두 학교의 중심에 있었습니다. 전교생이 언제 어느 때고 쉽게 갈 수 있도록 그 학교의 가장 중심에 있었습니다. 어떤 도서관은 복도를 갤러리로 꾸며, 예술작품을 상시로 볼 수 있는 아름다운 공간으로 만들기도 했습니다. 일종의 문화공간으로 만들어 아이들이 찾고 싶은 곳으로 탈바꿈시킨 거죠. 책을 좋아하는 아이만 도서관에 오는 것이 아니라 그림을 좋아하는 아이도 자연스럽게 발을 들일 수 있게 만드는 것입니다. 지금 교육의 문제점 중 하나는 문화예술을 향유할 수 없다는 것입니다. 성적과 입시로 문화예술을 차단하고 있는 현실을 더 잘 아실 것입니다. 시험기간이 되면 아이들은 맘 편히 책 한 권 읽지 못합니다. 그렇다고 다른 여타의 문화 활동을 할 수 있는 시간과 환경이 우리 아이들에게 주어지나요? 행복을 찾는 방법보다 경쟁만을 가르치고 있는 건 아닌지 묻고 싶습니다. 학교의 도서관만이라도 부족한 것을 조금이라도 보완해줘야 한다고 생각합니다. 우리 학교 도서관도 그렇게 변신해야 한다고 생각합니다. 현재의 모습으로는 아이들을 모을 힘이 없습니다. 우리 학교에서 이만한 공간은 지금 선생님들이 계신 이 공간이 적소라고 생각합니다. 이곳은 전 학년이 언제 어디서든 올 수 있는 학교의 중심이며 채광 정도와 위치를 보더라도 크게 돈을 들이지 않아도 훌륭한 공간이 되리라 봅니다. 빌 게이츠도 현재의 자신을 만든 것은 어렸을 때 마을의 작은 도서관이라고 했습니다. 다만 몇 명이라도 도서관의 책을 통해 운명이 바뀔 수도 있는 겁니다. 도서관이 학교 중심에 있다는 것은 아이들이 언제나 책을 의식하도록 하는 것이며 책과 책 읽는 모습을 먼발치서 보는 것만으로도 동기유발은 충분하다고 봅니다. 도서관이 학교 중심에 있다면 그러한 역할을 충분히 할 수 있다고 봅니다. 전국 중고교의 도서관은 있는지 없는지조차 모르는 곳에 있거나 그 역할을 점점 축소시킨다고 합니다. 지금과 같은 교육 현실에 유일한 대안은 책읽기밖에 없을지도 모릅니다. 결코 여기

계신 선생님들의 권위에 도전한 것이 아니며 선생님들을 향한 존경심 또한 건드리고자 한 것이 아님을 알아주셨으면 좋겠습니다."

수인은 다시 허리 숙여 인사했다. 모나미 볼펜은 둥그렇게 휘어져 있었으며 수인의 손에는 땀이 흥건했다. 이마에도 목덜미에도 땀으로 끈끈했다. 아무래도 크게 앓아누울 것 같았다. 잔 다르크 나셨군, 대단한 인물이 왔네……. 잠깐 동안 웅성대는 소리가 난 뒤 침묵이 흘렀다. 그 고요함을 깨고 양희순의 목소리가 힘차게 터져 나왔다.

"멋있다아아아―."

양희순의 목소리는 아랑곳없었으며 거침없었다. 수십 개의 눈은 양희순에게 쏠렸다. 놀란 건 수인도 마찬가지였다. 양희순만 빼고 모두 벙찐 얼굴이었다.

교무부장이 까맣게 죽은 얼굴로 양희순을 향해 소리쳤다.

"미쳤어요. 양 선생? 여기가 무슨 콘서트장인 줄 알아요. 신성한 교무실에서 이게 무슨 추태입니까?"

"교감 선생님, 신성한 교무실이기 때문에 인정할 건 인정해야 한다고 봅니다. 옳은 말을 하는데 어찌 학교 교무실에서 그것을 인정하지 않으십니까? 그러면서 어찌 신성하다고 말할 수 있겠습니까? 전 이곳을 도서관으로 쓰는 것에 한 표 던집니다."

양희순은 깃털같이 가벼운 몸짓으로 한 표 던지는 제스처를 취했다.

교감은 인상을 찌푸리며 골치 아프다는 듯 관자놀이를 비볐다.

"김 선생님, 교무실은 이 학교의 심장입니다. 심장은 이 학교를 돌리는 동력입니다. 아이들을 가르치고 움직이려면 동력이 탄탄하게 흘러가야 합니다. 학년 교무실이 있다고 해도 전체 교무실도 필요합니다."

학년부장이 난감한 얼굴로 말했다.

매번 학년 교무실을 두고 전체 교무실로 모이는 게 불만인 선생도 있다는 것을 들었다. 공지사항을 학년별로 돌리면 굳이 이 많은 인원이 모일 필요가 없다. 어차피 교무회의는 의견을 나누는 곳이 아니다. 지시사항을 하달 받는 장소이다. 교장과 교감, 학년부장 등 간부급 교직원의 권위를 위해 매일매일 열병식을 할 필요가 없는 것이다. 그렇다면 굳이 전체 모임이 필요 없는 것이다. 학년부장이 있으니 얼마든지 학년별로 전달사항은 소통하면 되는 것이다.

"거, 아이들 의견도 들어간 제안입니까? 아이들도 도서관에 대해 그렇게 생각하는지 물어보셨냐고요?"

창가에 있던 체육 선생님이 수인을 향해 물었다. 묻는 것이 아니라 질타 섞인 목소리였다.

"사실은 어제 사고가 있었습니다. 자칫 했다간 대형사고로 이어질 뻔했습니다. 곧 보고서를 올리겠지만 서가가 오래되어 아이들이 위험할 수도 있습니다. 책장을 받쳐주는 나무받침이 썩어 있더군요. 활동량이 많은 아이들이 슬쩍 밀기만 해도 위험할 수 있습니다. 서가는 하나가 쓰러지면 도미노처럼 다 쓰러지게 되어 있습니다. 아이들이 다칠 수도 있습니다. 아니 누군가 죽을 수도 있습니다."

수인이 말을 마치자 사방은 다시 고요해졌다.

"아이들의 의견이 필요하다면 설문조사든 뭐든 절차를 밟겠습니다."

수인은 간신히 교무실을 걸어 나왔다. 웅성거리는 소리가 들렸지만 더 이상 버틸 힘이 없었다. 왜 이 싸움을 시작했는지 모르겠다. 다 귀찮았다. 지금이라도 당장 교무실로 들어가 그만두겠다고 말하고 싶었다. 건방지게 굴어서 미안하다고 말하고 싶었다. 고성에 갇힌 공주처럼 아이들에게 책이나 대출해주고 오는 책 정리하며 지시사항이나 준수하며 지낼 수도 있었다. 바위는 수인이 생각했던 것보다 더 거대하고 더 무겁고 더 견고했다. 웬만한 망치질로는 잔돌 부스러기도 떨어지지 않을 것 같았다. 수인은 허물어질 것 같은 걸음걸이로 도서관으로 향했다. 도서관은 음울한 중세의 고성처럼 무거움 속에 침묵하고 있다. 나무들도 고성을 지키는 박제된 군사들처럼 표정이 없다. 오늘따라 갑갑하도록 바람 한 점 없다.

호접지몽

수인이 도서관 문을 밀고 들어섰을 때 인기척이 느껴졌다. 이 시간에 도서관에 올 학생들은 없다. 늘어졌던 몸에 긴장감이 돌았다. 서가 사이에 비칠비칠 움직이는 소리가 들렸다.

"누가 있니?"

수인은 소리치고 싶은 마음이 앞섰지만 한 옥타브 올려서 물었다. 숨 쉴 수 없는 긴장감이 싫었다. 그것을 견디기에는 지금 수인의 몸이 턱없이 약했다. 빨리 이 상태로부터 벗어나고 싶었다.

수인의 목소리가 울리자 움직임이 멈췄다. 수인이 소리 나는 쪽으로 바투 다가서자 검은 물체는 들고 있던 책을 집어던진 후 뛰쳐나갔다. 미처 불을 켤 새도 없이 일어난 일이었다. 검은 실루엣 정도밖에 보지 못했다. 검은 물체는 순식간에 도서관 문을 가볍게 밀치고 나갔다.

수인은 그 자리에 주저앉았다. 또 두통이 시작되었다. 통증은 맥박에 맞춰 규칙적이었다. 눈이 빠질 것 같았다. 수인은 그 자리에 눌어붙은 것처럼 꼼짝하지 못했다. 거친 숨만 뱉었다. 창문을 열고 숲을 내려다본다면 뒤를 쫓을 수도 있겠지만 도무지 옴짝달싹할 수 없었다. 그가 늑대소년이나 좀비 같은 모습이라 하더라도 확인하고 싶지 않았다.

실루엣 속에서도 파악할 수 있는 건 교복을 입지 않았다는 것이다. 체형으로 보아 남자아이며 얼굴을 덮을 정도의 더벅머리였다. 냄새가 심했다. 오랫동안 풍찬노숙의 냄새가 지독했다. 그나마 도서관의 퀴퀴한 냄새와 섞여 그 농도가 조금 옅어진 듯도 싶었다.

수인은 서가 사이에 버려진 책을 집어 들었다.

『내가 꼭 살아야 하는 이유』였다. 그 유령 같은 존재가 이 도서관에서 찾고 싶은 게 살아야 하는 이유라니. 수인은 가만히 책을 덮으며 책표지에 묻은 먼지를 쓸어내었다.

첫날 도서관 서가 사이에 널브러져 있던 책들이 떠올랐다. 그때 그것도 방금 전의 사내가 한 짓인지도 모른다. 세호가 무슨 말을 하려다가 도범에게 저지당한 것 같았다. 아이들은 뭔가 알고 있을지도 모른다.

수인은 이 도서관에서 배겨 나려면 심장이 열 개라도 모자라겠다는 생각이 들었다.

여기로 어떻게 들어올 수 있었을까? 단단히 잠겨 있었는데. 열쇠는 도서관 자원봉사자인 이담이만 갖고 있다.

대체 학교는 이러한 사실을 알면서도 그냥 방치하는 것인가? 알고도 교무실의 신성성을 운운하는 것인가?

수인은 책을 탁자 위에 올려놓았다. 마치 방금 전에 본 것이 환영이 아니라는 것을 재차 확인하는 증거물이라도 되는 양, 손으로 다시 책표지를 쓸었다. 이곳에서는 1초도 버겁게 흘러갔다.

점심시간이 되자 아이들 발 소리가 들렸다. 반가웠다. 저 발자국 소리는 늑대소년도 좀비도 아니다. 살아 있기 때문에 나는 소리다. 요 며칠 점심시간에 도서관에 오는 아이들이 늘기 시작했다. 제일 먼저 문을 밀고 들어서는 건 이담이와 해머였다.

이담이는 수인을 향해 목 인사를 하며 뒤춤에 있던 것을 탁자 위로 내밀었다. 몹시 부끄러운 듯 목을 들이밀었다. 쑥부쟁이 몇 송이와 개망초였다. 작은 손아귀에 들어갈 정도로 한 움큼이었다.

수인은 가슴이 쑥 내려앉았다. 수인이 실이 마구 끊어진 실타래와 그 옆에 헝클어진 실이 그려진 그림을 보였을 때, 이담이가 왜 그런 거냐고 물었을 때의 감정이 되살아났다. 이담이가 내민 쑥부쟁이와 하얗게 핀 개망초를 보며 방금 전의 일은 거짓말처럼 현실감이 나지 않았다. 따뜻한 봄빛 같은 아이들을 보자, 방금 전 유령 같은 존재와 군대 같은 교무실의 경직됨을 덮어주는 빛무리라는 생각이 들었다.

첫날, 수인이 미니 화병에 꽂아놓은 꽃들은 바싹 말라 있었다. 건드리기만 해도 바스러졌다. 그간 물 한 번 갈아주지 않았다. 어두운 도서관 분위기를 조금이라도 바꿔놓고 싶어 오던 길에 쑥부쟁이와 강아지풀을 뜯어왔는데. 그 일은 벌써 먼먼 과거의 일처럼 아스라했다. 그간 일이 너무 많았다. 이 자리에 버티고 있는 것이 대견할 정도로 벅찬 일들의 연속이었다. 그러는 동안 눈길을 주지 못한 꽃병이었다. 수인은 힘없이 웃으며 꽃병을 내밀었다.

"어디서 꺾었니?"

말없이 꽃을 갈아주는 이담이를 보며 수인이 물었다.

"저기 철조망 울타리에서요. 첫날 선생님이 화병에 꽂아놓은 거 봤어요. 장미나 국화만 꽃인 줄 알았는데, 이런 것도 꽃이구나 했어요."

표정이 어두워 보였던 이담이는 말할 때만은 얼굴이 환했다. 입을 다물고 책을 읽을 때는 한없이 진지하고 골똘했다. 꽃잎을 꼭 다물고 있는 쑥부쟁이 같았다. 어찌 보면 화사하고 어찌 보면 보라색의 창백함이 보이는.

"송이담, 넌 어쩜 그렇게 이름이 예쁘니? 이름처럼 하는 행동도 예쁘네."

이담의 손은 작고 예뻤다. 아직도 아기처럼 보드라운 손등을 가지고 있었다. 실지렁이 같은 핏줄이 투명하게 되비쳤다. 수인은 이담의 손등을 쓸어주며 말한 뒤, 장승처럼 떡 버티고 서 있는 해머를 바라보았다. 해머는 목에 깁스한 왼손을 걸고 있다.

"밤새 아프진 않았어? 불편하지?"

수인은 해머를 보며 물었다. 해머는 어제보다 훨씬 부드러워진 표정으로 쑥스러운 듯 수인 앞에 서 있다.

해명은 어젯밤 잠을 설칠 정도로 설렜다. 난생처음 칭찬을 받았다. 자신도 어딘가에 쓸모가 있으며 귀한 대접을 받았다는 생각이 들었다.

수인이 해명에게 『삼손과 데릴라』를 내밀었다. 해명은 책을 보자 얼굴빛이 더 환해졌다. 해명이 도서관에 온 것은 삼손이 누구인지 알고 싶었기 때문이다. 해명의 속마음을 훤히 알고 있는 듯한 수인의 행동에 해명은 부끄러웠다. 밤새 잠을 못 잔 것까지 알고 있는 것 같아, 몹시 쑥스러웠다.

대호는 오늘 일주일 만에 학교에 나타났다. 체육시간이 끝나고 교실로 향하는 도범 앞을 대호가 막아섰다. 눈두덩과 목덜미에 멍이 시퍼렇다. 정오의 부신 햇살에 잘못 본 것은 아닐까, 거푸 보았지만 어디서 죽사발 나게 맞은 티가 역력했다.

"야, 좀 보자."

그 꼴을 하고도 여전히 기가 눌리지 않는 대호의 태도에 오히려 도범이 당황스러웠다. 건물 뒤편, 그늘진 곳으로 들어서자 서늘했다.

"뭐냐?"

성가시게 군다는 듯이 도범이 물었다.

"오토바이, 한 번 더 뛰라신다 선배님들이."

대호는 목덜미를 돌리며 건들거렸다.

"뭐? 나는 이미 계산 끝났다. 그건 소문 안 났냐?"

외줄타기 하듯 간신히 온 것 같은데 다시 끌어당기는 손아귀가 느껴졌다.

"내가 너랑 뜬다고 자진했거든."

대호는 묘한 웃음을 날리며 손을 들어 선서하는 제스처로 빈정거렸다.

"뭐? 누구 맘대로? 이 자식이 내가 호구인 줄 아냐?"

핏대를 올린 건 도범이었다. 대호는 여전히 제 페이스를 잃지 않고 있다. 힘을 잔뜩 주고 있는 건 도범이었고 여유가 있는 건 대호였다.

"어이— 니들 거기서 뭐하냐?"

학생주임이 슬리퍼를 찍찍 끌며 다가오고 있었다.

"빨리, 안 끼들어가? 종 친 지가 언젠데."

대호와 도범은 교실 쪽으로 뛰었다. 복도로 들어서자 도범의 등에 대고 대호가 들릴 듯 말 듯하게 속삭였다.

"오늘 저녁 킹콩볼링장 여섯 시다."

도범이 한 대 날릴 기세로 뒤돌아보자 대호는 이미 제 교실 쪽으로 꺾어들고 있었다. 대호의 등짝은 득의양양했다.

방과 후 시간이 되어 도범은 도서관으로 향했다. 그 뒤를 새와 해머가 말없이 따랐다. 오늘따라 기분이 영 아닌 것 같은 도범의 눈치를 살피던 중이었다. 새가 도범에게 뭔 일 있냐고 재차 물어도 도범은 알 거 없다며 수업시간 내내 엎드려 있었다. 무시하려고 애써도 도범의 머릿속에는 '킹콩볼링장 여섯 시'가 메아리처럼 울렸다.

대호는 예상대로 방과 후 도서관에 나타나지 않았다.

수인은 아이들에게 독서회 이름을 짓자고 하였다. 수인이 한 마디 하면 열 마디 하는 아이들이 가만히 있을 리 없다.

"꼭 이름이 있어야 해요? 귀찮은데."

그렇지, 그냥 넘어갈 순 없지. 준표였다. 대개 그런 경우 관심 받고 싶은 것의 다른 표현이라는 것을 알면서도 때로 맞닥뜨리면 열이 푸르륵 올랐다. 저토록 먹기 싫어하는 아이들에게 억지로 밥을 떠먹이고 물을 떠먹여야 하는지 회의가 들기 일쑤였다. 이쯤에서 그럼에도 불구하고를 한 번 더 외쳐야 한다.

"귀찮긴 하지만 이름이 있으면 의미가 생기고 그 의미는 우리들에게 자부심을 안겨주지. 우리도 누군가가 나를 애야라든가, 야라고 부르면 기분이 어때? 버려진 밭에 자라나는 작은 풀에도 다 이름이 있는데 우리가 몸담고 있는, 하물며 책을 읽고 생각하는 모임에 이름이 없다면 체면이 말이 아니지?"

수인은 살살 구슬리듯 말했다. 수산나 학교의 독서반 이름을 호접몽이라고 지을 때의 일이 떠올랐다.

어머니 상태가 부쩍 나빠질 때였다. 총명하고 매사에 분명했던 엄마에게 치매는 남의 일이라고 생각했다. 그즈음, 엄마는 한번 꽂히면 같은 말을 여러 번 반복했다. 마치 고장 난 테이프처럼. 아참, 밥은 먹었니? 다른 이야기를 하다가도 다시 처음 묻는 것처럼 밥은 먹었어? 이렇게 묻곤 했다. 처음엔 멀리 떨어져 있는 자식, 밥 걱정 때문에 그럴 거라고 생각했다. 그러다가도 다섯 번 여섯 번 재차 물으면 수인은 짜증이 묻은 목소리로 쥐어박듯 내뱉곤 했다.

"엄마, 그 말만 벌써 열 번째예요. 이제 그만하세요."

"얘는 내가 언제 열 번이나 물었다고 그래? 한 다섯 번이면 몰라도."

헉, 정확한 지적이었다. 이건 뭐지? 그래서 치매라고는 생각하지 않았다.

"그렇게 잘 알면서 왜 그래? 왜 같은 말을 그렇게 반복해?"

"나두 몰러. 얘 내가 요즘 정신이 그래. 어제 한 일도 방금 전에 한 말도 죄다 잊어버려. 나두 죽겄어."

그래도 설마 설마 했다. 엄마는 병원엘 가지 않으려고 했다.

"엄마, 그러다가 엄마, 아들딸들 얼굴도 못 알아보면 어떻게 해?"

그 소리에 엄마는 병원으로 향했다. 자식들을 몰라보는 것, 그것이 이생에서 어머니에게 가장 큰 불행일 터였다. 의사 앞에서 어머니는 어느 때보다 맑고 총명했다. 의사는 치매 진단을 내리지 않았다.

수산나에 발령이 나 한창 바쁠 때 어머니는 전화를 자주 걸어왔다. 부재중 전화가 수없이 찍힐 때가 많았다. 전화를 받지 않을 때는 받을 수 없는 상황이라고 충분히 헤아리고도 남을 텐데, 이상했다.

"너, 어젯밤에 집에 왔었니?"

"아니요, 지난주에 갔었잖아요, 엄마. 왜요?"

"네가 엄마 침대 끄트머리에 앉아서 결혼 날짜 잡으러 왔다고 안 했어?"

"응? 그런 적 없는데? 엄마 꿈꾸셨나 보다."

"밥은 먹었니? 끼니 거르고 그러면 못써."

"잘 먹고 있어요."

"네가 분명히 결혼 날짜 잡자며 달력도 보여주고 그랬는데?"

"꿈이야 엄마. 아직 결혼은 좀 있어야 될 것 같아요. 율이 더 자리 잡거든."

"밥은 먹었니? 이상하다. 분명히 네가 왔었는데. 꿈이라고? 내 생각에는 꼭 생시 같아. 애, 밥은 먹었니?"

"응, 밥 먹었고, 엄마가 꿈꾼 거예요. 알았죠? 더 이상 헷갈리면 안 돼요."

당부하듯 정리하고 전화를 끊으면서도 마음이 아려왔다. 점점 희미해지는 기억 속에 자신을 온전히 지탱할 수 없는 사그라짐이 눈에 보이는 듯했다. 치매 진단이 나지 않았다고 마음 놓을 일이 아니었다. 현실에서 벌어지는 착각에도 정신을 못 차릴 지경인데 꿈까지? 이제 어머니의 꿈속까지 정리해드려야 하는가 싶은 생각에 마음이 한없이 무거웠다.

어느 날, 수인은 어느 것이 현실이고 꿈인지 장담할 수 있는 게 무엇인가, 라는 물음이 생겼다. 엄밀히 따지면 꿈꾸는 것도 현실 속에서 일어나는 일이지 않은가. 꿈도 현실 속 하나의 사건인데 그렇다면 그것도 현실이지 않은가, 라는 생각이 들었다. 외려 우리가 현실이라고 믿는 이 세계가 꿈속일지도 모를 일이다. 장자의 나비처럼 나비가 인간이 되어 꿈을 꾸고 있는 건지도 모르는 일 아닌가. 〈매트릭스〉의 네오가 접속하여 들어가는 온라인의 세계가 훨씬 더 긴박감 넘치는 현실이 되는 것처럼, 『구운몽』의 성진이 팔선녀와 한생을 살던 것이 더 생생한 것처럼.

때마침 독서반 아이들과 모의고사에 나왔던 『구운몽』을 읽자는 제안이 있어 자연스럽게 어머니의 꿈 얘기부터 시작해 영화 〈매트릭스〉, 〈아바타〉, 꿈속의 꿈 이야기인 〈인셉션〉, 『장자』의 '제물편'에 나오는 호접지몽에 대해서 얘기를 나누게 되었다.

아이들은 꽤나 관심을 보였다. 영화 〈매트릭스〉와 〈아바타〉를 다시 보고 토론하자는 이야기도 있었고 『장자』의 호접지몽에 매료돼 한없이 꿈꾸는 듯한 눈을 하고 있는 아이도 있었다. 『장자』의

'제물편'을 읽고 짱이라고 표현하는 아이들이, 수인의 눈엔 더 짱이었다. 정확히 표현할 수 없지만 오래전 옛 사상가의 전복적 생각에 박수를 보내는 아이들이 더 멋졌다.

"선생님, 영화 〈매트릭스〉에서 보면 우리가 살고 있는 이 세계가 오히려 허구의 세계 같고 온라인이 실재 같잖아요. 나비의 꿈도 그렇고요. 지금 살고 있는 세상이 장자가 말한 것처럼 나비의 한바탕 꿈일지도 모르는 거잖아요? 그렇게 생각하니까, 마음이 되게 편안해져요. 우리가 살고 있는 이 세계가 어디선가 내가 꾸고 있는 꿈이라고 생각한다면 언젠가 꿈은 깰 것이고, 그렇담 그닥 불안에 떨 필요도 없는 것 아닐까요? 조금 더 과감하게 살아도 될 것 같아 오히려 용기가 솟는 것 같아요. 꿈속은 현실보다 훨씬 유연하잖아요. 벼랑에서 뛰어내려도 살 수 있고, 꿈속의 주인공인 나는 절대 죽지 않잖아요. 죽어 있는 나를 내려다보더라도 나는 또 살아 있잖아요. 그렇다고 꿈속이라고 해서 애쓰지 않는 건 아니니까요."

"와, 그러네요. 짱이에요. 『구운몽』 보면 일장춘몽, 남가일몽 이런 말이 떠오르잖아요. 그래서 우리 할아버지도 일생이 한바탕 꿈 같어, 그러시는구나."

어쩌면 어머니가 꿈과 현실의 벽을 없앤 것이 자유로워지기 위한 최후의 선택인지도 모르겠다는 생각이 들었다. 시골집에 혼자 남겨진 외로움과 죽음에 대한 불안을 그렇게 기억의 경계를 허물고 아이처럼 천진한 얼굴로 수인에게 묻는 것인지도 모른다. 너 어제 저녁 집에 왔었니? 밥은 먹었니?

그렇게 독서반 아이들은 한참 동안 호접지몽에 취해 있었다. 그러다가 화서가 말했다.

"호접몽으로 해요. 독서반 이름요. 멋지잖아요. 꿈속의 꿈처럼 책 속의 책으로 들어가 한바탕 꿈처럼 재미있게 책으로 놀자 뭐 그런 뜻을 담아서요."

"올, 제법인데."

"꿈보다 해몽이 더 멋지다."

"좋아요~."

아이들은 박수를 치며 호접몽 독서반 탄생을 축하했다.

그것과는 상반된 이 아이들의 반응을 어떻게 다독여야 할지 수인은 눈앞이 아득했다. 어떤 것도 순탄하게 넘어가는 법이 없는 것 같다. 아이들과도 학교와도 매번 힘든 고갯길을 넘는 것처럼 숨이 가빴다. 오던 길을 되돌아가고 싶은 마음이 동굴의 아가리처럼 커졌다. 수인은 아이들과 소소한 신경전을 벌일 때마다 자꾸만 뒷걸음질 치고 있었다. 일종의 염증 같은 거였다. 수인은 꼭 그 정도의 비겁함과 꼭 그 정도의 혈기 방자함, 난관이 닥치면 뒤로 주춤 물러서는 겁쟁이에 소심함까지, 밀어붙이지도 못하면서 비겁하기는 싫고 그게 싫어서 덤빈 이후 다시 비겁해지는 겁쟁이에 불과하다. 주춤주춤 뒤로 물러서는 자신을 보며 네가 그렇지 뭐, 하는 생각이 하루에 열두 번도 넘게 찾아온다. 그래, 이게 나야, 하고 그만 두 손 들고 싶었다.

"그냥, 우리 학교 이름 넣어서 형설 독서반 그러면 안 돼요?"

골치 아프게 그런 걸 정하냐는 듯 말했다.

"그것보다 훨씬 재미있는 게 나올 수 있을 것 같은데? 학교 이름을 그냥 붙인 것 같아 성의 없어 보이지 않을까?"

아이들은 잠시 고민하는가 싶더니 입을 꽉 다물어버렸다. 수인은 해머와 이담을 바라보았다. 해머가 입을 열리라는 기대는 하지 않는다. 그렇지만 최소한 응원의 제스처라도 보내주었으면 싶었다. 곰곰이 생각하는 태도라거나 의견을 내며 고민하는 모습만 보여도 좋을 것 같았다. 수인은 결과보다는 아이들에게 생각하는 과정을 밟게 하고 싶었다. 아무리 시시껄렁한 이름이 나온다 하더라도 조금이라도 생각했으면 싶었다. 수인이 바라는 건 아주 멋들어진 이름이 아니라 생각의 과정이었다.

도서관 안은 모처럼만에 지루하도록 조용했다. 아이들은 하나둘 엎드려 자기 시작했다. 수인은 깨우지 않았다. 언제 자신의 의지를 발동시키나 기다려 보기로 했다.

수업 끝 종이 나자 이담이 쪽지를 내밀었다.

'반딧불이'

수인이 이담의 얼굴을 바라보았다.

"학교 이름에서 따왔어요. 형설지공요."

반딧불이 도서관, 마음에 들었다. 다른 아이들도 이담이처럼 속에 품은 생각이 있었으면 싶었다.

"다음 시간에 친구들 의견 물어보고 정하자."

이담은 책을 정리하기 위해 서가 사이로 들어갔다.

반납기한을 넘긴 연체자 명단을 돌렸는데도 여전히 반납되지 않은 책이 있다. 독서반 아이들 중에도 있었다. 강도범. 벌써 2주째 첫날 빌려간 책을 반납하지 않았다.

이담이 계단을 뛰어 내려가는 도범을 불렀다.

"강도범, 선생님이 잠깐 오래."

도범은 계단을 다시 올라오며 시계를 보았다. 한 시간 남았다. 삐그덕거리는 목제 계단의 신음 소리가 들렸다. 이담은 도범이 올라올 때까지 기다렸다. 도범이 가까이 왔을 때 이담은 들릴 듯 말듯한 소리로 얘기했다.

"지난번, 도서관 바닥의 책, 모른 척해주어 고마워."

도범은 처음으로 이담의 얼굴을 정면으로 바라보았다. 까무잡잡한 얼굴에 머루 같은 깊은 눈이 인상적이었다. 차가운 것 같으면서도 따뜻함이 흐르는 눈이라고 해야 하나? 머리카락으로 얼굴을 가리고 다녀 그렇지, 그렇게 못생긴 건 아닌 것 같았다.

뜬금없는 소리라는 듯 도범이 되물었다.

"뭐?"

"최세호가 그러든데. 꼰지르려다 너가 말리는 바람에 봐준 거라고."

하여간 최세호 그 촉새 같은 입은 가만히 있는 법이 없다.

"그리고 숲에서 담배 피우는 거 조심하는 게 좋을 거야."

"뭐? 까불지 마라, 오버 떠냐?"

"대호 말이야, 걔네들도 거기서 담배 펴."

헐, 이담은 뭔가 죄다 알고 있는 아이처럼 굴었다.

발밑에 수북했던 담배꽁초가 어느 한 날 깨끗이 없어진 것이 떠올랐다.

"그럼, 꽁초 네가 줍는 거냐?"

"아니. 난 그런 적 없는데?"

이담은 선생님께 가보라는 시늉으로 문을 밀어주고 계단을 총총히 내려가 그림자처럼 도서관을 빠져나갔다.

손가락이 아프다

"책 반납해야지. 교실에 있니? 교실에 있으면 지금 가져다줄래?"

"반납했는데요?"

도범은 단숨에 말했다.

"반납이 안 됐는데?"

"분명히 그다음 주에 반납했는데요?"

도범의 목소리는 톤이 똑같았다. 최대한 감정을 뺀 건조한 말투라고 해야 하나? 수인은 도범의 표정을 살폈다. 반납 처리에 오류가 생기면 가끔 도서관에서 실수할 때도 있다. 그래서 책을 꼼꼼히 찾아보고 연체자 명단을 돌린다.

"진짜 도서관에 없는 게 확실해요?"

이번엔 도범이 확인하듯 수인에게 물었다. 책이 반납 처리 되지 않으면 대출자가 책임을 지고 같은 책을 사다놓아야 한다.

도범은 지난번 분명히 책을 반납했다. 책이 없다니, 어떻게 증명해야 할지 방법이 떠오르지 않았다.

5학년 때, 지방에서 처음 서울로 입성했을 때의 일이 겹쳐왔다. 전학 와서 어리버리한 상태로 적응하기 바빴는데, 툭하면 도범의 필통을 집어가는 놈이 있었다. 처음엔 친해지고 싶어서 걸어온 장난이려니 했다. 도범이 반응을 보이지 않자, 그 아이에게 도범이 만만하게 보인 모양이었다. 어느 날, 자기 필통이 없어졌다면서 길길이 날뛰는 거였다. 그러거나 말거나 엎드려 있는데 도범의 서랍 속에서 그 아이 필통이 나온 것이다. 그러자 그 아이는 도범의 목덜미를 잡으며 싸움을 걸어왔다. 도범은 그 아이의 팔을 치며 어퍼컷을 날려버렸다. 아래턱을 맞은 그 아이는 단번에 엉덩방아를 찧으며 나가떨어졌다. 한동안 정신이 없는지 일어나지도 못하고 버둥거렸다. 도범은 그 아이 배 위에 걸터앉아 목덜미를 우겨 잡았다. 그 아이 얼굴로 피가 몰렸다. 목덜미를 누르자 캑캑거리며 발버둥을 쳤다. 더 손을 봐주고 싶었지만 주먹도 깡도 없는 놈이었다. 일을 크게 벌이고 싶지 않았다. 자칫하다간 치료비에 엄마가 또 학교에 불려올지도 모른다. 전학 온 지 며칠 되지도 않았는데.

"깝치지 마라. 알았냐?"

공연히 찔러봐서 반응이 없으면 밥을 만들려고 했다. 본때를 보여주지 않으면 상대의 밥이 되어야 한다. 그다음 날, 깡 좀 있겠다 싶은 애들이 다가와서 친한 척을 했다. 그다음부터는 장난을 걸거나 시비를 걸며 쩔러보는 아이가 없었다. 의도한 건 아니지만 도범 자신도 모르는 새, 어느 위치에 와 있는 자신을 발견하곤 했다. 그건 맹세코 도범이 의도한 일이 아니다. 살아남기 위해 어쩔 수 없는 일이었다. 그러니까 도범에게 일진 생활은 전학생으로 살아남기 위한 필수였던 것이다. 먹히지 않으려면 먹어야 하기 때문이다.

이번 책 반납 사건도 그때의 기미가 느껴졌다. 누군가가 장난을 걸어오는 거라면?

"책이 없어지면 어떻게 해야 하나요? 사다놓으면 되는 건가요?"

도범은 수인에게 물었다. 수인은 뭐든 돈으로 해결하려는 요즘 아이들 습성이 보이는 것 같아 은근 거슬렸다.

"반납한 게 확실하다면 함께 찾아봐도 좋을 것 같은데. 그러다 정 안 나오면 같은 책을 구해다 놓으면 돼. 선생님도 실수할 수 있는 거니까, 한 번 더 찾아보자."

수인이 반납한 게 확실하냐고 물을 때는 피가 거꾸로 솟는 것처럼 열이 뻗쳤다. 그러다가 선생님도 실수할 수도 있다는 말에 달아오른 쇳덩이에 물을 붓는 것처럼 단박에 열이 내렸다.

이제껏, 수인처럼 말하는 선생을 본 적이 없다. 도범이 연루된 일이라면 무조건 강도범 짓일 거라고 몰아붙이는 경우를 신물 나게 보았다. 폭력 사건이나 도난 사건이 일어나면 용의 선상에 가장 먼저 올렸다. 아무런 관련이 없다고 드러난다 해도 사과 한마디 해오는 경우가 없었다. 분명 실수한 사람이 있는데 실수를 인정하는 사람이 없는 거였다. 그 실수로 씻을 수 없는 상처를 받고 억울한 사람이 있는데도 절대 시인하지 않는 비겁한 어른들을 너무 많이 보아왔다.

도범은 독서반 중 몇몇의 얼굴을 떠올리며 손가락을 소리 나도록 꺾었다. 조용히 살기는 글렀다. 세상은 왜 나를 가만히 내버려두지 않는 거지? 도범은 붕대에 감겨 있는 검지를 다시 바라보았다.

"다시 찾아보겠습니다. 근데 책 제목이 뭐였죠?"

그날 무슨 책이 되었든 꼭 빌려가라는 통에 아무거나 손에 걸리는 대로 들고 나간 뒤 책상 서랍 속에 박아놓았다 들고 왔기 때문에 도무지 생각나지 않았다. 표지가 빨간색인 건 기억난다. 빨간색이 눈에 띄어 뽑아들고 도서관을 나간 기억이 있다.

"『니코마코스 윤리학』 청소년용이야. 무슨 책인지도 모르고 그냥 빼간 아이 중에 한 명이었구나."

만약 도범이 이 책을 말없이 사다놓고 문제 삼지 않으면 또 다른 시비거리로 밑밥을 깔아놓을 것이다. 비겁한 놈들, 도범은 한번 더 손목을 꺾으며 뼈가 도드라지도록 주먹을 쥐어보았다. 도범의 주먹은 살집이 없는 데다 뼈가 굵어 살짝만 맞아도 뼛속까지 통증이 인다고 했다. 킥복싱 관장님도 타고난 싸움꾼이란 얘기를 한 적이 있다. 관장님은 엄마께 체육 특기생으로 키워보자고 제안을 했다가 일언지하에 거절당했다. 엄마는 주먹이라면, 싸움이라면 넌덜머리가 난다며 고개를 절레절레 저었다. 뭐가 부족해서 네가 허구한 날 주먹질이냐고 울며불며 매달린 날이 많았다. 그때까지만 해도 지금 이러한 상황이 잦은 전학으로 인한 것이었는지 도범도 엄마도 아빠도 알아채지 못했다.

도범은 다시 시계를 보았다. 킹콩볼링장까지 가기에는 이미 늦은 시각이었다. 도범은 이상하게 마음이 편해졌다.

컴퓨터 자판을 두들기는 수인의 손가락을 보게 되었다. 오른손 검지 끝이 뭉툭했다. 꼭 마디 하나가 끊어져 나간 것 같았다. 도범이 수인의 손가락을 뚫어지게 바라보자 수인이 말했다.

"왜? 손가락이 이상해서?"

수인은 싱글싱글 웃으며 도범의 얼굴을 살폈다. 도범에 관한 얘기는 담임한테 간략하게 들었다. 전 학교의 화려한 주먹 경력과 오토바이 도난 사건까지. 골치 아픈 아이가 수인보다 2주 먼저 전학 왔다고 했다. 방과 후 보충도 신청하지 않은 아이가 독서회는 자발적으로 한다기에 조금 수상쩍긴 하다고 했다. 공연히 수인에게 미안한 마음이 들어 언질을 주는 거라고 했다. 아이들에 관해 미리 들은 정보는 말로는 참고할 뿐이라고 하지만 선생들도 그 말로부터 자유롭지 못할 때가 많았고 아이들도 대개는 들은 정보를 증명하듯 행동했다.

"그거 왜 그래요?"

도범의 눈에 호기심이 가득 차 있다. 수인은 붕대에 감겨 있는 도범의 손가락을 턱으로 가리키며 물었다.

"넌, 왜 그런 건데?"

도범은 손을 뒤로 감추며 말했다.

"제가 먼저 물었잖아요."

도범의 표정은 너무나 단순했다. 이 아이의 어느 부분에 그러한 폭력성이 숨어 있으며 오토바이를 훔치는 대담함이 있는 것일까.

"그럼, 우리 딜하자. 선생님은 선생님의 검지에 대해 얘기해주고 넌 너의 검지에 대해 얘기해주는 거로. 주는 게 있으면 받는 게 있어야지."

도범의 눈에 수인은 처음부터 달라 보였다. 아무도 거들떠보지 않는 해머에게 지극 정성인 것만 보아도 알 수 있다. 요즘 해머는 완전 봄 맞은 곰처럼 굴었다. 겨울잠에서 깨어난 곰처럼 전에 볼 수 없었던 생기 같은 것이 느껴졌다. 요즘엔 아이들이 웃든 말든 혀 짧은 소리로 한두 마디씩 말도 한다. 그리고 쉬는 시간에 자식이 책을 읽는다는 것이다. 그림책 같은 쉬운 책이지만 어쨌든 책을 빌리기 위해 급식이 끝나면 득달같이 도서관으로 향하는 것이다.

지난번 서가가 넘어갈 뻔했을 때, 조용히 살기는 글렀다고 포기하고 있는데 부모를 모셔 오라는 말도 병원비를 갖고 오라는 말도 없었다. 그런 일이 생기면 제일 먼저 교무실로 끌려가는 게 순서인데 반성문 쓰는 거로 끝났다. 도서관의 낡은 시설 탓으로 마무리 지었다는 소문을 들었다. 삭아 내린 받침들을 보며 절망적인 눈빛을 하던 수인의 얼굴이 떠올랐다. 이만하면 믿을 만하지 않을까?

"이거요. 이건 그냥 다친 거예요. 별거 없어요."

수인은 도범의 눈빛에서 뭔가 숨기고자 하는 너스레를 읽을 수 있었다.

"아닌 거 같은데? 그렇담, 선생님도 그냥 다친 거로 하고 넘어가자."

수인은 여전히 싱글싱글 웃음을 멈추지 않은 채 도범의 얼굴을 살폈다.

"에이, 딱 보면 알죠, 그냥 다친 게 아닌데요?"

"그래? 딱 보여? 돗자리 깔아도 되겠다. 도범이."

수인이 불러주는 도범이라는 말이 듣기 좋았다. 누가 부르냐에 따라 같은 이름이 달라질 수도 있다는 것을 알았다. 그리고 수인과 말하는 것이 그다지 나쁘지 않았다. 따분하지 않았고 뻔하지 않아서 좋았다. 보통 꼰대들이랑은 화법 자체가 다르다. 도범을 발밑에 두고 짓이기는 것이 아니라 동등할 수 있도록 높여준다고 해야 하나? 아무튼 잘 모르겠지만 그런 느낌이 들었다. 폭력배도 말썽쟁이도 강도범도 절도범도 아닌 그냥 한 인간으로 서 있는 기분이 들었다.

"내가 보기엔 너도 그냥 다친 게 아니야. 선생님도 딱 보면 알거든."

수인이 다시 도범의 마음을 건드렸다. 도범은 가슴속 미세한 선이 파르르 떨리는 것을 느꼈다.

도범은 말없이 수인을 바라보았다.

"그럼 선생님 먼저 하세요."

아주 쿨하게 선심 쓰듯 말했다.

"어쭈~ 베풀어주시겠다는 것처럼 들리네. 도범 씨?"

도범이 웃었다. 아직 덜 자란 것 같은 하얀 이가 오종종 보였다.

"그래, 그럼. 대신 너와 나의 비밀이다. 오늘 들은 말 누설했다간 알지?"

수인이 목을 날리는 제스처를 하자, 도범이 소리 내어 웃었다. 소위 일진이라는 아이들의 인간성을 주위 아이들에게 물으면 대부분 이렇게 대답한다. 걔 무척 착해요. 도범도 웃음이 착했다.

"전 걱정하지 마세요. 선생님이나 비밀 지키세요."

도범은 또 한차례 웃었다. 도서관 안으로 석양빛이 비쳐 들었다. 부드럽게 식은 빛깔이었다.

누군가 고백하기에 딱 좋은 분위기였다. 서늘한 저녁 바람이 창문으로 넘나들었다. 살갗에 닿는 뽀송함이 기분 좋았다. 나무들도 귀를 쫑긋 세우고 도서관을 향해 몸을 기울이는 것 같았다.

"초등학교 3학년 때였을 거야. 손가락에 염증이 생긴 게. 바로 손톱과 살 사이에 가시가 박혔었나 봐. 얼마 되지 않아 팔 한쪽이 욱신거리기 시작했어. 손가락은 물론 손등도 땡땡하게 부어올랐어. 그런데도 엄마한테 얘기하지 않았어."

수인은 그때의 기억이 떠오르자 어깨 한쪽이 단박에 아려왔다. 몸은 그때의 통증을 고스란히 기억하고 있다. 누구한테도 이렇게 고백하듯 그때의 아픈 기억을 얘기해본 적이 없다. 도범의 얘기를 듣기 위해 비싼 대가를 치르고 있는 셈이다. 율과 처음 손을 잡았을 때 율은 귀엽네, 하는 게 전부였다. 왜 이렇게 된 건지 알고 싶지도 궁금해하지도 않았다. 그러고 보니 도범이만큼도 궁금해하지 않았다. 사람은 모두 다 그렇겠지만 자기만의 세상이 제일 버겁고 힘든 법이다. 그래서 율도 다른 사람이 보이지 않는 것뿐이다. 율을 생각하자 명치끝이 딱딱해지는 것 같았다. 한참 동안 말을 끊은 채 시선을 붙박고 있을 때 도범의 목소리가 들렸다.

"왜요?"

도범은 담백하게 물었다.

"응? 그건 말이지. 너 명심해라, 선생님이 다른 사람한테 이런 말 하는 거 처음이라는 거."

도범은 말없이 수인의 다음 말을 기다렸다.

"그건 말이지. 엄마가 떠날까 봐."

정말로 처음이다. 슬프고 암울했던 초등학교 3학년 때의 자신을 말하는 것이. 수인은 순간 목이 메었다. 도범은 수인의 감정 같은 건 모르겠다는 듯 자신의 궁금증을 빨리 해결하고 싶은 표정으로 다그쳐 물었다.

"왜요?"

이렇게 물어주는 도범이 오히려 고마웠다. 이십여 년 동안 가슴에 맺힌 것을 지금에서야 꺼내놓다니, 그것도 전혀 뜻밖의 장소와

뜻밖의 사람에게. 그간 입 밖으로 꺼내지 않았다는 건 그것으로부터 자유롭지 않다는 뜻이기도 했다. 떨쳐내지 못하고 여전히 웅크린 채 떨고 있다는 뜻이다. 엄마에게도 아직 꺼내지 못한 말이다.

"왜, 떠나요? 엄마가?"

이해가 가지 않았다. 엄마가 떠나다니. 도범은 한 번도 상상해본 적이 없다. 엄마, 아빠는 자신이 사고 치면 언제라도 달려와 뒷수습을 해주었고, 지금도 그래 줄 것이라는 믿음이 있다. 다소 지친 것 같긴 하지만.

"선생님 아빠가 일찍 돌아가셨거든. 도범이 엄마, 아빠는 잘 계시지?"

"네, 저희 집은 저만 잘 지내면 돼요. 사고 안 치고."

"그래? 너는 복 받은 거야. 아주 운 좋은 거고. 샘은 어렸을 때 그렇지 못했어."

어두운 흑백사진 같은 어린 시절이 떠올라 금세 기분이 가라앉았다. 그때는 다 힘들었다. 언니도 오빠도 동생도 엄마도. 알면서도 그 힘듦 때문에 찾아온 서러움은 쉽게 떨쳐낼 수 없었다. 지금은 웃을 수 있지만 어쨌든 그때는 막막함 그 자체였다.

도범은 자기가 운이 좋은 거고 복 받은 거라고 생각해본 적이 없다. 친구도 없이 유랑하는 거처럼 전국을 떠돌며 전학 다니는 것이 사고 친 뒤에는 좋을 때도 있었지만 대부분 나쁜 게 더 많았다. 언제나 새로 시작해야 했기 때문이다. 고학년 정도 되면 어울리는 친구들이 정해져 있기 때문에 그 틈을 비집고 들어가기란 쉬운 일이 아니다. 언제나 손님이었고 언젠가는 떠날 것이기 때문에 누구와도 마음을 나누며 지내본 적이 없다. 그게 복이고 운이 좋은 것일까?

"선생님 형제들이 아주 어렸을 때 아빠가 병으로 돌아가셨어. 어린 내 눈에도 엄마가 무슨 힘으로 살아갈 수 있을까, 하는 걱정이 앞설 정도로 엄마는 무척 위태로워 보였어. 아빠를 묻은 그해 봄, 냇가에 혼자 앉아 있는 엄마의 뒷모습이 어찌나 망연해 보이던지, 곧바로 땅속으로 꺼져들 것 같았으니까. 엄마가 안돼 보였어. 엄마한테 내가 짐이라는 생각이 들었으니까. 엄마는 언제나 화를 냈고 화를 이기지 못할 땐 우리를 구석에 몰아넣고 때리기도 했어. 물론 우리 형제들이 잘못했을 때 그랬지만. 그렇게 때리는 엄마도 이해했어. 그럴 수밖에 없는 거라고 받아들였어. 그래서 엄마가 속상하지 않게 하려고 무진 애를 쓰며 살아야 했어. 엄마 보는 앞에서는 절대 싸우지도 않았고 말썽도 피우지 않으려고 노력했단다. 왜냐하면 말이지, 우리가 엄마 속을 썩이면 엄마가 우릴 놓고 도망 가버릴지도 모른다는 생각이 들었거든. 아빠도 안 계신데 엄마마저 안 계시면 어떻게 되겠어? 고아원에 갈 수밖에 없는 거지. 그러지 않기 위해서 우리 형제들은 밖에서 아무리 좋지 않은 일이 있어도 엄마한테 얘기하지 않았어. 엄마한테는 항상 좋은 소식만 들려줬어. 그래도 엄마는 잘 웃지 않았어. 학교에서 상을 타다 드려도 좋은 내색을 절대 하지 않았어. 잘못하면 호되게 혼을 내도 잘한 거에 대해서는 칭찬 한마디 안 하셨지."

도범은 아까와는 확연히 달라진 눈빛으로 수인의 다음 말을 기다렸다. 마음이 이상하게 뭉글뭉글 뭉쳐지는 것 같았다.

"그러면, 막 화나고 그러지는 않았어요?"

"아니, 그렇지 않았어. 엄마가 우리 곁에 있는 것만으로도 감사했는걸. 결핍이 많으면 철이 일찍 들게 되어 있나 봐. 당시 나이 어린 동생도 무척 어른스러웠으니까. 이번에 엄마께 여쭤봐야겠다. 왜 상을 타다 줘도 칭찬 한마디 없이 인색했냐고. 엄마 때문에 세상에 나오는 것이 얼마나 무섭고 겁났는지 아느냐고, 엄마가 칭찬해주지 않고 늘 혼내기만 해서 자신감이라고는 전혀 없는 기죽은 아이였다고. 거기서 헤어 나오기까지 얼마나 오랜 시간이 걸렸는지 모른다고."

이번에 내려가면 엄마께 슬며시 물어봐야겠다.

"상황이 그러다 보니 아픈 것을 말하면 엄마가 속상해할 거고 엄마가 속상하면 우리 곁을 떠날 거라는 생각이 들었어. 그래서 되도록 아픈 것을 숨겼어. 그래서 그런지 감기 같은 건 약을 먹지 않아도 거뜬하게 뗄 수 있는 힘이 생겼지만. 그런데 이건 버티고 숨겨서 될 일이 아니었어. 이제 팔 한쪽이 아니라 몸 반쪽이 빠져나가는 것처럼 아팠어. 손가락에 무언가 스치기만 해도 자지러지게 아팠으니까. 특히 옷 입을 때 너무나 괴로웠어. 손가락 끝에 뭔가 스치기만 해도 자지러졌거든. 온몸의 신경을 다 긁는 것 같았으니까. 그때까지도 말하지 않고 버텼어. 엄마도 오빠와 언니들도 몰랐어. 내 손가락이 썩어 들어가는지를. 손가락이 시퍼렇게 죽어 갔어. 어느 날 밤, 엄마가 손가락을 본 거야. 검지 전체가 시퍼렇게 썩어 들어가고 손등이 시뻘겋게 부어오른 것을. 다음 날 병원으로 끌려갔지. 손가락을 쨌고 고름이 쏟아졌지. 결국 손가락 뼈 마디 하나는 썩어서 빠져나왔어. 의사 선생님이 엄마를 막 혼내켰어. 어떻게 아이가 이렇게 되도록 둘 수 있었냐고, 애가 잠이나 제대로 잤겠느냐고. 엄마는 의사 앞에서도 내 앞에서도 죄인처럼 굴었어. 엄마의 그런 모습은 처음 보았지. 병원을 나오며 엄마는 나보고 참 독한 년이라고 했어. 독했지. 그때까지도 손가락 하나 잃는 게 낫다고 생각했거든. 엄마가 떠나는 것보다."

도범의 숨소리가 저절로 커졌다. 도범은 한쪽 팔이 빠져나가는 것처럼 아렸다. 엄마가 떠나는 것보다 손가락 하나를 잃는 것이 낫다고?

떠난다, 떠난다. 아, 그러고 보니 율이 떠난다고 했을 때 신경이 극도로 예민해진 것은 어렸을 때 앓았던 불안의 후유증이라는 생각이 들었다. 떠난다는 것은, 그 사람을 영영 볼 수 없는 거라고 생각했으니. 영 영, 아버지처럼. 그 생각은 지금도 변함이 없다.

"엄마는 도망가지 않고 우리 곁에 잘 살아 계셔. 선생님 고향집에. 결국 이 손가락은 내 불안에 대한 대가였어. 엄마가 떠날까 봐

가슴 졸인 불안의 징표인 셈이야. 그러지 않아도 되었는데, 결국 살기 위한 본능이 작동한 거겠지? 엄마가 떠나면 살 수 없다는 생각에 그랬던 것 같아."

도범은 수인의 말을 듣는 내내 마음이 이상해졌다. 모르겠다, 무엇 때문에 그런 건지는. 그렇지만 엄마가 떠날까 봐 초조해하는 작은 아이의 마음이 어떤 건지는 조금은 알 것 같았다. 어깨 한쪽이 묵직했다.

도범은 선생님과 자신의 손가락에 공통점이 있다는 것을 알았다. 우선 검지인 점. 샘은 오른쪽이고 도범이 왼쪽인 것이 다르지만. 그리고 불안이라는 말이 왠지 마음에 와 닿았다.

다시는 어떤 경계를 넘지 않기 위한 아니면 다시 넘게 될까 봐 자신을 믿지 못하는 불안, 그게 비슷했다. 잘은 모르겠지만.

"자, 이젠 네 차례야."

수인은 아픈 기억을 털어내듯 후련한 목소리로 도범의 차례라고 일깨웠다. 그 안간힘이 도범에게도 전해졌다. 자, 너도 힘내! 그러는 것 같았다.

도범은 선뜻 말을 꺼내지 못하고 머뭇거렸다. 자신의 검지를 물끄러미 들여다보았다. 엊저녁에 붕대를 다시 감느라 확인했을 때, 손톱은 까맣게 죽어 있었다. 엄마는 빠질 것 같다고 했다.

"전, 어렸을 때부터 일기를 썼어요. 안 그러면 아빠한테 혼나거든요. 아빠는 말이 많지 않은 편인데, 한 말은 꼭 지키는 편이고 형과 나한테도 아빠가 말한 건 꼭 지키길 원했어요. 아빠가 워낙 바빠서 제 생활을 알 수 없으니 일기를 썼으면 좋겠다고 그랬는데 그게 버릇이 되어서 그런지 일기는 지금도 써요."

수인의 머릿속에 숙제가 아니어도 꼬박꼬박 일기를 쓰는 도범이 그려졌다. 어쩌면 도범의 착한 웃음은 일기의 힘에서 비롯된 건지도 모르겠다는 생각이 들었다.

"아주 소중하고 좋은 버릇이네. 처음엔 좀 귀찮긴 했겠지만 지금은 그 일기가 도범이한테 큰 힘이 될 거 같은데?"

수인이 도범을 향해 활짝 웃었다.

"네, 뭐 그 정도까지인지는 아직 모르겠어요. 처음엔 아빠가 무서워서 시작한 건데 지금은 일기 쓰는 게 숙제라고는 생각 안 하니까요. 갑갑한 일 있을 때 일기에 쓰면 속이 좀 풀리는 것 같기도 해요. 그런데 얼마 전, 이삿짐 정리하다가 어느새 책꽂이 한 칸을 다 차지한 제 일기를 아빠가 처음부터 다시 보게 되었어요."

수인은 일기를 쓰라고 했던 도범의 아빠에게 왠지 미더움이 갔다. 그 일기가 도범이 아주 나쁜 길로 가는 것을 그냥 보고만 있지는 않을 거라는 생각이 들었다. 자기를 기록하고 자기를 들여다보는 사람은 언젠가는 중심을 잡게 되어 있다.

"일기를 다 본 다음이 문제였어요. 아빠가 막 우는 거예요. 그 며칠 전에 파출소에서 절 꺼내와 아빠가 몽둥이를 휘둘렀거든요. 제가 큰 사고를 쳤어요. 결국 그 일로 이 학교에 오게 된 거고요."

"그랬구나······."

수인은 말끝에 힘들었겠다는 말을 생략해버렸다. 마음의 무게가 실리지 않으면 아주 가볍게 들릴 수도 있는 말이기 때문이다.

"네, 좀 그랬어요. 이제까지 말썽을 부려도 퇴학 얘기는 안 나왔거든요. 엄마는 그 일로 병원에 입원까지 했어요. 변명 같겠지만 전학을 가면 그 학교의 센 아이들이 언제나 도전장을 내밀었어요. 전 매년 전학을 다녔고 갈 때마다 아이들이 도전을 해왔거든요. 다른 아이들도 다 그런 줄 알았죠, 뭐."

수인은 매년, 이라는 말에 숨이 턱 막혔다. 수인은 한 번의 전학도 힘겨웠다. 도심 한복판에 똑 떨어진 까무잡잡한 시골뜨기, 아버지도 없고 가난한 변두리에 간신히 세 들어 사는 보잘것없는 아이라고 다들 업신여기는 것 같았다. 시골학교의 1등, 그건 아무것도 아니라고 말하던 냉랭하기 짝이 없던 도시의 선생님. 기가 폭 죽어 입을 꽉 다물어버린 시골뜨기 전학생에게 말을 붙이는 아이도 친구가 되고 싶어 하는 아이도 없었다.

생활의 전부를 학교나 학원에서 보내는 아이들에게 친구는 밥보다 더 절대적인 하나의 세계이다.

그런데, 매년 전학이라니? 너무 가혹한 것 아닌가?

"저도 몰랐어요. 전학 때문에 제가 이렇게 된 건지는. 전 그렇게 전학 다니는 게 싫은 것만은 아니었어요. 한편으로는 말썽 피우고 난 뒤 해결 방법도 되었고, 이젠 한 학교에 오래 있으면 지루하고 그래요. 그래서 얼마 전부터는 좀 지루하다 싶으면 이사 안 가나, 뭐 그런 생각이 들 정도거든요. 어른들이 볼 때 제가 엇나가는 것처럼 보였겠지만 전 아주 자연스러운 절차를 밟은 것뿐이거든요. 문제가 생길 때마다 엄청 맞았어요. 그러다 얼마 전 아빠가 잘못했다며 뒤늦게 우는 거예요. 쪽팔리게."

도범은 씩씩하려고 무던히 애썼다.

"오토바이 사건은 합의가 어려울 정도로 심각했어요. 엄마, 아빠가 돈 좀 썼을 거예요. 제 친구들 몫까지 부담해서 합의를 했으니까요. 학교에서 저를 퇴학시키겠다는 거예요. 전 뭐 학교를 다니고 싶은 마음도 없는데, 엄마는 하늘이 무너지는 것처럼 구는 거예요. 물 한 모금도 먹지 않고 시위하듯 버텼으니까요. 학교가 목숨을 걸 만큼 중요한 곳이에요? 전 모르겠어요. 요즘 같아선 더더욱 그래요. 결국 엄마는 병원에 입원을 하게 되었고, 엄마 아빠의 애원에 학교에서는 최후의 방법이라면서 전학을 가라고 했어요. 엄마는 새로 시작하자면서 마지막으로 전학을 가자고 했어요. 집을 내놨는데, 아이 씨, 집 보러 온 아줌마가 저를 괴물 보듯 하는 거예요. 무슨 사스나 에이즈 환자 보듯 기겁을 하며 도망가는 거예요. 그때 알았죠. 이제까지 내가 어떤 물건이었는지."

강북팸들에게 자신의 결심을 보여주기 위해 손가락을 짓찧었다는 말에 수인은 그만 눈을 질끈 감고 말았다. 입을 가린 채 한동안 말을 잇지 못했다. 도범의 말을 듣는 내내 위장이 쪼그라드는 듯 몹시 쓰렸다.

수인은 도범의 말끝에 어떤 말도 붙이기 힘들었다.

"도범아, 고맙다. 이렇게 말해줘서."

그들이 쏟아놓은 말들이 도서관 안을 가득 채우며 떠도는 것 같았다. 대부분의 단어는 무거워서 바닥으로 가라앉고, 그중 몇 안 되는 단어는 간신히 공중으로 올라오는 것 같았다. 중학교 2학년이 감당하기에는 너무나 벅찬 말들이다.

"네 사연이 더 센 것 같은데? 선생님 것보다. 그래서 지금도 그 결심은 변함이 없니?"

수인은 무거움을 떨쳐내기 위해 너스레를 떨었다.

"자신은 없어요. 도전장은 이 학교에서도 예외는 아니니까요."

첫날 도범이 그린 '내가 본 나'의 그림이 떠올랐다. 거기에 쓰여 있던 두 어절이 생각났다. 자신 없다.

"노력해보자. 선생님도 지금 이 학교에서 아주 중요한 걸 시험하고 있거든. 선생님이 이 학교에서 왕따가 될지도 몰라. 아니 이미 됐는지도 모르지. 선생님도 자신은 없다. 선생님 자신감은 거의 제로에 가까워. 근데 도범이를 보고 힘을 내야겠다. 너도 나도 노력해보는 거야. 내가 하고자 하는 대로 나를 가게 하기 위해서지. 그럴 때 용기가 필요한 거야. 남이 하자는 대로 흘러가게 두는 건 나를 덜 사랑하는 거라고 생각해. 도범이 네 결심이 끝까지 갔으면 좋겠다. 도움이 필요하면 언제든 얘기해. 선생님이 이 학교에서 더 큰 왕따가 되더라도 도울 수 있다면 도울게."

　도범은 수인의 말을 곰곰이 새겼다. 우선 선생님의 말투가 맘에 들었다. 선생님은 명령하지 않는다. 아빠도 엄마도 대부분의 학교 선생님도 뭐뭐 해라, 안 하면 죽는다 뭐 이런 식인데 선생님은 그렇지 않았다. 선생님 말을 듣고 있으면 한 단계 격상된 듯한 느낌이 든다. 그래서 말이 조심스러워진다. 병균 같은 존재가 아니라 귀한 존재가 되는 것 같다. 남이 하자는 대로 흘러가게 두는 것은 나를 사랑하지 않는 거라고? 나를 사랑하는 건 내가 결심한 대로 내가 계획한 대로 나를 이끌어가는 것이라고 했다.

　벌써 땅거미가 지는지 이슥해졌다. 수인은 도범을 보낸 뒤 서가에서 다시 책을 찾아보았다. 반납했다는 도범의 말이 거짓이 아닐 거라는 믿음이 갔다. 아무리 찾아도 책은 보이지 않았다. 어디로 간 것일까?

매몰

문을 잠그고 뒤돌아서자, 도서관의 수문장 중 하나인 벽오동나무에서 잎이 떨어졌다. 툭, 계절이 또 이울고 있었다. 마로니에 잎 끝에도 노란빛이 붓칠 되어 있다. 바람이 건듯 불자 팔뚝에 오소소 소름이 돋았다.

맞은편 미술실에 아직도 불이 켜져 있다. 지난번 교무실에서 수인에게 전폭적 지지를 보내주었던 양희순의 얼굴이 떠올랐다. 수인은 미술실로 향했다. 미술실 주변은 미니 정원처럼 꾸며놓아 도서관과는 분위기가 달랐다. 잔디도 깔끔하게 정리되어 있고 일조량도 풍부했다. 실내의 공기가 달랐다. 진한 물감 향 같은 것이 풍겨왔다.

실내는 크고 작은 방으로 나뉘어져 있다. 기다란 복도를 지나 불빛이 있는 교실로 다가섰다. 두런두런 말소리가 들렸다. 수인은 멈칫했다. 다시 돌아갈까 생각했다. 양희순의 성격으로 봐서 다짜고짜 불청객 취급할 것 같은 생각이 들었다. 그렇지만 사적인 공간이 아니기 때문에 사전 연락 같은 건 필요치 않다는 생각이 들었다. 수인은 인기척을 내느라 목을 가다듬은 후 한 옥타브 올린 목소리로 양희순을 불렀다.

"선생님, 거기 계신가요?"

순간 두런거리는 소리는 멈췄고 뒤이어 미닫이로 된 유리문이 세차게 열리면서 후다닥 사람 하나가 뛰쳐나왔다. 수인은 그 자리에 얼어붙었다. 그 사람은 쏜살같이 복도를 뛰어 건물 밖으로 사라졌다. 그 사내였다. 지난번 도서관에서 본 더벅머리 정체불명의 사내.

벽에 눌어붙은 모양새에 벼락 맞은 표정으로 사내가 지나간 곳을 뚫어져라 바라보았다. 헛것이라고 의심할 여지가 없었다. 지난번 그가 도서관에서 뛰쳐나갔을 때의 냄새가 밀려왔다. 퀴퀴하게 묵은 지하실 냄새. 양희순과 저 사내의 관계는? 지난번, 양희순이 처음 수인에게 말을 건넸을 때 옆자리 수학 선생님이 슬쩍 양희순에 대한 얘기를 흘린 적이 있다. 그 말이 번개처럼 스쳤다.

"좀 특이하죠? 이해하시려면 좀 시간이 걸릴 거예요. 가끔 말도 안 되는 루머가 떠도는 우리 학교의 유일한 분이에요. 말 지어내기 좋아하는 아이들 말인데요, 아이를 낳아서 미술실 지하실에서

키운다는 소문으로 한동안 떠들썩했어요. 실제로 그 아이를 보았다는 학생도 있었고요. 미술 샘 보면 영 근거 없는 소리 같지는 않아요. 믿거나 말거나지만."

수인은 그 자리에 주저앉고 싶었다. 도대체 이놈의 학교는 몇 개의 심장이 있어야 견딜 수 있는 곳인지.

"오세요, 선생님. 어쩐 일?"

양희순이 복도로 나와 말했다. 양희순의 목소리는 상기된 듯 솔정도의 음정이었다.

"이번 가을의 첫 방문객이네요. 청하진 않았지만. 감사해요. 이렇게 와주셔서."

양희순은 방금 전의 상황 같은 건 모른다는 듯이 태연하게 말했다.

수인은 숨을 몰아쉬며 물었다.

"방금 전, 그 사람 누 누구에요?"

수인의 목소리가 미세하게 떨렸다.

"아, 많이 놀랐나요? 뭘 놀래요. 사람인데."

양희순은 놀란 것이 오히려 이상하다는 듯이 말했다.

"네?"

"희곤이에요."

너도 나도 다 아는 사람을 당신만 모르냐는 투다.

"히 희곤이라니요?"

학생 중 한 명인 양, 그중에서도 절친한 아이 부르듯 했다.

"우리 학교 학생인가요?"

수인이 재차 물었다. 놀란 건 둘째 치고 궁금해서 죽을 지경이었다.

"학생이었죠."

희순이 말한 과거형의 말이 수인 앞에 툭 떨어졌다. 과거와 현재를 잇는 그 시간 속에 어떤 사연이 숨어 있는 것일까. 수인은 차디찬 얼음조각 같은 밀물이 가슴에 들어차는 것을 느꼈다.

"한 2년 됐나 봐요, 벌써⋯⋯. 전교 1등을 할 정도로 아주 똑똑한 아이였는데, 저렇게 됐어요."

양희순은 어떤 감정의 잔재도 남아 있지 않은 양 시니컬하게 말했다.

"저렇게 되다니요?"

수인은 오그라든 어깨를 펴며 물었다.

"성적 스트레스였어요. 우리나라 그런 거 있잖아요, 좀 한다 싶은 애들은 집에서든 학교에서든 잔뜩 기대하고 밀어붙이는 거. 난 도무지 이해를 못 하겠어요. 잘하는 아이들은 알아서 하도록 그냥 두어도 잘하거든요. 잘하고 싶은 거 찾아서요. 그 아이들은 이미 어떻게 하는 것이 빠른지 알기 때문에 질러가거든요. 오히려 못하는 애들에게 더 정성을 쏟아야 하는 거 아닌가요? 중간 이하의 아이들은 아예 버린 카드 취급하잖아요. 되는 애들만 키우겠다 뭐 그런 식인 거죠."

양희순의 말은 자꾸만 알 수 없는 곳으로 에돌아가는 듯했다. 수인은 그래서요? 하고 소리를 버럭 지르고 싶은 것을 참았다.

"하하하, 궁금해 죽겠죠? 선생님, 참 눈 맑다. 지난번 교무실에서 교감 선생님 앞에서 쫄지 않고 할 말 다 하는 거 보고 알아봤어요. 정말 멋졌어요. 난 잔 다르크가 살아 돌아온 줄 알았다니깐요."

그래서요, 그래서요오~. 수인은 또 소리치고 싶은 것을 간신히 눌렀다. 말 붙이기를 처음 시도한 사람한테 함부로 할 수도 없어서 마른침만 삼키며 기다렸다.

"아이가 시험 문제 한 개만 틀려도 사색이 되는 거예요. 스트레스를 이길 수 없었나 봐요. 결국 자살을 시도했죠. 그 후 아이가 정신줄을 놓기 시작했어요. 해마다 이맘때쯤 되면 우리 학교에 와요. 어디를 떠돌다 오는지 모르겠는데. 희곤이가 제일 좋아했던 게 그림 그리기와 책읽기였거든요. 도서관 숲을 무척 좋아했어요. 그래서 그런지 꼭 여기를 와요."

희곤이 팽개치고 간 책, 『우리가 꼭 살아야만 하는 이유』가 떠올랐다.

"그럼 부모님한테 돌려보내야 하지 않을까요? 아직 어린아이인데요."

"희곤이 부모님요? 희곤이가 그렇게 되던 그해에 희곤이 찾으러 전국을 헤매다가 교통사고로 돌아가셨어요. 안 좋은 일은 그렇게 한꺼번에 오나 봐요."

저 멀리 창밖으로 벽오동 잎이 또 하나 지는 것이 보였다. 툭, 심하게 운 끝에 따라 나오는 거친 숨이 거푸 쉬어졌다.

"잡을 수도 없어요. 워낙 빠른 데다, 어디 한 군데 정박하는 걸 싫어해요. 처음엔 시설에 넣었는데 더 안 좋아져서 집에 데리고 있다가 없어졌고 결국 희곤의 엄마, 아빠도 그렇게 된 거예요. 이쯤 학교에 머문다는 걸 아는 사람은 저밖에 없었는데 이제 한 명 더 늘었네요. 희곤이가 오늘은 어쩐 일로 미술실로 왔길래, 제가 몇 마디 말을 붙였어요. 밥은 먹었냐고, 하던 참인데."

지난번 양희순이 지하 환풍 창에 먹을 것을 놓아두던 모습이 겹쳐왔다.

"대답도 없이 사라진 거예요. 여기 희곤이가 좋아하는 치즈케이크도 다 못 먹고 갔네. 선생님 목소리에 놀라서."

수인은 물끄러미 케이크 조각을 바라보았다. 노란 케이크 조각은 녹아내린 것처럼 흐물흐물했다. 엄마가 자주 쓰던 말이 절로 흘러나왔다. 이를 어쩌누…….

결국 희곤을 집어삼킨 것도 불안이었구나. 거기에 매몰되지 않았어야 하는데, 그곳에 매몰되기 시작하면 걷잡을 수 없이 휘말리고 마는데. 늪처럼. 어떻게 해야 하나? 무슨 방법이 없을까? 수인은 어둠 속에 묻히는 도서관 숲을 보며 물었다.

"근데, 샘은 어쩌자고 왕따를 자처하세요? 나야 통쾌하고 좋았지만. 아무튼 멋졌어요. 호호호."

양희순은 여전히 솔 정도의 옥타브로 말했다. 양희순의 웃음소
리는 오래된 고성에 낭랑하게 퍼져나갔다. 양희순의 웃음소리에
백 년 된 붉은 벽돌도 따라 웃을 것처럼 탱글탱글했다.

"네? 제가 뭘 알고 그러겠어요? 죄송해요. 괜히 선생님까지 안
좋은 소리를 듣게 해서."

그날 양희순은 교감에게 미쳤냐는 소리를 들었다.

"아니, 아니, 괜찮아요. 제가 그런 거 걱정했으면 교무실 한복판
에서 그렇게 소리쳤겠어요? 저도 내놓은 사람이에요, 이 학교에
서. 전 이게 편해요. 아주 좋아요. 노 프라블럼."

희순의 모습은 당당했다. 소외감이나 위축된 분위기는 전혀 읽
을 수 없었다. 오히려 내쳐짐을 당하기 위해 갖은 애를 썼는데 그
렇게 되어서 무척 좋다고 말하는 것 같았다. 자발적 왕따. 희순이
왕따를 당하는 것이 아니라, 희순이 학교를, 학교의 수많은 선생님
들을 왕따시켰다는 생각이 들었다. 희순의 무엇이 그녀를 꽉 차고
당당하게 만드는 것일까.

"내쳐지고 나니 속 편해요. 기 쓰고 그 안에 있으려고 교장 선생
니임~, 교감 선생니임~, 부장 선생니임~ 하면서 간살부리지 않
아도 되고, 이게 훨씬 좋아요, 전. 어쨌든 동지 하나 더 들어온 것
같네요. 반가워요."

희순이 '니임~'에 특유의 콧소리를 넣어서 말하는 바람에 수인

은 그만 웃음을 터트리고 말았다.

희순이 새삼스럽게 손을 내밀어 악수를 청했다. 짐작할 수 있는 부분이 많지 않을 거라 여겼는데 역시나 그랬다. 짐작할 수 없기 때문에 훨씬 더 신선했고 매력적이었고 도발적이었다.

"중요한 건 자신이 자신을 내치지 않으면 되는 거라고 생각해요. 그러면 밖에서 아무리 찧고 까불어도 끄떡없어요. 밖이 뭐가 중요해요. 안이 중요한 거지. 스스로가 채워지지 않았는데 밖에서 아무리 채우려고 해보세요, 채워지나. 오히려 불행하고 불안한 자신만 발견할 뿐이죠. 그런 어른들이 희곤이 같은 아이들의 싹을 죽여버리는 거예요. 희곤이는 정말 감수성이 풍부한 아이였는데, 인간의 소리보다는 영적인 텔레파시에 더 예민한 아이였어요. 난 아직도 그 아이 그림을 기억해요."

희순은 창밖 멀리 시선을 주며 희곤의 그림을 떠올리는 듯했다.

"어쩌면 희곤이를 구해줄 수 있는 건 그림이었는지도 몰라요. 내가 적극적으로 희곤이 손을 잡아주지 못한 게 내내 마음에 걸려요. 그래서 안됐고 미안해요."

희순의 목소리는 미 정도로 가라앉았다. 희순의 입가에 씁쓸하면서 미안한 웃음기가 감돌았다. 처음 보는 모습이었다. 누구보다 안정적이고 단단해 보였다.

"난, 그림이 나를 구원해줬다고 봐요. 사람들은 내가 이상하다고 말하는데 누가 이상한지 맞장토론 해봤으면 좋겠어요. 말하자고 덤비면 뒤로 주춤주춤 물러서는 인간들이. 어떤 근거도 못 내놓으면서. 제 작품을 보더니 사람들은 그제야 이상하지 않다고 하더군요. 참 희한해요. 이상한 사람이 만든 작품인데, 왜 이상하지 않고 예술적 가치가 어떠네, 심미안적 요소가 어쩌네 그러는 거죠? 어쨌든 난 그림 때문에 버틸 수 있었어요. 그리고 행복해요. 작업을 하고 있으면 내가 꽉 채워지는 느낌이 들거든요. 내 안에서 소통하지 못했던 것들이 실처럼 풀어져 나오는 느낌이 들거든요. 가닥가닥. 호호호."

수인은 사방팔방으로 튀어 오르는 양희순의 화법에 조금씩 적응이 되어가는 것 같았다. 아주 자유롭게 날아다니다가 안정적으로 착지하는 날짐승이라고 해야 하나? 어떤 규범과 제약도 너끈히 뛰어넘는 에너지 넘치는 한 마리 새. 수인은 희순의 당당함이 무엇인지 알 것 같았다. 그림, 희순의 뒤로 포개져 있는 작품들이 보였다. 문짝만 한 대작부터 소품까지 차곡차곡 희순의 존재를 채웠을 것들이 당당하게 그녀를 호위하고 있었다.

수인은 학교 앞 제과점에서 치즈케이크를 샀다. 지난번 양희순이 무언가를 놓고 사라졌던 그 환풍창 앞에 케이크 상자를 놓았다.

양관을 나오는 길, 수인은 자꾸만 뒤돌아보았다. 양관 어딘가에 눈물 한 방울처럼 떠도는 희곤이 옹송그리고 있는 것 같아 마음이 아려왔다.

도서관의 역습

율에게서 메일이 온 건 한참 뒤였다. 적응하느라 정신이 없다는 내용이었다. 서두부터 끝까지 미국 생활의 넋두리를 늘어놓았다. 율의 편지 속에는 조개껍데기 같은 말들만 수북했다. 수인은 율이 미국에서 어떤 음식을 먹으며 어떤 차를 타고 어떤 건물에서 어떤 공부를 하는지 알고 싶지 않았다. 율이 어떤 친구를 만나고 그가 만나는 친구들의 피부색이 어떤지도 궁금하지 않았다. 율은 마치 보고라도 하듯 잔뜩 묘사해서 보냈다. 수인이 알고 싶은 건 수인에 대한 율의 생각뿐이었다. 결혼은 하고 싶은 건지, 앞으로 우린 결혼할 수 있는 건지 율이 생각하는 수인에 대한 생각을 알고 싶었다. 율이 옆에 있었다면 수인에게 그렇게 말했을지도 모른다. 그걸 꼭 말로 해야 하냐고. 수인은 소리치고 싶었다. 말로 해, 말로 하라고~, 왜 쓸데없는 소리는 차고 넘치게 하면서 정작 해야 할 말은 안 하냐고, 소리치며 따지고 싶었다.

　도서관에 불이 났다고 전화가 온 건, 밤 여덟 시가 조금 넘어서였다. 율의 메일에 답장을 어떻게 써야 할지 갈등 중에 있었다. 생각 같아선 율의 안부 한 자 없이 수인이 이 학교에 발령받아 어떤 일이 벌어졌는지 세세하게 써 보내고 싶었다. 나도 너 못지않게 불안에 떨며 힘든 시간을 보내고 있다고 말해주고 싶었다. 어쩌면 네가 말한 그 철밥통을 집어던질지도 모르겠다고 말하고 싶었다. 그렇게 머릿속을 어지럽히며 심난을 떨 때 교무부장의 다급한 목소리가 날아들었다.

　불이라니? 머릿속에 벼락이 꽂힌 거처럼 어찔했다.

　수인이 운동장에 들어섰을 때, 경찰차의 경광등이 소리 없이 번쩍거렸고, 불자동차가 막 교문을 빠져나가고 있었다. 학교로 향하면서 제일 먼저 떠오른 것은 도서관보다도 숲이었다. 숲에 번졌다면 도서관은 화약고나 마찬가지이다. 그 많은 장서는 불쏘시개나 다름없다.

　사고는 이미 끝난 듯 운동장은 너무나 조용했다. 후들거리는 두 다리를 이끌고 운동장을 가로질러 도서관으로 향했다. 교무부장을 비롯해 선생들 몇몇이 모여 있었다. 오늘 당직을 서던 체육 선생이 순찰을 돌지 않았다면 학교 전체를 불구덩이에 빠트릴 뻔했다는 것이다. 연기가 솟은 곳은 지하실이라고 했다. 지하 환풍구 중 한 곳에서 연기가 솟았다는 것이다. 누군가 고의적으로 불쏘시개를 만들어 지하창고에 불을 놓았다는 것이다. 그 주위에는 담배꽁초가 흩어져 있었다고 했다.

도서관 한쪽 벽면이 까맣게 그을렸다. 그나마 다행이었다. 불길이 시멘트 벽면 쪽으로 향했으니 망정이지 목제 계단 쪽으로 갔으면 도서관의 운명은 끝났다는 것이다. 수인은 쉴 새 없이 말하는 체육 선생의 목소리에 귀를 열어놓은 채 도서관을 어루만지듯 더듬었다.

도서관은 어둠 속에 무겁게 갇혀 있다. 한편으론 자책감이 들기도 했다. 그동안 못마땅하게 여긴 것이 괘씸해서 목신들이 수인에게 내리는 벌이 아닐까, 하는 생각이 들기도 했다.

"김 선생님, 나 좀 봅시다."

교감의 컬컬한 목소리가 뒷덜미로 날아왔다. 교감은 뭔가 단단히 벼른 것처럼 목소리에 힘을 넣어 말했다.

교감은 뒷짐을 지고 무거운 걸음으로 앞섰다.

"김 선생님, 아이들이 도서관 주변서 담배 피우는 거 알고 있었어요?"

난감했다. 알고 있었다고 해야 할지, 모르고 있었다고 해야 할지. 어떻게 대답하든 비난은 받게 되어 있다. 알고 있었다면 학교에 보고하지 않은 것을 문제 삼을 것이고 모르고 있었다면 대체 그쪽 담당으로서 자격이 있냐는 식일 것이다.

"알고 있었습니다."

어차피 이래도 깨지고 저래도 깨질 바다.

"뭐라고요? 알고 있었다고요? 왜 보고하지 않으셨나요? 이거 이거 김 선생 직무유기 아닌가요? 미리 보고가 들어왔으면 오늘 이와 같은 일은 없었을 거 아니에요?"

교감은 이 모든 결과가 수인에게 기인한 듯 따졌다.

"담뱃불로 인한 화재라고 판명이 났든가요?"

수인은 얼결에 물어놓고 어째서 이런 막무가내의 말을 내뱉는 가, 스스로에게 놀랐다.

"허 참, 내 기가 막혀서 말이 안 나옵니다. 양희순 선생 닮아가 요? 거 지금 말이 되는 소리를 하시는 겁니까?"

교감은 숨이 가쁜지 잠시 큰 숨을 내뱉었다.

"뭡니까? 그럼 김 선생 생각엔 화재의 원인이 따로 있다고 보시 는 겁니까? 지금?"

교감의 목소리는 한층 날이 섰다.

수인은 말없이 시선을 돌렸다. 사실이 명확히 밝혀지기 전에는 어떠한 추측에도 무게를 싣고 싶지 않았다. 섣부른 추측으로 그 어떤 누구도 억울한 상황에 놓이면 안 될 것 같았다.

"거, 처음부터 가만히 있는 도서관을 문제 삼는 일이 있으니까, 일이 이렇게 꼬여가는 게 아닙니까?"

교감의 뜬금없는 소리에 수인은 고개를 들어 그의 얼굴을 바라보았다. 이참에 도서관 문제도 뭉개고 싶은 의도가 뻔한 말이었다.

"그건 아니죠. 교감 선생님."

불과 몇 시간 전, 처음 시작할 때의 패기라곤 찾아볼 수 없는 자신 때문에 수인은 최후의 통첩으로 사표를 써서 가방 속에 넣었다. 사표를 던질 심산으로 도서관 옮기는 것에 용기를 쏟아붓자 생각했기 때문이다. 이러면 비겁한 자신을 조금 더 담금질 할 수 있을 것이라 생각했다. 그런데 정말 사표가 가방 속에서 나와 효력을 발생할지도 모르겠다는 생각이 들었다.

"뭐가 아닙니까? 참 요즘 젊은 사람들, 눈 똑바로 치켜뜨고 따박따박 따지는 것 좀 보세요. 어째서 한마디도 지지 않습니까?"

논리와 명분에서 질 것 같으면 나이와 직위를 들이대며 본질을 뭉개버리는 사람들이 있다.

"교감 선생님, 이 학교의 교사로서 말씀드리는 겁니다. 젊은 사람으로 어른께 말대꾸하는 거와는 다르다고 생각합니다."

"네, 참으로 똑똑하십니다. 혹시 이거 김 선생님이 고의적으로 도서관에 불 낸 거 아닙니까? 도서관도 맘에 안 들고 옮기긴 해야겠는데 가망성은 없어 보이고."

수인은 다시 교감의 얼굴을 정면으로 바라보았다. 어디까지 가보자는 얘긴지, 말이면 다인지 따져 묻고 싶었다. 사람의 콧구멍이 왜 두 개인지 이제야 알 것 같았다.

"하실 말씀 끝나셨나요? 가보겠습니다."

말 같지도 않은 걸로 말씨름할 최소한의 기운조차 남아 있지 않았다.

"왜, 하실 말씀 없으십니까? 똑똑한 김 선생님께서?"

교감은 끝끝내 비아냥거렸다. 사람의 인내심이 어디까지인지 테스트해보겠다는 심산인 것 같았다. 교감이 바라는 것은 딱 하나일 것이다. 포기하는 것.

"저한테 무슨 말씀을 듣고 싶으신 건가요?"

"그런 거 없습니다. 제가 듣고 싶은 말이 있다고 해서 해줄 김 선생님도 아니지 않습니까?"

"그만하시죠. 방금 전 그 말씀, 제가 얼마든지 걸고넘어질 수 있는 거는 알고 계시죠? 그리고 하반기, 도서구입비 집행은 전액 그대로 신간 단행본으로 할 겁니다."

가방 속 고요히 누워 있는 사표가 선명하게 떠올랐다. 사표 봉투는 점점 밖으로 나올 공산이 커졌다.

교감의 두 눈은 휘둥그레졌다. 도저히 억울해서 못살겠다는 눈빛으로 수인을 올려다보며 말했다.

"그 그게 무슨 말씀입니까? 그동안 그럼 도서 구입비가 제대로 집행이 안 됐다는 말씀이십니까? 지금? 그리고 이 판국에 왜 도서 구입비 얘기가 나오는 겁니까?"

"그럼, 그간 제대로 집행된 거라고 자신 있게 말씀하실 수 있나요? 도서관 신간 구입 코너를 보시고도 그런 말씀이 나오시는지요. 몇 년 동안 받은 커미션이 얼마나 되는지 설마 모른다고는 말씀 못 하실 겁니다. 학교의 묵인 없이는 가능한 일이 아닐 테니까요."

"이거 이거 김 선생님이야말로 말씀 함부로 하시는 거 아닙니까?"

그때 체육 선생님이 들어오게 되었고 그 둘의 대화는 중단될 수밖에 없었다.

"현재 도서관이 화재에 취약한 건 사실입니다. 워낙 오래된 목조 건물에 변변한 소방시설도 없으니."

체육 선생이 소파에 앉을 때 화기 내가 훅 끼쳤다. 그 냄새 속에 급박했던 순간이 고스란히 읽혀졌다.

"어쨌든 김 선생님, 불 낸 놈을 빨리 찾아내세요. 자랑스러운 사서 선생님 아니십니까? 도서관 화재에 대해서도 선생님 책임이 아주 없다고 볼 수 없습니다."

수인은 막무가내에는 당할 자가 없다는 생각이 절로 들었다. 그만하고 싶었다. 또 후퇴하고 싶은 생각이 파도처럼 밀려왔다. 수인은 말없이 교무실을 나섰다. 명탐정 코난도 아니고, 셜록 홈즈도 아니건만, 무슨 수로 찾아낸단 말인가.

수인의 몸은 한바탕 불이라도 끄고 온 것처럼 지쳐 있었다. 밤이 너무 길었다.

출근길에 교장의 호출이 있었다. 눈꺼풀 속에 모래알이 성글게 박혀 있는 것 같았다. 눈꺼풀을 움직일 때마다 머리가 울릴 정도로 통증이 일었다. 운동장 한편에 경찰차가 보였다. 교무실은 어제 불난 뒤보다 더 어수선했다. 체육 선생은 경찰과 얘기를 나누고 있었고 용의자로 몰린 아이들이 족히 수십 명은 되어 보였다. 불을 낸 아이를 색출하기 위해 학생주임이 아침 일찍 교문에서 아이들을 걸러낸 모양이었다. 담배 피운 전력이 있는 아이들은 모두 용의선상에 올랐다. 학생주임은 어제 저녁 알리바이가 확실한 아이들은 교실로 돌려보냈다.

수인은 교무실로 향하다 대호와 마주쳤다.

"독서회에서 얼굴을 볼 수가 없네. 왜 안 나오니?"

대호는 아주 생경한 얼굴로 수인을 바라보았다.

"담임 선생님한테 말했는데요."

"뭘? 못 들었는데?"

"담임한테 물어보세요. 그리고 저한테 신경 꺼주시고요."

수인이 뭐라고 할 새도 없이 대호는 계단을 뛰어 내려갔다.

도범이 학생주임 앞에 불려왔다. 도범은 담배를 피우다 걸린 적은 없었다. 누군가 꼰지르지 않았다면 학교에서 알 길이 없다. 학생주임은 도범을 남겨두고 나머지 아이들은 교실로 돌려보냈다.

"강도범, 너 어제 저녁 도서관에 갔었냐? 안 갔었냐?"

어제 도범은 도서관에 있었다. 독서회 모임 날이었고 도서관 선생님과 늦게까지 얘기를 나누었다. 그렇지만 맹세코 담배를 피우지 않았다. 선생님과 서로의 비밀을 나눈 뒤라 더군다나 그 순간 거기서 담배를 피운다는 것은 도범 자신과 선생님을 기만하는 것이라는 생각이 들었다. 누군가와 나눈 진심이라는 것을 온전히 간직하고 싶었다.

"갔었습니다. 그렇지만 어제는 담배를 피우지 않았습니다."

"어제는~ 이 새끼, 담배를 피우지 않았다는 말이 잘도 나온다, 나쁜 새끼. 너 같은 새끼는 받아주는 게 아닌데. 불쌍한 새끼 갈 데 없어 받아주었더니 고새에 또 일을 만드냐? 너 아주 갈 데까지 가보자는 거냐? 너 인마, 그 시간대에 담배 피우는 거 봤다는 목격자가 있어. 어디서 새빨간 거짓말을 해. 어린놈이 눈도 끔쩍하지 않고."

목격자?

"누군데요?"

도범이 따지듯 물었다.

"내가 누구라고 얘기해줄 거 같냐? 그건 비밀이다 인마."

도범은 두 주먹을 꼭 쥐었다. 주먹은 두 무릎 위에서 바르르 떨렸다. 아무리 침착하려 해도 아무리 금을 밟지 않기 위해 애쓴다 해도 결국엔 선을 되넘어갈 수밖에 없는 것 같았다.

"담배 피우지 않았습니다."

도범은 단호하게 말했다. 그 말이 통하지 않으리라는 걸 알지만 할 말은 그것밖에 없었다.

"이 자식이 딱 잡아떼네. 빨리 이실직고 해 인마. 그래야 퇴학이라도 면할 거 아니야. 너 이제 갈 데도 없어. 알고는 있냐? 니가 한 짓이지? 왜 그랬냐? 개 버릇 남 못 주지. 너도 참 이름값 하느라 고단하게 산다."

학생주임은 계속해서 빈정거렸다. 어제 일어난 사건보다 도범의 전력에 더 비중을 두는 것 같았다.

"아무리 손을 씻어도 손에서 비린내가 쉽게 없어지겠냐? 어? 아무리 빨래를 깨끗하게 한다고 해도 헌옷이 새 옷 되겠냐고요."

도범은 그런 개소리 집어치우라고 소리치고 싶었다.

"목격자가 누군데요, 목격자 불러주세요."

벌어진 일보다 전의 일을 가지고 도매금으로 덤터기 씌우는 것은 어딜 가나 똑같았다. 전에 이런 일을 저지른 녀석이 못할 게 뭐 있겠냐는 식으로 생사람 잡을 때가 많았다. 엄마는 그때마다 그래서 조심스럽게 사는 거라고, 누구나 제 하고 싶은 대로 성질부리며 살면 옭아매는 것이 계속 따라붙어서 결국 아무 잘못 없이도 그것이 너 자신을 옴짝달싹 못하게 만들 수도 있다고 말했다. 제발 앞뒤 가리며 몸을 움직이라고 했다. 그때는 그 말이 들리지 않았다. 맞다고도 생각하지 않았다.

"뭐? 왜? 두들겨 패게?"

도범은 두 주먹을 그러쥐었다. 이건 어쩔 수 없는 거다. 이렇게 될 줄 알았다. 이렇게 엮이게 되어 다시 휘말릴 수밖에 없을 거라

는 것을, 그렇게 될 수밖에 없다는 것을. 맥이 빠졌다. 이제까지의
발버둥이 물거품이 되나 싶었다. 왜 내버려두지 않는 거지? 왜 가
만히 두질 않는 거지?

"저, 선생님. 도범이는 어제 저랑 도서관에서 얘기를 하다 나갔
어요. 늦게 나간 건 사실이지만 아마 도범이는 아닐 겁니다."

고개를 수그리고 있는 도범의 귀에 수인의 목소리가 나앉았다.
수인의 목소리는 나붓했지만 그 안에 간곡함이 들어 있었다.

"선생님이 보셨습니까? 아마요? 지금 이 타이밍에 끼어들어야
되겠습니까? 도범이가 아니라는 근거 있습니까?"

학생주임은 두 눈을 부라리며 얼굴을 들이밀었다.

"그럼, 선생님께서는 도범이라고 장담하시는 분명한 이유라도
있으신지요?"

수인의 목소리는 차분하면서도 냉정했다.

"목격자가 있었다고 하지 않습니까? 참 내."

"도범이가 정말로 담배를 피우지 않았다면 그 목격자의 말은 어
떻게 되는 건가요?"

"김 선생님, 지금 뭐하자는 겁니까? 저랑 말장난 하자는 겁니
까? 뭐 확실한 증거라도 있어서 그렇게 말씀하시는 건가요?"

"그럴 가능성도 고려하셨으면 좋겠습니다."

"도대체 감싸는 이유가 뭡니까?"

"누가 됐든 최소한 억울한 일은 일어나지 말아야지요."

수인의 말끝은 단호했다. 뒤돌아선 수인의 뒷모습은 얼음조각보다 더 단단해 보였다.

학생주임은 질린 표정으로 멀어져가는 수인을 바라보았다. 학생주임은 귀찮은 표정으로 손사래를 치며 도범에게 말했다.

"일단, 가봐라."

도범이 비칠비칠 일어나 교무실을 나섰다.

수인이 교장실에 들어섰을 때, 교장은 창밖을 보고 있었다. 하늘은 꽃구름이었다. 쪽빛 보자기에 목화송이가 나려 앉은 듯 봉싯봉싯 꽃구름 천지였다. 반대로 교장의 뒷모습은 어둡게 그늘져 있다.

"당분간 도서관은 폐쇄합니다. 위험한 곳에 아이들을 둘 수는 없습니다. 아이들이 그곳에서 담배 피우는 것을 아셨다고 하는데 관리 소홀에 대한 책임은 면하실 수 없을 겁니다."

"……"

수인은 고개를 떨구었다. 도서관을 옮기는 것은 저 멀리 손 닿을 수 없는 곳으로 가버린 것 같았다.

탁자 위에 사진 한 장이 놓여 있었다. 테두리가 누렇게 바랜 흑백사진이었다. 구겨진 곳이 더러 있어서 그간 사진의 행로가 녹록지 않음을 알 수 있었다. 까까머리 중학생의 독사진이었다. 교복이 커서 버거워 보일 정도로 엉거주춤한 모습이었다.

수인은 사진 속 뒷배경에 눈이 멈췄다. 낯이 익었다. 도서관이었다. 지금처럼 나무가 무성하지 않아서 그렇지 건물의 모습은 지금의 도서관과 같았다. 도서관 목제 계단이 보이고 입구 처마도 지금과는 다르게 어연번듯했다. 수인은 사진을 집어 들고 가까이 들여다보았다.

"거기가 어딘지 알아보시겠어요?"

교장은 뒤돌아서 물었다.

"도서관인가요? 지금과는 분위기가 아주 다르네요. 나무들이 우거지지 않을 때였고 건물도 지금과는 다르게 무척 위세 있어 보이는데요? 이게 몇 년도 사진인가요?"

"그 꼬마 중학생이 접니다."

"네?"

수인은 사진 속 까까머리 중학생의 모습 속에 지금의 교장을 찾기 위해 사진을 바투 들여다보았다. 전혀 다른 사람 같았다. 도서관 전경은 꽉 차게 들어온 것에 비해 인물은 좀 작게 잡힌 편이어서 지금의 모습을 찾기란 쉽지 않았다.

"이곳은 제 모교입니다."

"아……."

전혀 예상치 못한 일이었다. 이 사실이 변수를 가져오겠다는 생각은 들었지만 어떤 역할을 할지는 퍼뜩 짐작할 수 없었다.

"전, 중학교 때 도서관에서 살았습니다. 도서관이 저를 가장 가치 있게 해준 곳이었습니다. 그 당시만 해도 이 학교는 전국에서 유학을 올 정도로 아주 빵빵한 집안 아이들만 오는 곳이었습니다. 공부도 좀 하고 집안도 부유한 아이들이 많았습니다. 저는 공부는 좀 했지만 집안은 해당되지 않았습니다. 기가 죽을 수밖에 없었지요. 제가 가진 건 제 몸뚱이 하나뿐이었어요. 나를 다른 사람과 다르게 할 수 있는 것이 무엇인가 생각해보았습니다. 그건 책이었습니다. 그때 읽은 책들은 지금도 기억납니다. 어느 날 도서관 선생님이 카메라를 들이대며 너는 이 사진을 찍을 자격이 충분하다며 셔터를 눌렀습니다. 그 덕분에 남게 된 사진이지요. 그 도서관 선생님하고는 내내 연락을 하고 지냈습니다만 몇 해 전에 돌아가셨습니다."

흑백사진 속 이야기는 전설처럼 먼 옛일같이 들렸다.

"도서관을 다시 살리고 싶습니다. 저와 같은 아이가 이 학교에 한 명이라도 있다면, 그래서 그 아이가 꿈을 펼쳐갈 수 있다면 그럴 수 있도록 도와주어야 한다고 생각합니다. 제가 지금 이 자리에 있게 된 건, 그리고 그 시절을 견디며 무사히 건널 수 있게 해준 건 바로 도서관이었고 책이었습니다. 그 빵빵한 아이들 속에서 기죽지 않을 수 있었고 제 초라한 환경을 잊고 잠시라도 다른 곳으로 도망쳐 숨 쉴 수 있었던 것도 바로 도서관이었습니다. 이 학교의 아이들에게도 그러한 곳을 돌려주고 싶었습니다. 그래서 제가 이곳에 오게 된 거고 김 선생님이 오시게 된 겁니다. 그런데 김 선생님은 저보다 더 강력한 카드를 내밀더군요. 어허허허."

수인은 교장의 생각에 박수를 보내고 싶을 정도로 고무되다가 말끝에 기분이 묘하게 틀어지는 것을 느꼈다. 교장이 했던 좋은 말들은 어느 순간 사라지고 왠지 뒤통수를 맞은 느낌이 들었다. 그러한 뒷배경이 있으면서 교장은 그간 수인이 선생들한테 눈총을 받고, 교감, 교무부장한테 호되게 당할 때 커튼 뒤에 숨어 어떻게 되나 두고 보자는 식으로 일관했다. 괘씸함을 넘어 깜찍한 늙은 여우 같다는 생각이 들었다. 적을 만들지 않으며 크고 작은 일에 눈 한 번 붉히지 않는 처세술이 그를 지금 이 자리에 오르게 했는지도 모른다. 비겁하려면 제대로 비겁해야 하는데 제대로 비겁하지도 제대로 씩씩하지도 않은 수인과는 전혀 다른 족속이었다.

"그럼, 이제껏 두고 보셨다는 말씀이군요. 이제야 털어놓는 이유를 알 수 없네요."

불쾌하기 짝이 없었다.

"나는 김 선생님의 능력을 믿고 싶었고, 그 능력에 응원을 보냈습니다. 김 선생님이 이 학교 선생님들을 설득해갈 수 있으리라 믿고 있었습니다. 오늘 아침, 그 신호가 오더군요. 아직은 두고 봐야 알겠지만."

수인은 화가 끓어올랐다.

"잠깐만요, 교장 선생님. 정말로 저를 앞세워 어떻게 되나 두고 보자는 식이셨던 건가요?"

사람을 갖고 논다는 말이 무슨 말인지 알 것 같았다. 기분이 걸

잡을 수 없이 비꾸러졌다.

"기분 나쁘다면 용서하세요. 조선이 어디 군주의 나라였습니까? 신하의 나라였지요. 신하의 동의 없이는 어떤 것도 움직일 수 없었던 거 아시지 않습니까. 하물며 왕도 바꿔칠 수 있는 것이 신하의 힘이었는데 그들을 설득하는 것이 가장 큰일 아니겠습니까?"

어쩔 수 없이 그럴 수밖에 없었다고 말하는 교장의 뻔뻔함이 역겨웠다. 학교에서 무소불위의 힘을 가지고 있는 사람이 교장이라는 것은 누구나 아는 사실인데 그렇지 않다는 것을 조선의 군주까지 들먹이며 에둘러 말할 필요가 있을까? 자신의 손에 피 한 방울 묻히지 않고 전리품을 차지하겠다는 심산 아닌가?

수인은 자신의 순수한 동기가 아주 멍청하게도 이용당한 것 같아 몹시 언짢았다. 학생주임과 교무부장이 들어오자 교장은 뭔가 이야기를 더 하려다가 멈칫했다. 교장은 끝끝내 속을 알 수 없는 웃음을 흘린 채 나중에 더 얘기하자고 했다.

도범은 교문을 나서는 대호를 끌고 학교 옆 골목으로 몰아붙였다. 대호는 주머니에 손을 넣은 채 거드름을 피우며 끌려오는 척했다. 대호 뒤로는 그의 무리들이 따랐다. 그들은 도범에게 함부로 덤비지 못했다. 이미 도범의 얘기만 듣고도 쫄아붙는 아이들이 대부분인 오합지졸이었다. 도범은 한 놈만 잡으면 된다는 것을 알고 있다. 우두머리 한 놈만 잡으면 그 조직은 접수하게 되어 있다.

"너냐? 나라고 꼰지른 게?"

도범이 대호의 멱살을 풀고 물었다.

"왜 나라고 생각하냐? 잘못 짚으셨거든?"

대호는 거들먹거리며 빈정거렸다.

"너, 아직도 정신을 못 차렸냐? 더 처맞고 싶은 거냐?"

도범은 몸이 근질근질했다. 폭력의 성질이 온 세포를 들썩이고 있었다. 그동안 참느라 애 많이 썼다고 온몸의 세포가 아우성을 치고 있었다. 네가 풀어갈 방법은 이것이 유일한 것이라고 말하는 것 같았다. 지난번 도서관에서의 일은 그나마 대호의 체면을 세워주기 위해 보는 눈이 없을 때 벌인 일지만 이제 그따위 배려 같은 건 하고 싶지도 않았다.

도범이 주먹을 들어 올리는 순간 떠오르는 말이 있었다.

— 내가 하고자 하는 대로 나를 가게 해야지, 남이 의도하는 대로 흘러가게 두는 건 나를 덜 사랑하는 거라는 생각이 들어. 도범이 네가 결심한 대로 갔으면 좋겠다.

검지손가락은 아직 아물지 않았다.

"자, 어디 질러보시지. 내가 바라는 게 그거니까. 지난번처럼 당하지만은 아닐 거다. 씨발아."

대호의 말이 끝나자 도범의 얼굴에 피가 쏠렸다.

"어제 왜 안 나왔냐? 겁나냐? 아님 내 말이 개 우습냐? 잘릴 때 잘리더라도 나 혼자는 안 갈 거다. 난 의리 있는 동반자가 필요하거든."

대호는 눌리는 기색 하나 없이 양양이었다. 만만한 놈이 아니라는 것을 진작부터 알았지만 질척대기로는 거머리 이상이었다. 도범에 대한 소문을 잠식시키고 제 조무래기들 앞에서 인정받고 싶은 욕망이 대호를 더욱 센 척하게 만들 것이다.

— 도범아, 몸을 쓰기 전에 한 번만 생각해. 제발 한 번만.

엄마가 늘 당부했던 말이었다.

앞뒤 가리지 않고 눈앞에 벌어진 일만 보고 덤비던 도범이었다. 지금 대호의 모습도 꼭 그와 같다. 지켜보는 주변 패거리들의 눈이 중요했다. 세상의 눈 같은 건 아무래도 상관없었다. 여기서 대호를 눌러버린다고 해도 대호는 쉽게 도범을 놔주지 않을 것이다. 제 자존심을 회복하기 위해서라도 더욱 지저분하게 진상을 떨 것이다.

대호의 주먹이 먼저 날아왔다. 도범이 생각에 빠져들어 빈틈을 보이자 날아온 주먹이었다. 도범은 이를 앙다물었다. 다시 대호의 주먹이 날아왔다. 도범이 넘어지자 대호의 패거리가 몰려들어 발길질을 했다. 수십 개의 발들이 도범의 등으로 배로 가슴으로 다리로 어깨로 엉덩이로 들어왔다. 도범은 일어나지 않았다. 몸을 최대한 움츠리며 시커멓게 달려드는 발길을 받아들였다.

"별것도 아닌 새끼가, 이거 거품 아니야? 강북 짱이었다며? 강북 짱 주먹 좀 보여주지 왜?"

패거리들의 목소리가 아스라하게 멀어지는 사이 낯익은 소리가 들렸다.

"야아~."

소리를 지르며 무리들 쪽으로 뛰어오는 아이가 있었다. 새였다. 가방을 풍차처럼 돌리며 무기삼아 달려들었다. 꼭지가 제대로 돈 것 같았다. 평소의 새라면 도망갔으면 도망갔지 절대 끼어들 아이가 아니다. 뒤이어 고릴라 같은 해머가 쿵쿵거리며 뛰어왔다. 대호 패거리는 몹시 황당한 눈치였다. 뜻밖의 부록이 걸려들었다는 듯이 같잖은 눈빛으로 그 둘을 바라보았다. 해머가 휘두르는 가방의 위력은 새와 달랐다. 붕붕 소리가 날 정도로 위력이 대단했다. 아이들은 해머의 가방을 피해 도범으로부터 떨어졌다.

"뭐냐? 여기가 지금 장난하는 데로 보이냐? 가던 길 그냥 가라. 다친다."

아이들은 새와 해머를 향해 어이없는 웃음을 날렸다.

가방에서 망치를 꺼내든 해머가 괴물 같은 소리를 지르며 높이 휘둘렀다.

"하지 마아~. 하지 말란 말이야~."

만날 맞기만 하던 해머가 아니었다. 혀 짧은 소리로 입만 열면 웃음거리가 되었던 해머가 아니었다.

배를 움켜쥔 채 공격당한 애벌레처럼 잔뜩 고부라져 있는 도범을 살피던 새도 자신의 귀를 의심했다. 해머의 입에서 나온 말이 아닌 것 같았다. 말을 더듬지도 혀 짧은 소리도 아니었다. 그리고 해머의 입에서 하지 마, 라는 말을 들은 건 처음이었다.

"어쭈쭈~ 이게 뭔 시추에이션?"

아이들은 빈정거리며 물러서는 척했다. 대호가 나서며 해머의 망치 아래 대차게 맞섰다.

"하이, 자식. 말은 할 줄 아네, 어쩐 일로. 네가 하지 말라고 하면 누가 무서워할 줄 아냐?"

머리 위로 치켜 든 해머의 망치가 부르르 떨렸다.

새는 해머를 향해 몸을 날렸다. 맞서 끌어안으며 망치 든 해머의 팔에 매달렸다.

"니들 뭐하는 짓이냐? 지랄도 참 가지가지 한다."

"강도범, 너 아주 찌질하게 놀기로 작정한 거냐? 너, 노는 물 좀 봐라."

대호가 쓰러져 있는 도범과 둘이 엉켜 붙어 뭐하는 건지 모르겠는 새와 해머를 보며 비아냥거렸다. 새는 떨쳐내려고 버둥거리는 해머의 팔을 더욱 우악스럽게 끌어안았다. 패거리들은 새와 해머를 향해 발길질을 퍼부었다. 그 자리에 엎어진 새와 해머는 뒤엉킨 채 맞은 데를 또 맞았다. 기진해 있는 새와 해머를 보자 아이들은 슬슬 자리를 떠났다.

도범의 눈에 쓰러진 새와 해머가 보였으나 손가락 하나 까딱할 수 없었다. 숨 쉴 때마다 옆구리의 통증이 심해 까무룩 정신이 희미해졌다.

중닭의 비애

자작나무 사이로에서 책이 와 있었다. 최근, 주문한 적이 없는데, 뭔가 착오가 있는 것 같았다. 박스 안에는 한 권의 책이 들어 있었다. 『너브(Nerve)』였다. 책표지에 노란 포스트잇이 붙어 있다.

이쯤에 이 책이 필요할 것 같아 보냅니다.
이건 고객 서비스 차원으로 보내는 선물입니다.

지난번에 주문한 것도 뜯지 않은 채 한쪽에 밀쳐두었다. 율이 떠나고 학교에 적응하느라 정신없을 때 도착한 책이었다.

이쯤에 이 책이 필요하다니, 고객이 구입한 책 목록을 보면 그의 심리나 화두가 훤히 보인다는 헌파남의 말이 떠올랐다. 의도치 않게 그렇게 마음을, 생각을 보인다는 것, 한편으로는 노출에 대한 불안함이 있었지만 한편으로는 마음을 알아주는 곳이 있다는 게 그리 나쁘지만은 않았다.

수인은 책표지를 열었다. 간지의 메시지가 눈에 들어왔다.

'너브'는 두려움이기도 하지만 다른 뜻으로는 용기이다.
두려움은 느끼는 것이 중요한 것이 아니라
두려움을 어떻게 대하는지가 중요한 것이다.

이건 분명 이제껏 간지의 메시지가 헌파남의 메시지였다는 것을 시인하는 거였다.

헌파남이 대체 왜? 누군데? 끊임없이 신호를 보내는 것일까.

수인은 그동안 구석에 밀어놓았던 박스를 황급히 열었다. 지난번에 주문한 책이 뭐였길래 이쯤에서 이 책이 필요하다는 것일까. 박스를 뜯었다. 『불안』과 『상처받은 아이에게 건네는 손』이었다.

떠나는 율의 불안과 그를 보내야 하는 수인의 불안을 알고 싶었다. 아니 어떻게 해야 저 남자를 곁에 잡아둘 수 있을까, 생각하다가 그가 앓고 있는 그것이 무엇인지 알아야겠다는 생각에 구입한 책이었다. 율이 떠난 뒤 그가 앓는 것과 양태는 다르지만 수인 또한 다르지 않게 균형을 잃은 채 헤매는 자신을 보게 되었다. 불안은 전염병과 같은 거였다. 한 사람의 불안은 다른 사람에게 금세 옮아간다. 어렸을 때 어머니의 불안이 고스란히 수인에게 온 것처럼.

수인은 『불안』의 표지를 열어보았다.

살아 있기 때문에 불안한 것이다.

불안은 잊는 것이 아니라 극복하는 것이다.

무엇이 불안을 넘어서게 할 수 있을까?

헐, 이제 헌파남은 대화까지 신청한다. 무엇이 불안을 넘어서게 할 수 있는 것인가? 수인이 당장이라도 찾고 싶은 것이었다.

수인은 기차역으로 향했다. 어젯밤 바람이 몹시 불더니 오늘은 비가 내렸다. 이 비가 그치면 날이 더 추워질 것이다. 좀 쉬고 싶었다. 한번 다녀가라는 엄마의 전화도 있었지만, 엄마 옆에 등을 쭉 편 채 눕고 싶은 마음이 간절했다. 그동안의 고단함이 풀릴 것 같았다. 엄마가 끓여주는 된장찌개도 몹시 그리웠다. 잃어버린 입맛을 살려줄 것이다.

플랫폼에는 여행을 떠나는 사람들의 설렘이 빗속에 젖어들고 있었다. 찬 내가 끼치는 바람에 옹송그리는 것 같았지만 사람들 표정 속에 여행의 들뜸이 단풍잎처럼 붉었다. 저렇게 가볍게 떠나고 싶다는 생각에 그들이 몹시 부러웠다.

기차가 출발하자 눈을 감았지만 잠이 오지 않았다. 그을린 도서관의 벽면이 떠올랐고 책임을 묻는 교감과 교무부장의 얼굴이 스쳤으며 뒷짐을 쥔 채 수인을 지켜보며 결과만 주워 먹겠다는 교장의 얼굴이 스쳤다. 생각만 해도 아린 도범의 검지와 교무실에서 화재의 범인으로 몰리자 지나가는 선생님들마다 한마디씩 던지는 말에 적개심으로 가득 찬 그 아이의 눈빛이 떠올랐다. 말을 시키면 끝없이 말을 할 것 같은 이담의 얼굴도 떠올랐다. 그리고 해머, 해머의 슬픈 수화. 그리고 멀리 저 멀리 다른 우주에 있는 것 같은 율과의 거리감. 실타래는 더욱 엉망이 되어 수인 앞에 내동댕이쳐져 있었다.

사서 교사가 된 건 엄마의 영향이 컸다. 병약했던 아버지는 신경증세가 심했다. 엄마를 꼼짝 못하게 했다. 집 밖으로 나서면 아버지의 눈초리는 의심으로 번득였다. 그래서 엄마의 외출은 자유롭지 못했다. 아버지 없이 집을 나서려면 통행권이 필요했다. 그것이 수인이었다. 엄마가 외출할 때마다 꼭 수인을 달려 보냈다. 읍내에 나갈 때면 엄마는 수인의 머리를 곱게 땋아주고 하얀 스타킹을 신겨주었다. 읍내 복지관에는 작은 도서관이 딸려 있었다. 엄마는 볼일이 끝날 때까지 수인에게 도서관에서 책을 보라고 했다. 도서관 바깥을 나가서는 절대 안 된다고 신신당부했다. 수인의 가방 속에는 초코파이와 바나나우유가 들어 있었다. 하얀 스타킹을 신고 엄마를 따라나서는 건 수인에게 엄청난 특별함이었다. 언니들과 오빠도 제치고 수인이 뽑힌 것이다. 수인은 언제나 봄날의 노랑나비 같은 모습으로 엄마 손을 잡았다. 엄마에게는 일주일에 한 번 아버지로부터, 집안일로부터 벗어날 수 있는 해방의 날이었고 수인은 통행권으로 쓰이긴 했지만 수혜자였다.

　수인에게 처음 책 냄새는 바나나우유였다. 바나나우유의 달콤하면서도 향긋한 냄새는 곧 책 냄새로 이어졌다. 수인에게 책은 질리지 않는 바나나우유였으며 특별한 날, 특별한 선택을 받은 특별한 선물 같은 것이었다. 지금도 책을 잡으면 어렸을 적 복지관에 딸린 작은 도서관 한 귀퉁이에 자리 잡은 것처럼 아늑하고 편안했으며 바나나우유 냄새가 은은히 풍겼다.

　엄마는 언제나 날아갈 듯한 옷을 입고 노래교실로, 요리교실로, 에어로빅교실에서 하루를 보냈다. 엄마가 버티는 일주일의 힘은 복지관의 주부교실에서 나오는 것 같았다. 엄마는 복지관을 다녀오면 다시 힘을 내어 일주일을 살았다. 아버지가 병석에 앓아누우면서 엄마의 복지관 출입은 끝을 내야 했다. 가세도 점점 기울었고 아버지가 하던 가게 일을 엄마가 도맡아야 했다. 엄마의 삶은 즐거움을 뺀 무게만 남은 것 같았다. 어머니는 그렇게 당신의 화려한 나비의 날개를 아버지의 병과 죽음 앞에 묻어야 했다. 은강리 가수로, 요리사로, 뜨개질 박사로 불려 다니던 어머니 재주와 솜씨는 은강리를 벗어나면서 빛을 내지 못했고 도심 변두리의 그 악스러운 가난한 과부로 살아야 했다. 어머니가 다시 시골로 들어가게 된 건 몇 년 전, 큰오빠가 그곳에 집을 지어드렸기 때문이다.

그곳으로 다시 들어가던 날, 오빠도 그랬다. 어머니는, 은강리에서 살 때 가장 빛나 보였다고.

수인은 은강역 가판대에서 머리핀을 샀다. 유난히 화사한 것을 좋아했던 엄마에게 줄 선물이었다. 색색의 큐빅이 붙은 나비 모양의 핀이었다. 머리핀이 움직일 때마다 색색으로 아롱졌다.

수인이 결혼하려고 마음먹었을 때 비로소 어머니가 한 여인으로 보였다. 엄마는 어머니이기 이전에 한 여자이며 한 사람이라는 생각이 그제야 들었다. 미안했다. 엄마가 떠날까 봐 불안했던 어린 시절, 어머니가 한 사람이 아니라, 한 여인이 아니라 다섯 아이의 엄마로 남기를 바랐던 것은 엄청난 이기심의 발로였던 것이다. 어떤 한 사람의 희생을 강요한 이기심. 그건 폭력이었다.

이제 어머니는 현실과 꿈속을 구분하지 않는 나이가 되었고 시간과 계절의 분절을 정확히 하지 않는 시기에 당도해 있었다. 복지관을 찾아 주부교실을 기웃거릴 다리의 힘도 남아 있지 않았으며 몸을 꼿꼿이 세울 허리의 근육도 힘을 잃어가고 있었다. 어머니 몸은 점점 땅에 가까워지도록 고부라들었다. 그런 어머니의 모습은 근근이 햇볕 속에 졸고 있는 촌로로 어떤 큰 경계를 기다리고 있는 것 같았다.

엄마는 수인을 보자 얼굴부터 쓰다듬었다.

"워째, 이렇게 꼴이 상했어. 눈이 십 리는 들어갔네. 밥도 지대로 안 챙겨 먹은겨?"

수인을 맞으며 엄마는 자꾸만 수인의 뒤를 보았다.

"혼자 온겨? 율은?"

"요즘 바빠요. 같이 올 줄 알았어요?"

"그럼, 그전엔 끔딱지처럼 니 뒤에 만날 붙어 오더니만, 어쩐 일이여? 뭔 일 있는 거 아녀?"

엄마의 촉은 알아주어야 한다. 귀신은 속여도 나는 못 속인다고 하던 엄마의 호언장담이 귓전을 때렸다. 벌써 이상한 낌새를 읽어버린 건 아닌가 하는 조바심이 일었다. 요즘 어머니는 모든 것에 앞서 상대의 감정을 읽는 데는 촉이 맑다 못해 무척 예민해져 있는 듯했다.

창호문으로 저녁 해가 노랗게 비쳐들었다. 황토방으로 지은 방은 따뜻했다. 가을비로 선듯해진 기운이 뽀송하게 마르는 듯했다.

이른 저녁을 먹고 수인은 햇살이 든 문살을 바라보고 있었다.

"뭔 일 있는 거지? 꿈자리도 안 좋고. 율이가 안 온 거만 봐도 알조지 뭐."

엄마는 워낙 속내를 비치지 않는 자식들의 마음을 그런 식으로 후빈 다음 자백을 받아내었다. 그것이 어머니 고도의 전술이었다. 자식들은 늘 어머니의 전술에 말려들어 하나둘 속엣 것을 꺼내놓았다.

"너무 참고 살진 말어라."

어머니는 문지방을 넘다 말고 뒤돌아보며 대청으로 나섰다. 툭, 눈물이 터졌다. 나, 힘들어요, 엄마. 모든 게 엉망이 된 것 같아요. 수인은 속으로 그렇게 외쳤다.

엄마는 마른걸레를 들고 방으로 들어서며 혼잣말처럼 말했다.

"왜 우리 자석들은 지 에미한테 속 얘기를 안 하나 몰러."

"엄마, 힘들까 봐 그렇지. 엄만 평생 충분히 힘들었잖아, 우리들 땜에."

수인은 이불 위의 보풀을 떼어내며 말했다.

"자식들 속상한 맘 모르는 게 에미는 더 속상햐. 호랭이가 토끼 생각하는 거처럼 굴지 말고 어여 얘기해봐."

어머니는 바지의 탑새기를 탁탁 털며 말했다.

"학교 그만둘까 봐."

엄마는 움직이던 손길을 딱 멈추었다. 그러고는 천장을 바라보며 크게 숨을 뱉었다. 참는 거라면 곰도 못 버티고 도망갈 것 같은 인사가 그만둔다는 말이 나올 때는 어떤 심사인지 알 것도 같지만은 그게 보통으로 따낸 자리는 아니지 싶었다.

"니가 어떻게 한 공부여? 그리고 학교로 정식 발령 받아서 얼마나 좋아라 했어. 애들 만나는 것도 그렇게 좋아라 하더니. 세상에 쉬운 게 워딨어? 어려운 만큼 보람도 큰 법이여. 뭐 땜에 그랴? 애들이 말을 안 들어?"

"하하하, 엄마 돗자리 깔아야 되겠어요. 애들이 말을 안 들어도 너~무 안 들어요. 그래서 회의가 들어요. 이 길이 내 길이 맞는 가? 애들하고 신경전 벌일 때나 지나치게 버릇없이 구는 애들 보면 무섭기도 하고 맘도 상하고 그래요."

수인은 엎어진 김에 엄살이라도 실컷 부리자고 생각했다.

어머니는 방 닦던 걸레를 한 옆으로 밀쳐놓으며 수인의 얼굴을 가만히 들여다보았다. 어머니께 힘들다고 투정부린 게 얼마 만인지 모르겠다. 아주 어렸을 때도 없었던 일이었다.

"그래서 꼴이 이렇게 틀어졌구먼."

"엄마, 하나 궁금한 게 있어요. 우리 키울 때 왜 그렇게 칭찬을 안 하셨어요? 우리들이 상을 타다 줘도 엄마는 좋은 내색을 안 하셨잖아요. 대신 잘못한 일이 있으면 온 동네가 다 알 정도로 요란스럽게 혼을 냈잖아요."

어머니는 창호문을 무연히 바라보며 말했다.

"야가 왜 또 옛날 얘기는 하고 그랴. 그때는 다들 그렇게 키웠어. 요즘처럼 오냐오냐하며 안 키웠어. 더군다나 너희들은……, 애비 없이 자란 놈이란 소리는 안 듣게 하고 싶었다. 그래서 더 모질게 했을 거여, 어린것들한테."

공연히 여쭤봤다는 생각이 들었다. 어머니의 아픈 마음을 후비고 있다는 생각이 들 때는 이미 늦었다. 수인은 고개를 수그리고 이불 위의 보풀을 더 세게 뜯었다.

"나는 그렇게 생각했다. 내가 엄마로 할 수 있는 말과 아버지로

할 수 있는 말, 둘 다 해야겠다고."

아버지의 말, 가슴이 먹먹했다. 그래서 결 부드러운 속말은 감출 수밖에 없었다는 얘기인가. 수인이 아이들을 대할 때 수없이 갈등하는 것과 같은 것인가? 화를 내야 하나, 구슬려야 하나, 크게 혼을 내야 하나, 그냥 넘어가야 하는 것인가. 못 본 척해야 하나, 지나치게 감정적인가 그렇지 않은가, 아이들에게 너무 물렁하게 보여 우스운 선생이 되는 건 아닌가 등등. 어머니도 칭찬과 꾸중, 그리고 어머니와 아버지의 언어 사이에서 얼마나 많은 혼란과 갈등을 겪었을까.

수인은 느긋이 어머니를 바라보며 손을 잡았다. 어머니는 잡은 손을 매몰차게 뿌리쳤다. 수인이 놀랄 틈도 없이 비척비척 무릎걸음을 하더니 장지문을 벌컥 밀었다. 식은 석양빛이 금실처럼 마당에 부려져 있었다.

여러 마리의 닭이 모이를 쪼고 있었다. 수탉 두어 마리와 암탉 여러 마리, 그리고 중닭 세 마리는 어디에도 끼지 못한 채 되똥거리는 걸음걸이로 땅을 후비고 있었다. 병아리 다섯 마리는 어미닭을 따라 연신 종종걸음을 쳤다. 병아리는 어미 닭의 발치에서 조금이라도 벗어나면 어떻게 될 것처럼 있는 힘을 다해 따라붙었다.

수탉은 시원하게 내뻗은 꽁지깃과 선홍색 벼슬을 찰랑이며 성큼성큼 여유 있는 걸음새로 마당을 거닐었다. 무리 중 가장 화려한 옷을 입었기 때문에 어디에 있든 위세가 당당했다. 암탉은 둥지와 마당을 오가며 쉴 새 없이 꼬꼬댁거렸다. 고개를 여기저기 돌리며 걷는 폼이 제법 연륜이 느껴졌다. 느긋함이 날개 깃털의 빛깔 속에도 녹아나는 듯하였다. 화려하지도 그렇다고 윤기가 없는 것도 아니면서 수수하면서도 풍성한 깃털을 하고 있었다. 병아리는 또 어떤가, 연노란 솜털이 바람이 불 때마다 까부라지는 것이 부드러운 융단 뭉치가 굴러다니는 것 같았다. 그 울음소리는 또 얼마나 앙증맞고 맑으며 생동감으로 넘쳐나는가.

제일 밉상 맞고 볼품없는 것은 중닭이었다. 병아리도 아니고 장닭도 아닌 어중간한 크기에 깃털도 제대로 나지 않았으며 털갈이 때문인지 영 볼품이 없었다. 덜 자란 날갯죽지는 물고기의 거센 지느러미처럼 삐쳐 나왔는데 그마저도 들쑥날쑥했다. 병아리 때의 보드랍고 고우며 앳된 모습은 온데간데없다. 얻어먹지도 못한 것처럼 꺼칠했다. 듬성듬성한 깃털은 그렇다 치더라도, 하는 짓이 몹시 이상했다. 땅에 대고 날개와 목과 부리를 연신 비비느라 한시도 가만히 있질 않았다.

"어떤 놈이 제일 볼품없냐?"

어머니는 마당을 내려다보며 다짜고짜 물었다. 수인은 어머니의 마음을 읽으려고 얼굴을 살폈지만 도무지 종잡을 수 없었다.

"쟤, 쟤네들 중닭 뒷목이 왜 저래?"

수인이 손가락으로 가리키며 물었다.

"가려우니께 땅에 대고 하도 비벼서 털이 빠져 그랴. 털이 나도 모자랄 판에 빠지니 볼품이 있겠어? 병든 닭처럼 보이지?"

"왜, 저렇게 비벼대?"

중닭 세 마리는 땅굴이라도 팔 기세로 몸을 문질렀다. 목덜미로 문지르다 성에 차지 않으면 날갯죽지로 비비다 두 발로 흙을 퍼낸 뒤 다시 문지르기를 반복했다.

"뼈도 자라고 날개도 자라고 깃털도 자라야 하니께 만날 가려운 겨. 미치도록 가려운 거여. 부리고 날개고 등이고 비빌 곳만 있으면 무조건 비비대고 보잖어."

어머니는 마당의 닭들을 향해 무연히 말하는 것처럼 보였다.

"어디에서 어디로 넘어가는 것이 쉬운 법이 아녀. 다 그만한 대가를 치러야 갈 수 있는 겨. 애들도 똑같어. 제일 볼품없는 중닭이 니가 지금 데리고 있는 애들일 겨. 병아리도 아니니께 봐주지도 않지, 그렇다고 폼 나는 장닭도 아니어서 대접도 못 받을 거고. 뭘 해도 어중간혀. 딱 지금 니가 가르치는 학상들 아니것냐."

"아."

짧은 비명 같은 소리가 저절로 흘러나왔다. 어머니는 수인의 반응 같은 건 신경 쓰지 않았다.

"그애들이 지금 을매나 가렵겠냐. 너한테 투정 부리는 겨, 가렵다고 크느라고 가려워 죽겠다고 투정부리는데 아무도 안 받아주고, 안 알아주고 가려워서 제 몸도 못 가눌 정도로 몸부림치는 놈들한티, 대체 왜 그러냐고 면박이나 주고, 꼼짝없이 가둬놓기만 하는데 어떻게 전딜 수 있었냐."

수인은 침을 꿀꺽 삼켰다. 어머니 말에 어떤 대꾸도 할 수 없었다.

"가려운 곳을 긁어주지는 못해도 네가 어디가 가렵구나, 그래서 가렵구나 알아주기라도 해야 하는 거 아녀? 너라도 알아봐줘야 하는 거 아녀? 말 드세빠지게 안 듣는 놈일수록 가려운 데가 엄청 많은 겨. 말 안 듣는 놈 있으면 아, 저놈이 어디가 몹시 가려워서 저러는 모양인가 부다 하면 못 봐줄 거도 없는 겨."

어머니는 여전히 닭들을 향한 채 말했다. 수인은 어머니의 등 너머로 중닭을 찾았다. 수탉은 가끔 중닭 두 마리를 무섭게 쪼았다. 어미닭은 병아리에게나 신경 썼지, 중닭에게는 눈길도 주지 않았다. 중닭은 수탉을 피해 마당을 가로질러 뛰어가더니 바닥을 신경 질적으로 후볐다. 그러다가 다시 수탉이 다가오면 다른 곳으로 달아나기 바빴다.

가려웠구나, 가려운 거였구나.

수인은 엄마의 등을 껴안았다. 밥 먹었냐고 여러 번 묻던 엄마가 아니었다. 꿈과 현실을 구분 짓지 못하는 엄마가 아니었다.

"엄마, 오래오래 내 곁에 있어줄 거지?"

수인은 깍지 낀 손에 더욱 힘을 주었다.

"난 아직 엄마가 있어야 해요. 애들도 가렵지만 나도 아직 가려운 데가 너무 많아요. 그럴 때마다 엄마가 이렇게 지금처럼 속 시원히 긁어줘야 해요."

수인은 병아리가 어미닭의 깃털 속으로 파고들듯, 엄마 품을 더 세게 안았다.

"야가 숨 막히게 워째 이랴~. 살아 있는 것들은 죄 가려운 법이여. 엄마도 가려워 이것아. 평생 가려워서 긁었더니 이제 딱지도 안 앉고 피나고 진물만 나고 그랴."

수인은 몸을 떼며 정색을 하고 물었다.

"정말이야? 어딘데? 여기?"

수인이 장난처럼 엄마의 가슴을 만지며 물었다.

"아녀? 진짜 가려운 데는 따로 있어. 엄마는 죽어도 못 보는 곳이여. 누가 봐줘야 하는 자리여."

"으잉? 어딘데?"

엄마는 주섬주섬 바지를 내렸다. 어머니는 뒤돌아서 엉치를 보여주었다. 엉덩이 골이 끝나는 지점에 알밤만 한 크기로 굳은살처럼 올라 있는 것이 보였다. 굳은살이 박일 만한 자리가 아니었다. 딱지가 앉지 않아 피가 굳은 채 진물이 흐르고 있었다.

"왜 이래요? 언제부터 그랬어?"

"나도 모르지. 수십 년은 된 거 같아. 가려워서 긁으면 딱지가 떨어지고 그러면 피가 나고 진물이 흐르고 또 딱지가 앉고 가려워서 건드리면 딱지가 떨어지고 또 피가 나고 진물이 나고, 이젠 재생도 안 되는지 딱지도 안 앉어. 그래서 빤스에 피도 묻고 그랴."

평생 어머니가 안고 살아야 했던 가려움, 어머니도 참을 수 없이 가려운 데가 있었다니. 가슴이 먹먹했다.

두런두런 엄마의 목소리를 곁에 두고 잠이 드는가 싶었는데 낯선 소리에 눈을 뜨게 되었다. 가느다란 휘파람 소리가 끊어질 듯 끊어질 듯 이어졌다. 어머니 입에서 나는 소리였다. 어린아이가 투레질하듯 날숨을 쉴 때마다 그 소리가 났다. 우도 바닷가에서 듣던 숨비 소리와 비슷했다. 혼자 몸으로 자식 다섯을 건사해야 했던 어머니에게, 세상은 천 길 물속과 같았을 것이다. 늘 숨 가쁜 나날의 연속이었을 것이다. 한시름 놓으며 그간 참았던 숨을 뱉어내는 것인가. 아니면 어머니는 아직도 숨 가쁜 자맥질을 하고 있는 것인가. 수인은 오랫동안 뒤척였다.

새벽에 들어서야 잠이 들었다. 오랜만에 깊은 잠을 잤다. 따뜻했다. 젊은 아버지의 웃는 얼굴이 보였고 고운 옷을 입고 어디론가 길을 떠나는 어머니의 모습도 보였다. 어머니는 아주 홀가분한 얼굴이었다.

맑게 갠 아침이 창호문에 가득했다. 수인은 연고를 사다 어머니의 엉치에 발라주고 집을 나섰다. 어머니를 꼭 안았다. 언제 맡아도 기분 좋은 엄마 냄새다. 얼굴을 비비고 푸시시한 어머니의 머리칼을 다독여줄 때 어머니가 말했다.

"바람이 강할수록 나무는 뿌리를 더 깊게 내리는 벱이여."

수인은 또 눈물이 터질 것 같아, 얼른 뒤돌아섰다. 작은 숨결이라도 쥐어주고 싶은 어머니의 마음이 사무쳐왔다.

길을 걷다 앞이 막혀 깜깜할 때 엄마한테 넌지시 에둘러 말을 건네면 엄마는 언제나 답을 주었다. 여러 말도 건네지 않았다. 한마디면 끝이었다. 수인은 그 말을 곱씹으며 돌아가 힘을 내어 다시 길을 걸었다. 옛날 어머니가 먹던 영양제 원기소 한 알을 받아먹고 온 기분이었다. 지금도 그랬다. 그것은 어머니가 건넨 아버지의 언어이기도 했던 것이다.

책과 노는 아이

당분간 도서관 출입이 통제되었다. 밧줄로 경계를 단단히 지어 놓았다. 화재로 인해 목제 계단의 이상 여부도 진단해봐야 하고 다른 곳에 별다른 징후는 없는지 파악한 후에나 가능하다고 했다.

수인은 밧줄을 들어 올린 뒤, 목제 계단을 올랐다. 목제 계단의 숨넘어가는 소리는 여전했다. 그 소리는 더 이상 못 버티겠다는 듯 버겁고 거칠었다.

창창울울 목문을 밀 때 서가 사이에서 인기척이 느껴졌다. 희곤이일지도 모른다. 수인은 지난번처럼 당황하지 않기 위해 마음을 다잡았다. 치즈케이크 잘 먹었냐고 부드럽게 말을 건네리라 마음먹었다.

서가 사이에서 놀란 토끼눈으로 고개를 내민 건 이담이었다.

"이담아, 여기 당분간 못 들어오게 되어 있는데? 책 빌리러 왔니?"

이담의 발치에 책들이 널브러져 있다. 학교에 처음 온 날의 광경이 겹쳐왔다. 그날도 이랬다. 이담은 숨죽은 배춧잎처럼 고개를 푹 떨구었다.

수인은 이담에게 다가갔다. 이담의 어깨에 손을 올리자 바들바들 떨고 있는 것이 그대로 느껴졌다. 이담이는 대체 어디가 가려운 것일까?

"지난번에는 아이들이 도서관에 오질 않아서 그런 거예요."

이담이 겁먹은 눈으로 말했다.

"응? 지난번? 지금은 못 오게 해서 그렇지. 당분간 도서관을 이용할 수 없다고 방송했잖아."

"아니요, 그전에도 오지 않았어요. 선생님 오시던 첫날, 그거 제가 그런 거예요. 전 도서관 자원봉사자인데 할 일이 없었어요. 책을 대출해줄 일도 대출했던 책을 정리할 일도 없는 거예요. 그래서요."

"뭐라고? 그럼 책을 정리하기 위해서 일부러 이러는 거라고?"

이담은 말없이 고개를 숙였다. 수인은 가슴속에 따스한 것이 몽글몽글 고이는 것 같았다. 웃음이 났다.

"송이담, 어쩌면 좋니? 너를?"

이담아, 너는 대체 어디가 어떻게 가려운 거니?

"죄송해요."

"아니, 그런 마음 가질 거 없어. 친구들이 많이 와서 책을 봤으면 좋겠다는 이담이의 마음이 충분히 보여서 선생님은 오히려 기뻐. 이담아, 그러면 지난번 청소도 깨끗이 해놓고 책도 치운 게 너였니?"

"네."

"그랬구나."

"한 가지 더 말씀드릴 게 있어요."

이담의 머릿결은 어린아이 것처럼 아주 부드러웠다.

"뭔데?"

"책이 자꾸 말을 해요."

"응?"

수인은 가슴이 철렁했다. 책이 말을 하다니. 그래, 책은 항상 말을 하지. 수인은 늘 책이 말을 걸어왔고 그 말로 인해 힘을 내기도 용기를 내기도 새로운 일을 모색하기도 했다. 갑갑할 때 가장 먼저 달려가 말을 거는 것도 책이었고 거기에 맞게 답을 준 것도 책이었다. 책은 언제나 '내'편이었다. 이담이도 수인이 생각하는 것과 다를 바 없으려니 했다. 그런데 그게 아니었다.

"왜 자기 이야기의 뒤를 이어주지 않느냐고 말하는 책을 봤어요."

오소소 소름이 돋았다. 잠깐이지만 이담의 정신세계가 의심스러웠다. 책을 정리하기 위해 어지럽힌다는 것도 받아들이기 어려운데, 당황스러움의 연속이었다. 무슨 책을 봤다는 말인가? 어떤 책이 다음 이야기를 이어달라고 말을 거는 것일까. 열린 결말을 두고 하는 말인가?

"어떤 책에서 그걸 봤어?"

이담은 대답 대신 서가로 들어갔다. 저 작은 몸속에 어떤 생각들이 차 있는 것일까. 시골서 전학 온 뒤 말 한마디 하지 않던 어린 수인의 뒷모습도 저랬으리라. 콧잔등이 시큰하게 아파왔다. 차가운 바람이 창문으로 넘어왔다. 팔등이 서늘했다.

이담이 들고 온 책은 『동편제 흥보가 창본』이었다. 판소리 창본, 그러니까, 악보이자 가사집이었다. 이런 책이 있었다니. 주석까지 세세하게 달려 있는 창본집이다. 수인은 무엇엔가 홀린 듯 이담에게 재우쳐 물었다.

"어디? 어디 그런 말이 쓰여 있어?"

수인은 이담에게 바투 다가섰다. 이담은 창본집의 마지막 페이지를 폈다. 책의 반이 주석일 정도로 우리말 풀이에 정성을 들였다.

"여기요."

그때여 박놀보는 개과천선을 헌 지후에
흥보 살림 반분하여 형제간에 화목허고
대대로 자식들을 교훈시켜
나라에 충성허고 부모에게 효도허고
형제간에 화목함을 천추만세 전하더라
그 뒤야 뉘가 알리 언재무궁이나 어질더질

이담이가 가리킨 것은 '그 뒤야 뉘가 알리 언재무궁이나 어질더 질'이었다. 수인은 이담을 바라보았다. 이담의 얼굴 속에서 힌트를 얻고 싶었다. 이 몇 마디에서 책의 말을 알아듣다니. 더군다나 한자말투성이에 뜻을 알 수 없는 여음까지.

"언재무궁, 이 말은 그 뒤의 이야기는 누가 알겠느냐, 할 말은 끝이 없는데, 라는 뜻인데요. 전 누가 더 이야기를 붙여달라는 말처럼 들렸어요. 어질더질 어질더질 이렇게요."

수인은 절로 입이 벌어졌다. 말 그대로 누군가 이어줘야 할 이야기를 책이 기다리고 있는 거였다. 판소리는 워낙 부르는 사람에 따라 붙이고 떼는, 움직이는 노래로 알고 있다. 상황에 맞춰 새로운 가사를 덧붙이기도, 현장 분위기에 따라 가사를 바꾸기도 하는 역동적인 노래이다. 그런 특성을 말해주는 것이 맨 마지막 줄에 있었다. 할 말은 끝이 없으니, 그 뒤는 붙이는 사람이 이야기를 만들어 가라는 것이었다. 그야말로 끝없는 이야기를 어질더질 붙여달라는 말처럼 들렸다. 책이 말을 한다, 이담의 말이 맞는 것 같았다.

"송이담, 너 천재 아니니? 어떻게 그렇게 해석할 줄 알았어? 이야기를 이어달라는 말도 되지만 실재로 이것은 창본집이니 누군가 노래로 뒤의 이야기를 이어달라는 뜻이 맞는 것 같은데?"

수인은 이담이를 꼭 안았다. 어찌 사랑하지 않을 수 있으랴.

이담은 도서관 서가 사이로 다시 들어갔다. 이담의 얼굴에는 개선장군 같은 자랑스러움이 묻어났다. 이제껏 책들과 만나면서 당당히 거머쥔 승리의 전리품 같은 책을 두어 권 더 꺼내놓았다. 『수궁가 창본집』과 『적벽가 창본집』이었다. 이담은 빠르게 마지막 장을 편 뒤, 문제의 문장을 짚어주었다. 그곳에도 역시, 그 뒤야 뉘가 알리 언재무궁이나 어질더질로 맺었다.

이담이는 책과 노는 아이였다. 책과 이야기를 하고 책이 하는 소리를 들을 줄 아는 아이.

"어쩌다가 이 책을 보게 되었어?"

이담은 아까보다 좀 더 밝아진 목소리로 말했다.

"국어책에 판소리계 소설 「흥보가」가 나와요. 「흥보가」의 출전은 「연의 박」이라는 거예요. 국어 선생님은 그냥 제목만 외우라고 했는데 정말 「연의 박」이라는 책 속에 「흥보가」가 있는지 찾아보고 싶었어요. 그 책은 찾지 못했고, 『흥보가 창본집』은 찾을 수 있었어요. 또 다른 책이 있을 것 같아 찾아보다 「수궁가」와 「적벽가」도 보게 되었고요. 그러다가 모든 세상의 책들은 누군가 뒤의 이야기를 이어주길 기다리고 있을지도 모른다는 생각이 들었어요."

수인은 이담의 이야기에 푹 빠져들었다. 어떤 추임새도 필요 없었다. 그저 아, 하는 감탄사와 이담의 신명을 즐거이 바라보는 일뿐이었다.

"이담아, 선생님이 무슨 말을 해야 할지 모르겠다. 넌 훌륭해, 이렇게 책과 놀고 있다니. 고맙다."

그리고 선생님이 미안하다……, 수인은 차마 하지 못한 말을 삼켰다.

이담은 쑥스러운 듯 말없이 웃기만 했다.

"언제부터 이렇게 책을 좋아했니?"

"작년 봄에 시골서 이곳으로 전학 왔어요. 입학하고 두어 달 지나서 왔는데 이미 낄 수 없을 정도로 끼리끼리 무리가 되어 있었어요. 저 혼자라도 놀 수 있는 걸 찾기로 했어요. 시골 학교에서는 글을 곧잘 쓴다는 말을 들었는데 도시로 오니 그런 건 아무 소용 없는 거였어요. 시골 출신이라고 은근히 무시하는 것 같기도 했어요. 선생님들도 대놓고 그랬으니까요. 시골에서 네 실력은 아무것도 아니라고 했어요. 시 쓰기 시간에 영혼이라는 말을 썼다가 선생님께 호되게 혼났어요. 네가 뭘 안다고 영혼 같은 단어를 쓰냐고 해서 글 같은 건 다시 쓰고 싶지 않았어요. 그래서 읽기만 하기로 했어요. 그러다 보니 자연스럽게 도서관에 오게 되었어요."

아침 자습 끝 종이 울렸다. 수인과 이담은 화들짝 놀랐다. 그 둘은 서로 눈을 마주 보고 웃었다.

"이담아, 수업시간 늦겠다. 얼른 가. 이따 점심시간에 와, 넌 도서관 자원봉사자잖아. 저거 정리해야지."

수인은 웃으며 이담이 부려놓은 책을 가리켰다.

이담은 고개를 숙여 인사한 뒤 계단을 미끄러지듯 내려갔다. 이담이 도서관 숲을 빠져나가는 것을 이층 창문에서 바라보았다. 이 도서관 숲 속에서 나무만 자란 게 아니었다. 이담이 같은 아이가 쑥쑥 자라는 모습이 보였다. 서랍 속의 사표가 부끄러웠다. 이담이를 보며 사십여 년 전 이곳에서 책을 읽던 까까머리 중학생이 떠올랐다. 흑백사진 속 까만 콩자반 같던 아이.

수인은 교장실 문 앞에 섰다. 번번이 교장과 독대하며 무슨 일을 벌이느냐고 수군대는 선생들도 많았다.

"안 들어가고 뭐하세요? 김 선생, 요즘 독서회 아이들 때문에 골치 꽤나 아플 겁니다. 어떻게 좀 구제해드릴까요?"

수인은 흠칫 놀라 뒤돌아보았다. 교무부장이었다. 구제라니? 누가 누굴 구제해주겠다는 것인가? 교감과 교무부장은 알 수 없는 웃음을 흘리며 앞서 걸었다.

세 사람이 자리에 앉기도 전에 교장의 목소리가 흘러나왔다.

"반대하는 의견이 더 많네요. 내년도 예산 요청이 어떻게 될지도 모르고요. 아마 김 선생님 설득이 부족했던가 봅니다. 리모델링은 가능할 것 같기도 한데……."

교장은 말꼬리를 흐렸다. 교장은 여전히 핑계를 대며 몸을 숨겼다. 모든 결정 권한이 교장에게 있다는 것을 유치원생도 아는데. 계속 어떻게 되나 두고 보겠다는 얘기였다. 그러니까 도서관이 한 사람의 운명을 바꿀 수 있다고 하는 말에 혹하고 넘어갈 일이 아니었다. 리모델링 정도로 타협을 봐라, 턱도 없는 얘기였다. 여기서 주춤거리면 안 된다고 이담이가 등을 떠미는 것 같았다.

"저……."

"예, 교장 선생님, 잘 알겠습니다."

교감은 수인의 말허리를 자르며 넙죽 답했다. 교감과 교무부장은 좌불안석에 헛기침을 하며 수인을 살폈다.

"그나저나 거 불낸 아이는 잡아냈어요?"

교장이 어정쩡한 분위기를 환기시키듯 교감을 바라보며 물었다.

"네, 교장 선생님, 아직 조사 중에 있습니다. 근데 그 강도범이라는 아이가 폭행을 당해 지금 병원에 있습니다."

수인은 흠칫 놀랐다.

"폭행자가 누굽니까?"

교장은 인상을 쓰며 물었다.

"2학년 양대홉니다."

교감은 죄인처럼 점점 기어들어가는 소리로 답했다.

"패싸움입니까?"

"아닙니다. 강도범하고 같은 반 아이 두 명이 일방적으로 양대호 패거리한테 당한 모양입니다."

"이유가 있을 거 아닙니까?"

"그게……, 아직 파악 중입니다."

"둘 다 독서회 아이들입니다. 김 선생님."

교무부장이 교감의 말끝에 잽싸게 덧붙였다.

"네, 맞습니다."

교감과 교무부장이 짠 것처럼 주거니 받거니 했다.

"거, 이래가지고 독서회가 제대로 돌아가겠습니까? 김 선생님, 방법 좀 찾아보세요. 저 물불 안 가리고 날뛰는 놈들, 선생님이 좀 잡아보세요. 책이 됐든, 외부 강사를 부르든 내 무조건 지원할 테니. 김 선생 실력 있잖아요. 거 도서관 건물이 어떻고 시설이 어떻고를 떠나 내용이 중요한 거 아닙니까?"

교장은 도서관을 옮길 수 없다고 오금을 박는 것 같았다. 내용이 중요하다는 말이 가시처럼 목에 걸렸다. 어쩌면 수인이 내용을 채울 수 없을 것 같은 불안에 형식만을 주장한 것은 아닌가, 라는 물음이 칼날처럼 들어왔다.

"나가보세요들!"

교장은 꼴도 보기 싫다는 듯 손사래 치며 내쳤다.

"저, 교장 선생님, 그래서 말인데요. 독서회 아이들을 특별반으로 뽑아 지도하는 게 어떨까 싶습니다. 논술도 대비해줄 겸 성적이 좀 되는 아이들로 새로 꾸리면 어떨까 싶습니다."

교무부장의 얼굴에는 족제비가 닭 챙겨주는 듯한 기색이 역력했다. 수인을 바라보는 교무부장과 교감은 득의만면이었다. 그동안 껄끄러웠던 것을 무마시켜보려는 또는 앞으로 일어날 일을 방지하고자 하는 얍삽함일 것이다.

수인은 웃음이 났다. 기껏 한다는 소리가, 것도 선심 써준다는 표정으로. 코미디가 따로 없었다. 교장의 반응이 궁금했다. 어쩌면 교장의 마음을 읽을 수 있는 기회일지도 모르겠다.

"무슨 말씀이세요? 지금 그 말씀은 결국 독서도 입시나 성적을 위한 도구로 쓰자는 얘기 아닙니까. 어째서 제 말을 그렇게 못 알아들으십니까? 지난번에 두 분 모셔놓고 그렇게 얘기했는데 도로 제자리입니까?"

교장은 탁자를 치며 소리쳤다.

"아, 나가라고요?"

교장은 내떨듯 다시 손사래를 쳤다. 이만하면 교장을 믿어도 되지 않을까?

꽁지 빠진 수탉 같은 걸음걸이로 교장실을 빠져나가는 교감을 향해 수인이 말했다.

"이제 두 분이 하실 일은 명확해졌네요. 독서회 아이들 물갈이는 교장 선생님 뜻이 아닌 건 확실해졌고요, 도서관 이전을 설득하시는 게 점수를 따는 방법일 것 같은데요."

수인의 말을 듣느라 엉거주춤 서 있는 그들 곁을 수인이 바람처럼 빠져나갔다.

수인은 점심시간에 새와 해머를 불렀다. 새와 해머의 얼굴도 난장판이었다.

"무슨 일이니? 너희들도 싸웠니? 도범이 어쩌다 저렇게 된 건지 아니?"

새는 연신 날아갈 듯한 제스처로 손발을 바쁘게 움직이며 말했다.

"대호 애들이랑요, 대호가 처음부터 도범이에게 계속 시비를 걸었어요. 완전 일방적으로 맞았어요. 저하고 해머도요."

"왜? 대호 애들이 너희들에게?"

"도범이가 센 척해서 그럴 거예요. 그런 애들은 센 척하는 애들 그냥 안 두거든요. 도범이는 센 척이 아니라 정말로 세거든요. 양 대호 애들한테 그렇게 맞을 애가 아니라고 다들 그러든데. 이상하대요."

"병원엔 갔다 왔니?"

"네. 어제 해머랑 갔다 왔어요."

새가 해머를 슬쩍 올려다보며 말했다.

"그리고 도범이 다른 날은 몰라도 그날은 거기서 담배 안 피웠어요."

새가 쭈뼛거리며 주춤대다가 말했다.

"너희들이 어떻게 알아? 근데 왜 얘기 안 했어."

"몰랐어요. 우린 담배 피운 아이들 조사하는 줄 알았죠. 도범이가 거기서 담배 피운 적은 있지만 그날은 안 피웠어요."

"너희들이 그걸 어떻게 아냐고?"

"해머와 둘이서 도범이 나올 때까지 기다리고 있었거든요. 선생님하고 얘기하느라 좀 늦게 나왔잖아요. 그날 분명히 셋이서 가방 들고 교문을 나갔거든요."

도범이 그날 담배를 피우지 않았다는 말에 수인은 마음이 놓였다. 도범은 약속을 지켰다. 자신과의 약속을 지켜냈다. 그러기 위해 고스란히 대호의 주먹을 감수했을 것이다.

수인은 서점에 들러『니코마코스 윤리학』청소년용을 샀다. 도범이 이 책 속에서 무엇을 건져낼지는 모르겠다. 골치 아프다며 단 한 줄도 읽지 않을지도 모른다.

수인은 간지에 연필로 썼다. 헌파남의 방법을 커닝했다.

함께 사는 삶을 완성하는 즐거움은
다른 사람을 사랑해야 얻을 수 있다.
다른 사람의 행복이 자기 행복의 '조건'이 되는 것이다.

사각사각 연필과 종이의 마찰음이 듣기 좋았다.

도범이 낯선 학교에서 어울릴 아이들을 얻기 위해 다른 아이들에게 고통을 주는 것이 자신의 행복에도 결코 도움이 되지 않았다는 것을 알아채길 바랐다. 도범이 그것을 알아가는 과정에 있다면 좋겠다는 생각이 들었다.

병실에 들어서는 수인을 보자, 도범이 인상을 찌푸리며 앉았다. 그런 뒤 눈길을 돌렸다. 눈두덩에 멍이 시퍼렇다. 갈비 두 대가 나가고 여기저기 타박상이 심했다.

"혼자 있니?"

"엄마가 계시다가 너무 힘들어 하셔서 들어가시라고 했어요. 아빠가 곧 올 거예요."

"좀 어때? 손가락 다 낫기도 전에 또 이게 뭐냐?"

"……."

수인은 흘러내린 이불을 정리해주며 무심히 말했다.

"네가 담배 피우지 않은 거 알아."

도범은 수인의 눈길을 피해 벽 쪽으로 고개를 돌렸다. 공연히 눈물이 났다. 수인 앞에서는 마음이 약해지는 자신을 보며 그 사실에 더욱 소스라치곤 한다.

"잘 될 거야. 걱정하지 말고 얼른 나아라."

"……."

"자, 이거 무슨 책인지는 아니?"

도범은 손등으로 눈을 누르며 물었다.

"그거잖아요, 찾은 거예요?"

"아니, 이거 다 보고, 반납해. 이번에도 반납 안 하면 알지?"

"네."

하필, 이렇게 재미없는 책을.

도범이 머리맡에 던져놓은 책을 집어 들고 수인이 써놓은 글을 본 건 수인이 가고 한참 뒤였다. 다른 사람의 행복이 자기 행복의 조건이라니. 가당치도 않은 말이었다. 내 행복과 다른 사람의 행복은 별개라고 생각했다. 이제껏 도범은 다른 사람을 고통스럽게 해야 자신이 행복할 수 있다고 생각했다. 그런데 그것이 아주 기분 좋거나 아주 행복한 것은 아니었다.

병원에 있는 동안, 그간 도범에게 당한 아이들 심정이 어떤 건지 되짚어졌다. 죄 없이 당하는 것이 어떤 것인지 조금은 알 것 같았다. 그간 왜 마음이 편치만은 않았는지, 왜 전염병 환자 취급을 받았는지 이 말이 증명해주는 것 같았다. 다른 사람이 행복해야 나도 행복할 수 있다니, 거꾸로 다른 사람을 불행하게 만들면 나도 행복할 수 없다는 얘기였다.

수인은 도범을 보자 어머니 집에서 보았던 중닭이 떠올랐다. 털도 듬성듬성하고 이리저리 부대껴 꺼칠했던 무엇보다 스스로 가려워 땅을 파며 수시로 부리를 부비고, 날개를 비비고, 목덜미를 부비던 중닭이 떠올랐다. 여기저기 멍들고 거즈를 붙인 모습이 갈 데 없는 중닭이었다.

to be continued

수인이 학생주임과 마주했을 때 그의 책상 위에는 도서관 인장이 찍힌 책이 놓여 있었다. 수인이 집어 들자 학생주임이 말했다.

"양대호 사물함에서 나온 겁니다. 그 아이가 대출한 거 아니죠?"

"네, 도범이가 대출한 거예요. 이걸 어떻게……."

"강도범이 담배 피웠다고 말한 녀석이 양대호예요. 이상하잖아요. 그렇게 말한 녀석이 그 녀석을 폭행하고. 그림이 뻔하잖아요."

학생주임은 지난번 수인의 말에 자신 있게 말장난 하냐고 면박을 주던 것과는 태도가 달랐지만, 사과 한마디 없이 말을 이었다.

"불이 난 그 시간대에 강도범이랑 같이 있었다는 아이들이 찾아왔어요. 양대호한테 찍힐까 봐 그동안 말을 못했다는 거예요."

"대호는 왜 그랬대요?"

"허 참, 친구 먹고 싶어서 그랬다는데요? 그러니깐 어떻게 친구를 맺어야 하는지도 잘 모르는 녀석들이에요. 주먹부터 쓰고 시비 붙는 게 친구 트는 거라고 생각하는 거 같아요."

말을 이으며 학생주임은 크게 숨을 뱉었다.

"아무래도 대호는 어려울 것 같아요. 오늘 파출소에서 연락이 왔어요. 오토바이 도난사건의 용의자라네요. 도난 장면이 CCTV에 다 찍힌 모양이에요. 수소문해서 연락하느라 늦었다고 하는데. 소년원으로 넘어가지 않으려면 청소년 선도 위원회로 넘어가야 하는데 그러려면 보호자가 같이 동행하여 교육을 받아야 하거든요. 근데 부모들이 연락이 안 돼요. 둘 다 집 나간 지 꽤 됐다네요. 애가 집을 지키고 있고 부모는 집을 나가고. 참 내."

학생주임은 주머니에 손을 넣으며 황급히 담뱃갑을 꺼냈다.

"수업 끝나는 대로 가보려고요. 사정은 해봐야죠."

담뱃갑을 구겨 든 채 망연히 창밖을 바라보는 학생주임을 따라 수인도 운동장을 내다보았다. 돌멩이 하나가 날아 들어와 아프게 박히는 느낌이 들었다.

수인은 깜빡이는 커서를 뚫어져라 바라보았다. 헌파남이 보내온 메시지를 자판 위에 두들겼다.

무엇이 불안을 넘어서게 할 수 있을까.

to be continued

여기서 더 좋아지길 바라는 것은 욕심일지도 모른다. 더 나빠지지만 않아도……. 어떻게 해야 순해질 수 있을까?

수인은 다시 자판을 두들겼다.

〈좌충우돌 프로젝트〉

— 5분 동안 침묵하며 도서관 숲 어슬렁거리기

— 작가와의 만남: 이야기를 통한 철학하기

— 집어 들고 읽어라*: 나로부터의 혁명

— 무엇이 되기보다 어떤 사람이 될지를 꿈꾸자

— 생활 속의 철학: 생각하기 나름 증명해보기

아이들에게 이 프로젝트가 먹힐지 의문이다. 그래도 해보는 거다. 가능성이 1퍼센트밖에 없다고 하더라도 덤벼보는 거다.

주체할 수 없는 흥이 자신을 여기까지 데려왔다는 것을 안다. 그 흥이 사라지기 전에 그 자리를 메울 또 다른 흥을 좇아 여기까지 왔다. 그 흥 때문에 자신의 발등을 깰 때도 많았다. 고만한 용기와 고만한 소심함, 고만한 머뭇거림, 고만한 두려움과 고만한 후회로 밤잠을 설치며 잠을 이루지 못한 다음 날, 뒷걸음질 치며 도망가려 하거나 포기하려 한 날이 수도 없었다. 그러면서도 갔다. 늘 불

---

* 사사키 와타루의 『잘라라 기도하는 그 손을』 중에서.

안했고 그 불안은 그보다 더 큰 불안이 잠재우거나 잊게 만들었으며 겪은 불안만큼 용기도 가질 수 있었다. 겉보기엔 강단 있어 보였지만 스스로는 얼마나 지질한지 모른다. 그러다가도 별거 있어? 그렇게 가는 거지. 폼이 중요한 것이 아니다, 한 발짝 내딛는 것이 중요한 것이다, 라고 수없이 되뇌었던 날들. 매 순간 용기가 필요했고 매 순간 격려가 필요했다.

교장의 말처럼 먼저 내용으로 보여주고 형식을 요구해도 될 일이다. 지치면 지는 거다.

프로젝트를 공지하자, 아이들은 처음 해보는 일이라며 귀찮은 듯한 표정 속에 약간의 기대감도 갖는 것 같았다. 우선 매 모임마다 오 분씩 침묵하며 홀로 도서관 숲 거닐기를 하였다. 도서관 숲에 압사당할 것 같다고 두려움에 떨기보다 직접 그 속에 들어가보는 것도 괜찮겠다는 생각이 들었다. 두려움을 어떻게 대하는지가 중요하다고 했다. 그래서 수인은 그 두려움과 정면으로 맞서기로 했다. 곁에는 아이들이 있다. 숲에 들자, 이제껏 밖에서 바라본 거부감과는 달랐다. 편안했다. 그곳에서 도서관을 봤을 때 도서관을 삼켜버릴 것 같지도 사람을 녹여버릴 것 같지도 않았다. 그냥 자연스러운 어우러짐이 그곳에 있었다.

처음에 아이들은 뭐하는 거냐며 귀찮다고 짜증을 냈다. 말을 하지 않는 오 분이 이렇게 기냐며 지루해하기도 했다. 스마트폰 없이, 옆 사람과도 떠들지 않으며 오로지 자신의 눈에 보이는 대상

to be continued 239

과 만나길 바라는 마음으로 시작된 일이었다.

마음이 좀처럼 잡히지 않고 힘들 때 수인은 혼자 산책을 하곤 했다. 은강리에서 산으로 들로 뛰어다니며 놀던 정서가 있기에 힘들 때 찾는 곳도 산과 들이었다. 산길을 걷노라면 햇빛을 받은 노란 감국이 이렇게 말을 건넸다. 잘 왔어, 그동안 힘들었구나. 잘했어, 괜찮아. 그만하면 됐어, 잘하고 있어. 감국이 눈물 나게 고마웠다. 다시 힘을 내 산길을 내려온 날이 많았다. 수인이 아이들에게 줄 수 있는 것은 혼자만의 고요와 자연과 친구를 맺어주는 일이었다.

생각보다 아이들은 빠르게 반응했다. 난생처음 겪어보는 숲 속의 고요와 그 속에서 만나게 된 대상들을 무척 새롭게 여겼다. 어슬렁거리기가 끝나면 아이들은 침묵을 깨고 숲에서 느끼거나 본 것을 얘기했다.

"나무 둥치가 어떤 나무는 차가웠고 어떤 나무는 푹신했어요. 나무 등걸에 등을 대면 더 잘 느껴졌어요. 신기해요."

"나무의 종류가 이렇게 많은 줄 처음 알았어요. 나무껍질도 이파리 모양도 다 달랐어요."

"숲에 들어가면 더 추워요. 서늘하다고 해야 하나요?"

"한자리에 어떻게 저러고 서 있어요? 갑갑하게? 잘 때도 서서 잘 거 아니에요? 난 절대로 나무로 태어나지 않을 거예요."

"나무껍질에는 거미도 살고 도롱이벌레도 살고 있어요."

처음엔 나가는 것을 귀찮아했지만, 아이들은 점점 숲에 나가는

것을 좋아했다. 할 일이 많아 오늘 어슬렁거리기는 생략한다고 하
자, 다들 안 된다고 책상을 치며 난리를 피웠다. 모르는 새에 숲 속
이 주는 재미에 빠져들었다. 아이들은 평생 위로를 줄 수 있는 친
구 하나를 이제 소개받은 것뿐이다.

출발이 나쁘지 않았다. 수인은 조금 힘이 났다. 다른 프로젝트도
조금씩 시도해도 좋을 것 같았다. 잘 먹힐지 여전히 불안하지만.

한 날은 양희순이 그림 한 점을 들고 도서관으로 찾아왔다. 그림
속에는 도서관 숲이 있고 그곳에 아이들이 있었다. 아이들은 하얀
무명수건으로 눈을 가린 채 양손을 뻗어 더듬더듬 나무를 어루만
지고, 친구를 만지고 바위를 만졌다. 숲은 아주 부드러운 파스텔
톤의 기운을 뿜어내며 아이들을 포근히 감싸 안았다. 숲은 아이들
에게 친절했으며 아이들은 그 속에서 실을 내어 고치를 트는 것처
럼 아주 편안해 보였다.

수인이 양희순을 바라보았다. 그녀를 처음 보았을 때의 적대감
같은 건 찾아볼 수 없다. 미술실에서 창밖을 내려다보다 꽂힌 풍
경이라고 했다.

수인이 웃으며 양희순에게 말했다.

"가려운 거래요."

수인이 그림 속 아이들을 향해 말했다.

"네? 뭐라고 하셨어요?"

"엄마가 그러셨어요. 이 아이들은 지금 미치도록 가려운 때라고

요. 그래서 그렇게 시끄러운 거라네요."

희순에게 어머니가 말한 암탉과 중닭에 대한 얘기를 해주었다. 그러자 희순은 몹시 흥이 난 눈빛으로 그림을 다시 설명했다.

"그러니까 어미닭 한 마리가 꺼칠한 중닭 여러 마리를 거느리고 함께 더듬거리는 풍경이었네요. 어쩐지 예사롭지 않았어요, 분위기가요."

수인에게 잔 다르크 같은 면은 진작 보았지만 이번엔 볼품없는 중닭을 끌어안는 암탉의 여유와 부드러움이 보였다고 덧붙였다.

희순이 두 눈을 반짝이며 말했다.

"자기 어머니, 되게 멋있다."

"우리 엄마도 가렵대요. 가려움은 죽을 때까지 누구나 있는 거래요."

"가렵다……, 어머니 정말 멋지다."

양희순은 멋진 사람을 보면 남녀노소 불문, 한 번에 훅 간다고 말했다.

"전 그런 분들이 좋아요. 한마디 던져도 통찰력 있는 말을 하는 분들 말이에요. 마치 일상어처럼 툭, 뱉고는 내가 언제 그랬냐는 듯이 무심히 하던 거 하시는 분들 있잖아요. 도는 그런 분들한테 있다고 봐요. 이번에 제가 하는 작업, 모델로 쓰고 싶은데요?"

"모델로요?"

"힘든 것을 넘어 어떤 한 세계를 보신 분들을 모델로 삼아 이번

작품에 담고 싶어요. 어머니가 말한 가려움이 확 땡기는데요? 어머니 저 좀 보여주세요."

"아이, 도, 뭐 그런 거하고는 먼 분이에요. 저한테는 세상에서 누구보다 훌륭한 분이지만 양 선생님이 보시면 그냥 시골 노인네로 보일 거예요."

"됐고요, 그건 제가 알아서 판단할 일입니다. 어머니 보여주세요."

낮도깨비 같은 양희순의 엉뚱함은 여전했다. 당장 어머니를 내놓으라는 듯이 졸라댔다.

그렇게 해서 양희순과 은강리를 가게 되었다. 양희순은 어머니의 엉치 얘기를 듣자 어머니 옷 한 벌을 구해달라고 했다. 그 옷으로 어머니의 가려운 부분을 풀어주고 싶다고 했다. 양희순은 마치 뭔가를 알고 있는 듯 어머니의 가렵다는 말에 꽂혀 무척이나 들떠 있었다.

차 안에서 수인은 어머니에게 전화를 했다. 엄마가 입던 옷 한 벌 줄 수 있냐고 하자, 어머니는 네가 달라고 하면 가장 아끼는 옷을 줄 수 있다고 했다. 그 말을 전하자 양희순은 엄마 멋지다, 는 말을 콧소리로 연발했다.

벼를 베어낸 논과 초록이 사위어가는 산을 바라보며 양희순은 그들은 비로소 휴식에 들어갔다고 말했다. 상실이 아니라 휴식이라고. 수인은 창밖의 먼 풍경을 바라보는 희순의 눈가를 통해 다른 풍경을 만나는 것 같았다. 상실이 아니라 휴식이라니. 죽음과 이별도 상실이 아니라 휴식에 든 것이라고 생각하니 푸근해지는

to be continued   243

것 같았다.

수인은 양희순과 자매처럼 웃으며 은강리 앞마당으로 들어섰다. 은강 앞의 소나무 숲은 여전히 푸르렀다. 동네 어귀 둥구나무만이 지난번과 다르게 해쓱했다. 마당 넓은 집을 가리키며 수인이 걸음을 재촉했다.

대문 앞에 다다르자 오색으로 휘황찬란한 빛 덩어리가 뜨락 앞에 어룽거렸다. 수인은 양희순을 잡으며 그 자리에 멈췄다. 서쪽으로 기우는 해를 받은 그 반짝임은 주체가 움직일 때마다 쉴 새 없이 찰랑거렸다. 힘을 뺀 오후 해는 산등성이 위에 걸려 있는데 햇빛은 산등성이를 내려와 은강물을 건너 엄마 집 마당으로 내달리더니 어느 한 지점에서 오색으로 부서지는 것이었다. 현란한 하나의 빛 덩어리였다. 수인은 눈을 의심하며 뒤태를 살폈다. 엄마다. 엄마는 검은 벨벳 천 위에 스팽글이 빼곡한 재킷을 입었다. 발등까지 늘어진 화려한 꽃무늬 치마에도 물고기 비늘 같은 스팽글이 붙어 있었다. 어머니는 등을 보인 채 뜨락 위에 널어놓은 것들을 뒤적이고 있었다. 어머니가 움직일 때마다 새로운 빛깔이 나타나고 또 나타났다. 주체의 들숨날숨에 따라 스팽글은 쉴 새 없이 반짝거렸다. 엄마의 머리에는 지난번에 수인이 사준 큐빅 나비 핀이 꽂혀 있었고 신발에도 반짝이 구슬이 박혀 있었다. 온통 반짝였다. 머리부터 발끝까지 반짝거렸다.

"엄마."

수인의 입에서는 탄식과 같은 말이 저도 모르게 흘러나왔다.

양희순은 입을 딱 벌리며 외마디 비명 같은 소리를 낮게 읊조렸다.

"헐, 어머니 대박!"

수인은 생전 처음 보는 어머니 모습이 믿기지 않았다. 어머니는 한 마리 화려한 나비였다가 커다랗게 활짝 핀 다알리아 꽃이었다가 한 덩어리 빛이었다가, 이우는 저녁 햇살에 비늘 하나하나마다 정성스럽게 빛살을 담는 한 마리 비단 물고기였다. 어머니 뒤에 있는 떡 벌어진 한옥도 지붕 위의 푸른 하늘도 울타리의 즐비한 나무들도 흑백사진 속 뒷배경처럼 후줄근했다. 어머니보다 튀는 것은 없었으며 어머니보다 생생하게 살아 움직이는 것도 없었다.

거기다 어머니는 연신 콧노래를 흥얼거리고 있었다. 호박고지를 뒤집고 가지나물을 펼쳐 널며 모깃소리 같은 노랫소리를 흘렸다. 수인이 엄마를 부르려 하자 이번엔 양희순이 수인의 팔을 잡았다. 양희순은 황급히 카메라를 꺼내든 뒤 셔터를 누르기 시작했다.

인기척에 어머니는 뒤돌아섰다.

"얼래, 언제 온 겨?"

"엄마, 이런 옷이 다 있었어?"

"어뗘? 엄마 괜찮어? 마지막으로 한 번 입어보는 겨. 사놓고 한 번도 입어보지 못한 겨."

그 소리에 수인은 콧등이 시큰했다. 입지 못할 화려한 옷을 살 때의 심정이란, 나는 왜 만날 이다지도 구질구질한 색깔의 옷을 입을까. 내 인생도 이렇게 구질구질하게 풀리는 건 아닐까. 한 번쯤 다른 삶으로 살아보고 싶은 동경의 욕구를 투사시키는 것이 여자에게 옷이라는 것을 안다. 어머니는 여자였고 화려하게 비상을 꿈꾸는 한 마리 새였다.

"아주 비싸게 주고 산 거여."

수인은 엄마 손을 잡았다. 어머니 얼굴에 투명한 유리구슬이 수십 수만 개가 어룽거렸다. 그 어룽거림은 쉴 새 없이 산란을 일으키며 움직였다.

"예뻐, 엄마. 너무 고와서 나비처럼 날아갈 거 같아."

희순은 말없이 연신 카메라 셔터를 눌렀다.

엄마는 양희순에게 고이 접은 옷을 건네며 말했다.

"츰이자, 마지막으로 입어본 겨. 그라믄 됐지 뭐."

얼마나 장롱 깊숙이 묻어두었기에 이제껏 눈에 띄지 않았을까. 그 옷 빛깔 같은 욕망이 조금만 내비쳐도 아이들과 홀로 살아가는 데는 위험할 것 같아, 구석으로 구석으로 미뤄두었을 게다. 가보지 않은 길에 대한 미련과 가고 싶은 것의 욕망 사이에서 어머니는 얼마나 위태롭게 사선을 넘나들었을까.

돌아오는 기차 안에서 양희순이 말했다.

"이번 전시 느낌이 좋아요. 어머니 소개시켜줘서 고마워요. 작업할 생각하니까 벌써부터 마음이 들썽거려 당장 시작해야 할까 봐요."

양희순은 어머니의 옷 보따리를 가슴팍에 끌어안았다.

"희곤이가 입던 옷도 한 벌 얻었어요. 옷이 아니라 거의 누더기지만요. 희곤이도 클 게 많잖아요. 전시 때 다동이(차 끓이는 아이)를 해달라고 부탁했어요. 무척 좋아하는 눈치였어요."

수인은 양희순의 손 위에 자신의 손을 포갰다. 따뜻했다.

집에 도착했을 때, 엽서 한 장이 와 있었다. 초대장이었다. 발신은 자작나무 사이로, 였다.

　　자작나무 사이로의 '소풍'에 당신을 초대합니다.

　　책과 음악이 있는 콘서트에

　　당신이, 아름다운 풍경으로

　　오기를 기다립니다.

수인은 이상하리만치 가슴이 뛰었다. 엽서를 읽으며 왜 『콜레라 시대의 사랑』의 51년 9개월 4일을 기다린 플로렌티노가 떠올랐을까. 날짜는 보름 정도 남았다. 수인은 달력에 동그라미를 쳤다.

도범은 학교에 가자마자 도서관으로 향했다. 빨간책 한 권을 옆에 끼고.

"책은 다 읽었니?"

"아니요. 그치만 앞에 선생님이 써주신 말은 여러 번 생각했어요."

"오우~ 그래?"

"이 책은 네 거야. 네가 빌린 책은 지금 서가에 꽂혀 있어."

"어떻게요?"

"선생님이 실수했어. 엉뚱한 곳에 꽂아놓고 그랬나 봐, 미안. 대신 샘이 그 책 산 거니까 봐줄 거지?"

"양대호 짓인 줄 알았는데요. 아니에요?"

수인은 대꾸 없이 서가를 정리하는 척했다.

"저, 이름 바꿨어요."

"응?"

"이름요. 평생 강도범으로 사는 건 좀 그렇잖아요."

엊그제 병원에서 퇴원하던 날, 아빠는 선물이라며 봉투를 내밀었다. 봉투 속에는 낯선 이름 석 자가 쓰여 있었다.

'강은탁'

강은탁이 뭐야? 아이들이 듣자마자 계란탁 파송송이란 별명을 붙일 게 뻔했다. 도범의 시큰둥한 표정을 보던 아빠는 이름의 뜻을 설명해주었다. 은빛 강물이 탁, 하고 빛날 때의 한순간 같아 조금은 신선하다고 해야 하나? 파송송 계란탁, 생각해보니 귀여운 구석이 있었다. 달걀 노른자가 동동 뜬 라면도 생각나고.

왜 새 이름을 지어왔냐고 아빠에게 묻자, 법원에 개명 신청한 아빠 친구의 얘기를 들려주었다. 아빠 친구는 술이 거나하게 취해

혀 꼬부라진 소리로 말했다고 한다.

"야, 평생 김장을 해야 할 것 같은 이 드러운 기분 아냐? 사계절 내내 나는 김장철이야. 내 이름을 부르는 사람들은 다 머릿속에 시퍼런 배춧단을 산더미처럼 쌓아놓은 가락동 시장을 그릴 거라고~. 그래서 바꾸기로 했다. 드디어. 축하해주라. 내 인생에서 시퍼런 배춧단은 이제 안녕이다."

아빠는 그 친구의 말을 들으며 도범이 했던 말을 떠올렸다고 했다. 평생 범죄자 같은 이름으로 살아야 하냐던 도범의 말을 대수롭지 않게 여겼던 것도 후회된다고 했다. 전학 다니는 고충을 처음부터 알았더라면 도범의 모습이 지금과는 다르지 않겠냐고 했다. 아빠는 작명지를 내밀며 미안하다고 했다.

엄마는 새로 태어난 기념일, 즉 강은탁 생일이라며 여행을 가자고 했다. 도범은 바닷가에 섰다. 가을 바다는 더욱 푸르렀고 어느 것보다 명징했다.

도범은 모래펄에 글자를 썼다.

'강도범 잘 가.'

뒤쪽으로 물러나 또 다른 이름을 썼다.

'강은탁 반갑다!'

도범은 휴대폰으로 사진을 찍었다.

그때 파도가 하얀 포말을 안고 달려왔다. 강도범, 잘 가를 스르륵 지워버리고 물러갔다. 강은탁, 반갑다는 도범이 그곳을 떠날 때까지 파도도 어쩌지 못했다.

도범은 휴대폰 속의 사진을 수인에게 보여주었다. 수인은 도범의 머리를 쓰다듬으며 말했다.

"강은탁, 반갑다."

은탁이 쑥스러운 듯 어깨를 올리며 웃었다. 은탁은 미끄러지듯 계단을 내려가 도서관 숲을 빠져나가 교실로 향했다. 알싸한 늦가을 바람이 은탁의 머리칼을 사뿐히 날렸다.

곧 있으면 1교시 수업 시작이다. 아이들은 쉬는 시간 십 분의 해방을 즐기기 위해 쉴 새 없이 조잘거린다. 수인의 귀에 그 소리는 어질더질 어질더질로 들렸다. 그들이 만들어내는 새로운 이야기들이 그들 각자의 입에서 나오고, 또 다른 그들의 귀로 들어갔다. 끊임없이 만들어지는 그들의 이야기가 궁금하다. 어떤 이야기가 펼쳐질지 기대에 찬 그들의 시간을 상상해보았다. 가슴이 꽉 차오르도록 벅찼다.

바람이 불었다. 창창울울 도서관 숲이 무섭도록 수런거렸다. 벽오동은 두충나무를 두충나무는 목련을 목련은 마로니에를, 기대기도 버티기도 하면서 서로가 서로의 등에 비비대고 있다. 미치도록 가려운 그들의 등 위로 가을비가 쏴아쏴아 쏟아졌다.

한여름에 내리는 스콜처럼 거세게 내렸다. 장대비에도 아이들

소리는 결코 묻히지 않았다. 오히려 빗줄기를 타고 에코 음향처럼 공중에 울려 퍼지는 것 같았다.

이담이가 곁에 있다면 분명히 이렇게 잔소리를 늘어놓았을 것이다.

"인생은 죽기 직전까지 to be continued……, 아닐까요? 누구도 어떤 이야기가 이어질지 아무도 모르는 거잖아요. 설마 이게 다겠어요? 저기 앞에 보이는 저 아이의 지금 모습이 전부는 아닐 거 아니에요. 저 아이 뒤로 엄청난 이야기가 어질더질 이어질 게 분명하잖아요. 저도 마찬가지고요. 샘, 제 이야기 보이세요?"

단발머리를 찰랑거리며 뒤돌아서는 이담의 뒷모습이 보이는 듯했다.

그 뒤야 뉘가 알리, 끝없는 이야기가 이어지고 있으니 어질더질

어질더질   어질더질   어질더질   어질더질

어질더질   어질더질   어질더질

어질더질   어질더질

어질더질

이해하고 싶은데, 이해할 대상이 사라졌다. 이해받고 싶은데 이해해줄 아이들이 사라졌다. 내가 쓰는 글과 내가 하는 말이 어디에 소용이 닿을 수 있는 것인가. 나는 무슨 말을 해야 하며 소설가의 일은 무엇인가? 끊임없이 묻고 또 물은 2014년 봄이다.

밤 열한 시가 다 되도록 동네의 고등학교에는 여전히 야자가 끝나지 않았다. 교실 창으로 쏟아지는 저 환한 불빛이 이토록 공허해 보인 적이 없다.

저 아이들이 자라서 만든 세상은 지금과 다를 수 있을까? 사람과 배를 끝까지 버리지 않는 선장과 선원이 나올 수 있을까?

희망을 버리고 싶지는 않다. 소설을 쓰는 일이 희망의 끝에 점과 같은 일이라도 된다면 기꺼이 해야 한다고 생각한다.

이 이야기는 아이들을 이해하고 싶고 나도 이해받고 싶은 마음에서 시작되었다. '지금'을 살고 있는 각 세대의 가려움(불안)을 꺼내어 서로가 서로에게 납득되었으면, 하는 바람이었다.

강연 중 만난 사서선생님들을 통해 많은 감동을 받았다. 책으로 아이들에게 '맛난 만남'*을 만들어 주기 위해 정성을 다하는 도서관 선생님들의 열정 속에서 희망을 보았다. 이 이야기의 힘은 그분들에게서 나왔다. 보답은 좋은 글밖에 없다.

이해할 수 없는 현실에 이해해보자는 이야기를 내놓는 것이 부끄럽고 민망할 따름이다.

이 글을 쓰는 동안 밥을 하지 않고도 밥을 먹을 수 있게 해준 21세기문학관에 고마움을 표한다. 연재의 기회를 주고 책이 나오기까지 애써 준 자음과모음 식구들께 감사드린다.

2014년 봄
김선영

---

* 정민의 '삶을 바꾼 만남'에서 빌려옴

미치도록 가렵다

© 김선영, 2014

초판 1쇄 발행일 | 2014년 6월 23일
초판 7쇄 발행일 | 2021년 10월 14일

지은이 | 김선영
펴낸이 | 정은영
마케팅 | 최금순 오세미 김하은
제　작 | 홍동근

펴낸곳 | (주)자음과모음
출판등록 | 2001년 11월 28일 제2001-000259호
주　소 | 10881 경기도 파주시 회동길 325-20
전　화 | 편집부 (02)324-2347, 경영지원부 (02)325-6047
팩　스 | 편집부 (02)324-2348, 경영지원부 (02)2654-7696
E-mail | jamoteen@jamobook.com

ISBN 978-89-544-3086-9 (43810)

이 도서의 국립중앙도서관 출판시도서목록(CIP)은 서지정보유통지원시스템 홈페이지
(http://seoji.nl.go.kr)와 국가자료공동목록시스템(http://www.nl.go.kr/kolisnet)에서 이용하실 수 있습니다.
(CIP제어번호: CIP2014016967)